拓跋氏后裔的诅咒

张鹏飞 著

作家出版社

作者简介

张鹏飞，出生于内蒙古土默川。

当代作家、诗人，被誉为土默川地标性作家。中国散文学会会员，中国诗歌学会会员。

小说《奶奶的灯光》，入选全国教师阅读推荐书目，在喜马拉雅推出有声书。诗歌入选《中国当代诗歌大辞典》和《中国诗百科》，翻译后被推广到两百余个国家，并入选"中华诗歌大赛杰出诗人作家精英荟萃榜"。《奶奶的灯光》、诗集《会唱歌的草》和微语集《马蹄花香》，被国家图书馆及全国多家省、市图书馆收藏。

愿受过伤害的人终能在阳光下昂首挺胸!

拓翎展翅，长歌高飞
——为拓跋氏后裔的诅咒序

王维正

鹏飞是我的学生。他是农家的孩子。少小有志，一是当作家，一是作军人。18岁高中毕业，高考失利，便毅然参军。在快节奏的军旅生涯中，再度复习功课参加部队军校考试，喜中解放军第一军医大学。在紧张的学业中，创作激情涌动，开始在院刊发表诗歌散文，遂成学院明星。两大志向，巧妙地融为一体。

大学毕业后，分配到原中国人民解放军总政治部，后转业到北京儿童医院工作，在工作之余潜心于文学创作。

鹏飞从小就有一股韧劲,谋中的目标不达到绝不罢休。于是,几度春秋,踔厉奋发,成为了中国散文学会会员,中国诗歌学会会员,诗歌被翻译后,介绍到世界上一百多个国家和地区。

2018年长篇自传体小说《奶奶的灯光》面世,引起一时热读,连印两次,被教育部选定为中小学教师荐读书目之一。

他热爱文学,勤耕不辍,2020年出版了诗集《会唱歌的草》和微语集《马蹄花香》,深受读者欢迎,一千多家高校的图书馆作了收藏,上述三部作品都收藏于国家图书馆。鹏飞成了知名诗人和作家。

他观察生活,思考社会,向创作的深度广度与高度探索迈进。沥四载心血,增删修改三遍,终至第二部长篇小说《拓跋氏后裔的诅咒》杀青付梓。

可喜,可贺。

如果说《奶奶的灯光》获得了极大的成功,那么这本《拓跋氏后裔的诅咒》在思想上和艺术上更有多方面的突破。

第一,在主题上,《奶奶的灯光》重在人生砺志,《拓跋氏后裔的诅咒》则重在了生命思考。主题更深入。

第二，在题材上，《奶奶的灯光》反映的是奶奶在新旧社会的不同命运和"我"的青春奋斗史，而《拓跋氏后裔的诅咒》写的是历史上曾经光耀一百五十多年的草原英雄民族鲜卑拓跋氏族的后裔子女，在新中国新时期的改革大潮中，从小山村走向大都市的命运拼搏、人生追寻、生命拷问。题材更深远更宏大更新颖。

第三，在人物塑造上，奶奶的性格主要在于勤劳、坚强与厚朴。而《拓跋氏后裔的诅咒》中的主人公拓翎，一个只读了初中的弱女子，除了有着广大劳动妇女的隐忍宽容关爱担当的共同性格外，同时又在血脉里遗传了拓跋氏族的勇毅和豪迈。她的命运际遇，多方位全视角地反映了广阔的社会画面、各色人等和种种矛盾。人物更具普遍性，形象更有典型性，性格更富多元性。

第四，在情节的结构手段上，《拓跋氏后裔的诅咒》更是采用了一种令人惊叹的独出心裁的设计，如同美国著名作家、1949年诺贝尔文学奖得主福克纳的《喧哗与骚动》，可以不按正常顺序读。就像修辞学上的"回文"一样，顺着读倒着读，皆可顺理成章。

读这本书，总是被在现实中几乎各家各户的日子里随时都可能发生的故事，感动得回肠荡气。而小说通过拓翎之口提出的"人生的真谛是什么"的哲学命题，永远值得读者深入思考。

这本书人物不多，故事多；篇幅不大，却是小百科。在拓翎这个小女子娓娓道来的几十个小故事中，读者会得到关于历史、文化、家庭、生活诸方面丰富多彩的知识。

拓翎展翅，长歌高飞。

相信，《拓跋氏后裔的诅咒》一定会受到广大读者的喜爱。

2022年5月于包头市

（作者王维正系中学高级教师，包头市高中语文学科带头人。曾任内蒙语文学会理事，包头语文学会常务理事，市教研中心核心组成员。曾受聘为《中学生报》《试题研究》特约撰稿人，著述丰富。为近年国内知名文学评论作者。）

自序

本来想像别人一样，请位名家为这本书写个序，这既可为作品增添分量，又可以提升作品的知名度。想当年鲁迅为萧红的小说《生死场》作序，从此萧红一炮而红。可是我不认识生活中的鲁迅，而我又不是萧红，也没有她的文采和自信，只好作罢。

那我只好自己作序了。我实不会写序，查了一下百度，序作为一种文体古已有之，像太史公的《外戚世家序》《游侠列传序》、王羲之的《兰亭集序》、柳宗元的《送薛存义序》等，真是不胜枚举。谁知拜读之后更不会下笔了，正如老舍在他的《猫城记》自序中所言："夸奖自己吧，不好；咒骂自己吧，更合不着。"

我写这部小说的目的是什么？起初我也说不大清楚，就是想写，写一个女人的家长里短，但又觉得这不是一个高尚的理由。

为什么要写拓翎这个人物呢？因为她的故事不单单是个人的经历，她的成长和社会紧密关联，她的经历也反映了一些社会问题，比如家暴。拓翎这个人不是完人，有许多弱点和缺点，但她逐渐发现了自身的缺点，也在改正。她从小就做生意，练就了独到的商业眼光，所以后来她的生意取得了成功。她身上有拓跋氏族不屈服于命运的特性。她是普通得不能再普通的平凡人，但在平凡人中她又有不平凡的经历。她像蜗牛一样微不足道，甚至背负着重重的壳，却始终向着阳光处爬行。这就是我写她的原因。

我不是专业作家，没有经过正规的培训，所以我只能按自己的想法自由地写。我喜欢用各种修辞手法增强语言的可读性，我喜欢用不同的叙述模式去讲故事，比如正叙、倒叙、插叙等。我是一名医生，习惯了按看病的方式去写小说，比如像外科医生一样，大胆又小心地处理小说中的细节，把没用的切掉，有用的留下来。

写作的过程说是"充满了艰辛"有点儿夸张,但写不下去的时候倒常有,尤其是刘飞因强奸罪进了监狱后。每天伏案写作时,我和小说中的人物一起笑一起哭。当写到拓翎离婚后躺在床上一病不起,两个孩子跪着呼唤妈妈的时候,我情不自禁哭出了声;当她做生意赚到第一笔钱时,我也和她一起高兴起来……

这本书我写了整整四年,不算长也不算短。因为在医院上班,没有整块的时间投入写作,只能断断续续地写。今天终于结了尾,可以舒一口气了。就像十月怀胎,孩子出生了,不管丑与俊,只要健康平安就好。

我写了一个陕北女人的奋斗史和创业史,从中折射出一些励志的元素。无意识地用了两条线索:明线是拓翎从家暴中觉醒的过程,是一种求生;暗线是拓跋氏头顶的诅咒,是一种不可逃避的死亡。故事中充满了对死亡的无奈和生的欲求——人生不也如此嘛。

我写了一个水煮不烂火烧不透风刮不乱烟熏不黑的女人,在风雨中迎接太阳,从黑暗中走向光明。我知道人生不是为了讲道理,而是为了活着,这个道理人人都懂。我不想陷入故事中,只想平静地述说生活。

我写完初稿就发给了已退休在家的王维正老师,他是当年我们包头地区最有威望的语文教师之一,希望他像从前帮我修改作文一样帮我修改稿子。

王老师对这一作品给予了充分肯定——"这本书是一幅黄土高原的风俗画,是一卷新时期的世态书——愚昧与觉醒交融,忍辱与叛逆相生,单纯与成熟相谐,人生的不确定性与人物性格的多面性,记录了历史,留下了反思。故事以一个家庭的变迁,反映了陕北地区及一个时代的变革,社会与民风共进,生活与民俗相融,尤其以心理描写揭示了对人生的深刻思考。一个孱弱的女子,见证了社会的脚步,诉说了人情世故,给读者留下长久的思考,是一部有深度、有广度、有力度的好作品。"

王老师给了我很多鼓励,也增强了我对作品的信心。虽然拙作未必如王老师所言那么"气势恢宏",但我宁愿相信,他从读者的角度更能客观地评价作品的高度和深度。

人民文学出版社总编辑李红强对作品的评价是：作品以一个女性的自述，围绕其家庭变故、个人奋斗，引入了几十年来社会变迁，引入了对拓跋民族性格的思考。拓翎的命运遭际引人同情，所涉及的社会问题、家庭问题触目惊心。小说好的方面，是优美细腻、气韵流畅的叙述，对于老家一草一木的观察和描写非常好。另外一点，作者对陕北民歌的运用很好。

我也应感谢我的爱人，每次饭后她让我洗碗，只要我说我要写小说，她就自己去洗了。

我可以自豪地说我把洗碗的工夫用在了写作上。

文学的大道上荆棘丛生，让人望而却步，只有意志坚强的人才能看到鲜花盛开的春天。

是为序。

2022年4月于北京星期二细雨响亮的上午

目录

壹　诅咒 / 001

贰　诅咒下的相依为命 / 038

叁　我有了自己的家 / 052

肆　跪着的婚姻 / 080

伍　闻着新空气回望自己 / 149

陆　我的第一桶金 / 160

柒　身为人母的磕磕绊绊 / 180

捌　从生意到结义 / 240

玖　向死而生 / 264

篇外 / 290

壹 诅咒

跟你说一下人生吧,我一直试图寻找某种人生的真谛,可是总是徒劳的。你或许能从我的讲述中得到一些启示,——如果可以给你一些启示的话。

故事从一朵红云落雨到我少女羞涩的天空那天说起。
"妈!妈!"我一边向窑洞跑,一边上气不接下气地喊着,那天我本来要在山坡上给猪割草。母亲听到我惊慌失措的叫声,就立马从窑洞开门出来,"咋了?闺女!"母亲满是担心地问我。我脸色发白,流着眼泪说道:"妈!我要死了!"母亲不解地说道:"好端端的,胡说些什么!""到底咋了?快告诉我。"我一边吓得哇哇大哭,一边提着裤子。"妈!

我……你看，为什么下面会有一块紫红色的东西？是血吗？"我解开了裤带，褪下裤子让母亲看。母亲一下子明白了，摸了摸我的头笑着说："猴娃长大了！"我惊恐地问："妈！我会死吗？"母亲摸着我的头说："不会的！"她一边说一边拉着我的手走进了窑洞。母亲告诉我，每个女娃子到了这个年龄都会有的。她教我处理的方法，把一个手缝的布垫衬到了下面。母亲说没事我就安心了，不再害怕自己会死。再细看那血，像一朵紫色的红云掉到大地上摔落成的暗红色玫瑰一样的花瓣。

夜里望着窑洞里昏暗的灯光，我想了好多好多，不明白为什么女子会来月红。我对自己身体的变化产生了好奇和不安、羞涩和恐惧。胸前有了两个鼓鼓囊囊的豆包，两腿间生了浓密的黑毛。想着想着我就睡着了。梦里我变成一只绿色的蚂蚱，在山坡的草丛中仰头数着天空中寒冷的星星。这年我十二岁。后来我才明白这朵神奇的每月落雨的红云决定了女人和男人的不同。

我没有死，但是这一年夏天，我的父亲死了，他的死带

壹　诅咒

给全家人巨大的痛楚，我从此发现天空不再晴朗，总是阴云密布。父亲是一个淌着拓跋氏血液的壮汉，平日里连感冒发烧都没有。他黢黑健壮，力似犍牛，声若洪钟，是唱歌能震塌山崖的铮铮铁汉，血管里循环着祖先遗传的马背民族的野性和彪悍。

小的时候，父亲下地回家后总要亲我一下，用带着硬胡子的脸蹭蹭我的脸蛋，抚摸我的头和小手。他说话不多，有时高兴就把我举过头顶，在院子里转，像举着一个轻巧的玩具。我高兴得嘎嘎笑，他的眼睛眯成一条缝，满脸红光，全是幸福的光芒。有时候夜里缠着他给我讲故事，一个又一个，他困了，我还不睡，最后他讲一个老虎吃人的故事，讲到一半，我害怕不让讲了，扭头去睡。几分钟，就听到他酣畅的呼噜声。父亲没病没灾突然走了，让我们不知所措，全家心中充满了悲伤和困惑。

那天傍晚，父亲干活儿回到院子里，蹲在门口抽着旱烟，长长的烟袋里刚冒出几缕白烟，他就觉得胸口不舒服，一会儿脸色苍白，发出痛苦的呻吟。他嘴里还唸叨着：四十三，二十七。全家人发现他情况不对，扶他进了窑洞想让他躺在炕上，但他不躺，曲着身体坐下。母亲颤抖着声音问道："你咋了？哪儿不舒服？"父亲神情恍惚、呆滞，两眼无光，"秀莲，我要走了"。嘴里还念叨着：四十三，二十七。母亲冲了红糖姜茶给父亲喝，没喝几口他就口吐白沫，抽搐起来，两眼翻白。大哥跑去请村里的大夫，姐姐攥着父亲的手，父亲依偎在母亲的怀里，二哥急切地喊着："大，大！"我站在地下吓得哭了起来。傍晚时分，夜色还未降临，天色昏暗，哭声悲惨，院子里鸡飞狗跳。大夫刚到院门口，父亲就咽了气。家里没有任何准备，大哥和二哥赶紧去县城买装老衣和棺材。

血色的夕阳还未涂红河边草丛里青蛙的歌喉，心急的鸡鸣早已把半天残月挂在了山腰。

在村里，老人都怕死后晾尸等待。因为，人死后尸体凉了会很僵硬，很难穿寿衣。都是人刚绝气，就趁体温还在、身体柔软，赶快把衣服穿上，放在棺材里，叫"成殓"。所以，一切都必须提前准备好。有很多比较讲究的老人，过去都要

壹 诅咒

亲自把装老衣全部做好。六十多岁都做好了,结果活到八十多,甚至九十多岁。不老时,做的衣服叫送老衣,买好的木板叫"喜板",做成的棺材叫"喜活"。可是父亲这么年轻,不可能这么早准备这些东西。

母亲把父亲的身体放正,给他合了眼。众人将门板拆下来,把父亲放在门板上,头朝里,脚朝外。当天请了村里的阴阳赵三。他嘴里叼着自卷的烟,腰里挽着白布带。他安排家人给爸爸刮脸,擦洗身体,穿上了装老衣。

第二天院子里搭起了灵棚,挂起了灵幡。灵棚里放着金黄色的棺材,父亲穿着蓝色的装老衣躺在里面,口里母亲给塞了一块银元,双脚用麻绳绑着,头上戴着礼帽。样子也没有犯病那会儿可怕,看上去高贵而安详,像要出行一样。

雉鸡在窑后的山上,细着嗓子轻轻叫了三声,又叫了两声。

父亲去世之后,母亲说家中入夜之后能够看到父亲的人影飘荡,姐姐晚上做梦还能够看见父亲在家中走来走去。父亲能看到家里人的悲痛,不想很快离去,他的灵魂只是离开了身体,像羽毛一样浮在空中。

父亲入土时,母亲带着我们反复叨念,告诉父亲"八月四日是您的头七,别忘了回来拿钱"之类的话。

在头七的子时,在我家门口摆放了一碗清水和一碗五谷粮,清水是让父亲洗去尘埃,消免灾难,安心上路,五谷粮的意思是避免煞气,防治犯呼,辟邪驱霉。

在父亲安葬之后,每逢七的日子,家人都会祭奠父亲,焚烧他的衣服。还烧大量的纸钱,让父亲在阴间有钱可用。大哥和二哥买了用竹条和彩纸糊成的一栋房子,还有纸元宝和花圈,一起烧给父亲。

"头七"为小祭,"三七"为中祭,"五七"为终祭。最后还有一个百日上坟之祭,村里人称"过百"。

父亲去世那年是四十三岁,七月二十七。我才知道父亲临走时为什么念叨着:四十三,二十七。后来听母亲说,我的爷爷也是四十三岁去世的,也是在七月二十七。母亲还听父亲说过,他的爷爷也是同样的年龄、同样的时间去世的。这更增加了我的疑惑和恐惧,难道是天意?难道这世间真有诅咒存在?

在灵棚前,在父亲的灵像前,家里人撕心裂肺地哭着。我没咋哭出声来,因为我觉得父亲只是睡着了,平静地睡着了,他并没死,并没远离我。他的音容笑貌就在我的身边,他还和我在说话呢。入殓前我把手伸进他的胸口,还热乎呢,有着常人的体温,似乎心脏还在跳动,我又摸摸他的脖子和脸,也有着体温。我不知道死是什么样子,这是我第一次真正地面对亲人的离去……

阴阳赵三给选好了安葬的日子,说父亲七天后落土祖坟。我是不是再也见不到我的父亲了?我看着前来吊唁烧纸的亲戚和朋友,从他们的眼神中、话语中,我似乎感觉到父亲真的走了。我的眼泪流了出来,顺着嘴角流到了脖子里。

父亲躺下的那刻到第二天太阳升起前入棺的时候,我和家人一直陪伴着。父亲是那么俊朗,他热爱生活,他爱着亲人,为什么如此狠心丢下我们而去?以后我想他了,怎么办?我去哪儿找父亲?妈妈和邻里的女人们用剪刀和木尺在隔壁的窑洞里给扯孝,她们手脚麻利,这些白布似乎早已准备好似的，突然出现在我们的面前。女人们一边嘀咕着父亲生前的好，一边为他的英年早逝而惋惜。

亲戚朋友大多在村里，所以报孝就方便多了，当天夜里和第二天一大早，成批的人赶来我家窑洞。在七天里，儿孙不能洗脸刮胡子，不能穿鲜艳的衣服，女的要脱去身上的装饰品。七天，院子里你来我往，人流不断。每天早中晚吃饭前，我和哥哥姐姐要在灵前为父亲点香烧纸，把做好的饭倒进棺材头上的瓷罐子里，呼唤父亲吃饭。

罐子里的饭几天下来越积越多，父亲没有吃，棺材前的三炷香快燃完了又续上新的，烟雾缭绕中我跪在灵前仔细地端详着父亲的遗像。一幕幕往事浮现在眼前……

父亲的眉毛、眼睛、鼻子、嘴巴都那么熟悉，那么有温度，接触到我的小脸时有一种温暖，甚至有时有一种痒痒的感觉。一种说不出的味道，一种让我迷恋的味道。那是只有父亲身上才有的味道，我像只小鸟在他的掌心里长大。

父亲走了，为我和我们家庭支撑天空的双手，没了。天真的会塌下来的！

壹　诅咒

给父亲烧纸的时候，我喜欢上了烧纸的味道，那个味道充满我的鼻腔，那是死的味道，又仿佛田野中草的气息。我看到父亲从田野间向我跑来，跑得很快，却怎么也到不了我的身边。我奋力地向父亲走去，我们隔着一堵墙似的不能相拥。我拼命喊着：爸爸！爸爸！父亲也喊着我的名字：翎儿！翎儿！我们在两个空间，两个不同的空间。

母亲很快从悲伤中回到忙乱的现实，她似乎有拓跋氏女人特有的领导力和组织力，指挥着整个丧事和葬礼的全过程。她谙熟当地丧事的风俗习惯，指挥得有条不紊。多年以后，当我为母亲办理丧事的时候，我才感受到母亲的坚强和理性的从容。

在我们这个拓跋氏大家族里五代七十四名家族成员中，有二十五人和父亲一样年纪轻轻地就走了，而且都是猝死。尤其诡异的是，大多数是在晚上八点左右猝死。这似乎就是一个被下了诅咒的家族。

这些族人生前都没有任何病，阴阳赵三老汉看过，没发现族人居住的窑洞有什么不好的风水，祖坟用罗盘定位，也没发现有天坑。村里死一个人对于村子来说没有什么大惊小怪的。每年都有人出生，每年都有人死去，就像每年春耕每年秋收一样。

拓跋氏是北魏皇姓，出自北魏王朝建立者鲜卑拓跋氏部落，自称黄帝之后。黄帝以土为德，鲜卑语称土为拓，称后为跋，拓跋就是黄帝后裔的意思。

我想父亲是见黄帝去了，是不是骑着神兽，我没看到。如去了黄帝的身边，希望他在另一个世界里好好地活着。灵魂是有翅的，能自由飞翔，我希望我在梦中见到父亲。当时我还小，不可能去思考地球、宇宙、人生、死亡、终点、混沌的意义。

在日与月之间，在光与影之间，在今生与来世之间，是否有一个另外的空间让灵魂得以安息？黑夜来临之后，梦里没有了父亲的笑容，太阳升起之后，也见不到了父亲的身影。父亲给我的爱如一片云飘走了。

平日里即使父亲一声不吭，窑洞里也会弥散着他身上的气息和烟草的味道。父亲不在了，锅碗瓢盆的碰撞声也少了

壹 诅咒

一种力量。当陕北的村庄荒凉地置身在黄土高原上时,一场大雪压住了窑洞上空的一缕炊烟,冬天来了。

雪后的黄土高坡是冬天里的一道盛景,阳光寂静无声地流淌在雪域高原上。我烤着炉火,听着呼啸而过的北风吹着雪沙、雪粒、雪块、雪山。我在这个雪色的世界里开始讲我雪一样的故事。柔弱而坚硬、透亮而深邃、高远而寒冷,亦如这陕北的冬天。

陕北拓姓族源主要有二,一是直接得自鲜卑拓跋氏,二是得自党项羌化了的鲜卑拓跋氏,而且与后者的关系可能更为密切。

在陕西子洲、横山、清涧、米脂、安塞、延长、子长、甘泉、志丹、宜川、洛川等县,都有拓姓户族。子洲县裴家湾、拓家沟、拓家峁、拓家崖窑、拓家砭、官王岔、黄土圳等拓户族尤为集中。先祖们当年是为躲避战乱而来此定居的,拓跋氏为了更好地融入当地社会,也为了方便,就把复姓的"拓跋"改成了单字"拓"。"拓"姓人还严格遵守一条祖训:

"不论走到中国的哪个地方,只要也是姓拓,男女之间绝不能结婚,因为是一家人。"

一个明媚的春天,我出生在榆林裴家湾拓家沟的一个土窑里。

我妈生我的时候已经有经验了,挺着个大肚子还去下田,像只灵活的蜘蛛不知疲倦地干着农活儿。农村人不讲究那么多,去医院生孩子还要花钱,基本上也都是在自己家里生。我母亲胯部宽大,她结婚前,能说会道善于夸大优点的媒人跟急于抱孙子的爷爷家说媒时就特意说了这一点,"好生养"。实际上也是如此,女的肚子争气,村里的街坊邻居也都看得起。

那天母亲感觉快生了,提前从地里回家跟我父亲说赶紧请接生婆,准备好一块红布包上一些钱送过去。没多久,等一位瘦干的还没来得及洗手的满脸是笑容的接生婆像一只报喜的母鸡小跑着来了,我母亲就在自家窑洞的土炕上,很顺利地把我生了下来。接生婆用烧红了的剪刀剪断脐带,拍了几下我的小脚丫。我妈说我第一嗓子的啼哭声很嘹亮,让窗

壹 诅咒

户外面的父亲乐出了声。其实,我母亲一共怀过五个孩子,我下面的那个据说是个弟弟,一出生就没了呼吸,所以听我奶奶说,我四岁之前有两年母亲心情不是很好,天天以泪洗面。

按道理说我是这个家里最小的孩子,自然得到的宠爱也应该是最多的,不过家里人多,吃饭的嘴也多,每天的生活也是地里刨食。为了吃口饭,为了让我们几个孩子上学,父母含辛茹苦,着实艰难,所以,难免有时候谁也不怎么顾得上我。邻居说我还小的时候,就被包个小被子,在炕上一放就是半天,尤其白天,哥哥姐姐也上学去了,哭了喊了拉了尿了也没人管,就等着家里人回来才能换一下尿布。

村里人是真的没那么多讲究,不是不想,是真没那个钱讲究。尿布是穿得不能再穿的秋衣秋裤改的,一条一条的,倒是很柔软。即使是女孩子,开裆裤也穿到三四岁,主要是方便照看,蹲下来就可以大小解。田间地头找个隐蔽的地方就行,那时候哪里有手纸,能找块报纸用来擦屁股就是奢侈。我们那地方,就是捡一些鸡蛋大小圆不溜秋的土坷垃擦屁股。

反正我小时候就是这样长大的。说起来挺恶心的，但确实就是这个样子。农村里都是旱厕，厕所下面一半养猪，一半是粪坑，过几个月就用小推车掏粪，推到地里当肥料，这是农村人的宝贝，又不用花钱，还能让架子上的黄瓜豆角结得又多又好。人们常说："庄稼一枝花，全靠粪当家。"只不过，有时候路边也会被人挖上一个三米长两米宽的粪坑，听说就有小孩子掉进去过。还有听说更悲催的，夏天天气热，有些人家里的旱厕清理不及时，就可能产生一种毒气把人熏倒，这还不算，更可悲的是，一个人被毒晕在厕所了，家里人去救，一个两个进去都出不来了。真是想不到的悲剧。

不过，话又说回来，农村真是一点不缺悲剧，只不过没多少人知道罢了。

提起三岁之前的一些事情，我也是一点印象都没有的，我只是听父母或邻居在我长大后告诉我的，大脑将三岁之前的记忆删除了。我只能回忆到自己四岁时候的记忆，三岁之前的记忆是没有任何印象的。

拓家沟夹在两座大山之间，几百孔土窑依山而建，层层

壹　诅咒

叠叠错落在山上。村民以耕种山地为生，有三百三十六户人家，其中四十多户姓拓。它毗连裴家湾、张家河、小沟则、拓家峁，这里炊烟四起，犬吠鸡鸣。我的童年就是在山沟里度过的，虽然穷，但是很快乐。一夜暖风吹过，光秃秃的山突然间就变绿了，野果树、杏树、枣树……满山遍野，芳香四溢。"对面的圪梁梁上桃花花开。我要把我的二妹妹迎回来。"甩在空中的响鞭惊醒了酣睡的春，让她活蹦乱跳起来。

村里有个谜一样的人，对小时候的我来说，她的长相打扮和言行举止，和周围的所有其他人都不一样。她个子不高，圆润的身体，打扮自然得体，穿着凉鞋和颜色好看的裙子，头上戴着白色的发卡。她皮肤细腻，小嘴牙白，说话轻柔委婉，举止优雅，特别喜欢孩子。七八岁没上小学之前，我就经常溜出去，到我们家对面山沟沟的她的家里玩。

她的家，其实是个破旧废弃的窑洞，跟她一起住的，是我们村唯一一户教书先生。他姓顾，个子又瘦又高，腰背很直，戴着一副宽边的近视眼镜，眼镜下是一双温柔的闪亮的小眼睛。后来我读书了，我觉得他就是书中常描述的那种风流蕴藉、长衫落拓、有文学家气味的人。反正，不知道听谁说的，本来她是城里人，从南方过来的，来了没几年跟这位教书先生好上了，就留了下来没再回去。具体她的家是哪里，她也经常会用摇头和叹息来回应。但是，她就是那么与众不同。

我们家祖祖辈辈都务农，父亲母亲读书不多，对于孩子的教育问题也是很少过问，反正在学校里就交给老师管了，听老师的管教就成，老师就是权威。父母反复就说两句话，一句是"一定不能和老师顶嘴"，另一句是"一定要听老师的"。至于为什么不能顶嘴以及一定要听老师的，父母也说不清楚，反正在他们看来，这位教书先生，高中毕业，是村里学历最高的人，那就是最了不起的。没有课或者放假的时候，哪怕下雨天踩着牛粪，这位教书先生一样也得下地干活，一样得掰玉米棒子干各种农活，但在父母眼里，也是高于常人一头的。所以，我们村里人通常以读到高中毕业为目标，初中毕业也算可以了，小学毕业也没人说不好，除非三四年级就不读了才会被人瞧不起,因为榆木脑袋才会读不完小学,或者就是家里实在太穷。老人常说:瞎混了,跟着老牛拾粪了。

继续说她的事情。记得我六七岁的时候,她和这位教书先生才结婚没几年,也还没有要孩子,我去找她玩,她就会拿出一些好吃的、好玩儿的逗我开心。她在村里也没什么可以说得上话的人,我又是个小孩子,她也不必设防,所以,我们两个人倒是成了好朋友,她是我最喜欢的朋友。

她会跟我讲,外面的世界其实很大很大,火车很长很长,有我们村半条街那么长;除了我们村和镇子之外,还有许多地方都可以用脚步去丈量。她会跟我讲南方没有雪,靠近大海的地方人们会住在船上捕鱼,据说还有一个叫杭州的地方,像天堂一样……还有许多新鲜的事情。每每我都听得神往,也给我小小的心灵插上了梦想的翅膀。在我今后面临选择的时候,我会鼓足勇气去试一试、闯一闯。虽然令人遗憾的是,我至今不是很确切地知道她的名字,但是她的话我却记在了心间。在我心里,她就是我的启蒙老师。她姓丁,她让我称呼她丁老师,我一直叫她丁老师。顾老师叫她小丁,从来没听到叫她名字。她家有许多的书,她常常给我讲书里的故事,后来上学我认识许多字后,还总向她借书读,虽然有些书还读不懂,但打下了我的文字功底,在学校我的语文成绩最好,我的作文常被老师当范文读给全班同学听。显然这些被家长称为的"闲书"对于我来说比那些两列火车相遇或水池放水的算数题更令我感兴趣。

丁老师问我叫什么名字,我说父母希望我聪明漂亮,给我取名丽颖,小名二妮儿。她听完,眼睛停在手中的书上想了想说,希望你以后能飞出大山,有一双自己的翅膀,小名就叫"翎"吧,拓翎。我听后感觉这个名字好听,从此让家里人叫我拓翎,不要再叫二妮儿了。

十二岁那年父亲的去世让我失去了以往的快乐,明亮的天空突然变得昏暗而狭小。

父亲走后,母亲拉扯着我们兄弟姐妹四个,生活过得很拮据。族里的人看不起我们,村里的其他人更是对我们使白眼。我们家的孩子和别人家的孩子玩,他们犯了错误,村里人总认为是我们不对。我们种地在山上,那时候是集体耕种,

壹　诅咒

大队里要是丢了什么庄稼,他们也诬陷我们家人。母亲要强,总是默默忍耐,不作声。这成了我心上的一道疤。我恨这个山高皇帝远的穷山沟,没有人替我们家说话。

幸而我们四个从小就很懂事,很自立,妈妈也算得到了一些安慰。我的两个哥哥渐渐长大,大哥、二哥到十四五岁的时候都高出同龄人一头来,二哥生得壮,长得又凶,行事厉害,更像父亲,谁也不敢故意再跟我们家找碴儿了,受气的日子这才慢慢地消退。

我十岁时就跟着二哥做生意,走街串巷做点小买卖。我胆子大,出去就敢吆喝,在戏场卖过水,卖过海棠果,收过鸡蛋,收过羊皮和羊绒,也收过鞋底等等。村里的老人常常摸摸我的头说这娃娃大了不得了。或许是因为我的血管里流淌着拓跋氏人不甘服输的血脉。

母亲非常了不起,在艰苦的环境里拉扯着我们兄弟姐妹四个,没有再婚。我们兄弟姐妹从小就很懂事,让妈妈很欣慰。因为从小家里穷,我们都很自立。家族和村里人看不起我们家，我的内心还是很自卑的。但是我从小自立能干，和村里其他的孩子显得不一样。

母亲马秀莲十八岁嫁给父亲拓峰，为拓家生了两儿两女，一生任劳任怨，话语不多。母爱深明大义、柔中有刚。在关键时刻母亲永远是这个家的支柱。不论有多大困难，她总是依靠的屏障，为我们撑起头顶上的绿荫，那高耸的身躯，为我们遮风挡雨，令我们心安神怡。母亲绝望中不放弃，不罢休，让我深刻理解了家的含义——家不是在父母庇护下的和风细雨，而是父母带着孩子，不管遇到多少困苦都不放弃希望，不放弃对未来的追求……可以说我妈在哪里，哪里就有安全和温馨。

我们兄妹从母亲身上学会了无私、助人为乐的精神，慈悲为怀以及集体主义、共同团结的精神，如何跟人沟通，和邻居搞好关系，这些品德一直引导我们做人做事，妈妈身上优秀品行的光辉到今天还在照耀着我前行。父亲去世得早，母亲早早守寡，为了我们兄弟姐妹四人没有再嫁。母亲好强能干,吃了许多的苦,终于把我们拉扯大。母亲常说:"就是吃屎喝尿也得让娃们上学。"我们四个子女在生活条件很艰难的时候都上了几年学读了几年书。爸妈身上都有一股生生不息的张力,然后他们又倔强地将这种力量传递给自己的后代。

母亲马秀莲年轻时是方圆百里数得上的标致女子。她是马家堡村马大彪的三女儿,马大彪有两儿三女,马家在马家堡是比较富裕的家庭。母亲个子长得高,头发黑亮,双眼皮大嘴唇,天生一副好嗓子。她喜欢唱山曲,村里的小伙子都喜欢她,身后的追求者拿扫帚都扫不完。一天当母亲听到邻村的父亲唱歌时,深深地被父亲悠扬高亢、粗犷奔放的歌声吸引。父亲生得高大魁梧,皮肤黢黑,鼻梁高挺,目光深邃,嘴唇棱角分明,说话掷地有声。母亲第一次见到父亲时就把这个拓跋氏的男子当作心中的汉子。父亲也喜欢这个马家三姑娘,他们的爱情是以对歌开始的。

井子里绞水桶桶里倒,妹妹的心事我知道。
一根干柴顶门哩,哥哥不来是哄人哩。

不来就说不来的话，闪得妹子把门留下。

人们的印象中都认为陕北人憨厚、老实、保守。其实，在陕北高原，男女内心深处充满了浪漫的情怀。他们大胆热烈，敢于表达自己的感情。父亲和母亲用歌来对话，这种质朴的山村野调，野性而有张力，迷人而真切，是人性最原始、最直白的情感宣泄。

骑上毛驴狗咬腿，
半夜里来了你这个勾命鬼，
搂上亲人亲上一个嘴，
肚子里的疙瘩化成水。
……
城墙上跑马还嫌低，面对面睡上还想你！

他们对唱就像陕北人家家家户户窑洞门前挂着的红辣椒，红尖尖，火辣辣，一听便令人销魂、血涌心跳、不可驯服。

壹 诅咒

这些生长在隐蔽角落的、原始的、野生的、奇丽的"不能在人前唱,只能在山里唱"的山村野调中,涌动着两人对爱情的渴望和想拥有对方的感情。他俩对唱的歌词,声声都是那些隐秘的情事,声声都是那些难以启齿的话。这些话通常是难以说出的,只能作为歌儿唱出来。这些酸曲酸得酣畅淋漓,酸得滚烫麻辣。这是母亲作为她对少女生活和爱情美好的记忆,从黄花少女变成了陕北婆姨的回忆。

交了一回朋友没亲妹妹的嘴,
擀了一块双人毡没和妹妹睡,没和妹妹睡。
哥哥走了妹妹你后悔呀不后悔?
如果哥哥走了妹妹怕后悔,
今天晚上妹妹就陪哥哥一起睡。

想你想得吃不下去饭,大火上来把口咬烂。
半碗碗绿豆半碗碗米,端起个饭碗想起个你。
先挖糜子后挖谷,哪哒想起哪哒哭。

这些歌词用语简单,却透彻,诙谐,发噱,押韵。那撩拨人心的歌声,不再单调和寂寥,让人听了面红耳赤。你看这里的人憨厚极了,老实巴交极了,但是谁也没有他们浪漫得很,风流得透彻。姥爷马大彪是不同意母亲马秀莲嫁给父亲拓峰的,主要因为父亲家太穷了。但是母亲是敢爱敢恨的人,她决定嫁给父亲,十匹马都拉不回来。姥爷马大彪把母亲关在自家的窑洞。姥姥发现女儿的肚子一天天在变大,最后姥爷只好把女儿亲自送到拓家,马家宽容地接受了这门婚事。

那晚人们听到父亲和母亲又唱起了酸曲:

荞面那疙瘩羊腥汤,
肉肉贴住绵胸膛,
手扳胳膊脚蹬炕,
越亲越好不想放,
死死活活相跟上。

壹 诅咒

酸曲唱得直白直露、野性野气，语言土得清新，土得热烈。

姥爷没要一分钱的彩礼就把母亲许给了父亲。在拓家沟打枣的季节，母亲进了拓家的门，成了父亲的婆姨。走进陕北，特别是沿黄河一带，贫瘠的黄土大地上那山山峁峁、沟沟岔岔、崖崖畔畔，枣树一棵挨着一棵，一山连着一山，一沟连着一沟。像是守卫着疆土，屈曲的虬枝伸向明净的天空。长长的绿色林带，散发着清幽幽的枣香。

陕北产红枣，这里丘陵沟壑，枣树很早就有了，乡下流传一句民谚：千年的松柏，万年的槐，不知道枣树何时来。这里百里都是枣林。满山遍野，到处可见。平常看着枣树不咋显眼，有的躯干高大，有的矮小，有的弯曲。树枝细长，皮肤皱巴，也很普通。可随着季节气候的变化，一年一季的春暖花开，那一棵棵枣树的枝丫上，泛出了绿色的扇状的小叶子，而后一簇簇金黄色的花蕾绽开，逐渐变得枝繁叶茂，变成了绿树成荫、花香鸟语的花锦世界。

特别到了金秋季节，陕北高原的马家堡和拓家沟周围，最迷人的也就是那一树树红艳艳、沉甸甸，一嘟噜一嘟噜的大红枣挂满了枝头，像红玛瑙似的挂在了山山洼洼、沟沟梁梁，迎风摇曳，清脆香甜，令人垂涎欲滴。乡间习俗：寒露过，枣杆开，也就是传统的"打枣节"，或"开杆节"。家家户户门上锁，男女老少齐出动；有赶着毛驴、黄牛、骡子的；有拉着架子车，背着布袋，扛上枣杆的；那些婆姨女子提篮挎筐，娃娃们兴高采烈去地里捡红枣。人们到了枣树林里，稍作休息。先由中年人或者年轻人站在树跟前，或者爬上树疙杈，搂动着主干摇一阵子，然后再拿着枣杆，敲打树上的零星枣儿。不过一会儿，那山洼上，沟坪里，仿佛铺上了一块块红地毯，红得发紫亮眼。整个枣乡的打枣季节里，满山遍洼，人欢马叫，异常热闹！

  陕北这块土地上不仅枣树多，而且以枣字冠名的村名、地名也很多。如枣坪则、枣山里、枣嘴、枣庄沟、枣峁、枣沟、枣洼里、枣树塔、枣也、枣疙梁、枣崖、枣庵、枣棚、枣疙瘩等；以枣字冠名的食品也不少，如酒枣、枣包、枣饼、枣糕、枣尖、枣焖饭、枣果馅、枣老虎、枣炒面、枣粽子、枣粥、滩枣、枣山、枣牌、枣角、枣酱、枣酒、枣醋、枣蜜、枣汁饮料等。而且这红枣还是良药，是滋补健身的佳品。陕北为红枣之乡，其人文地理，民食民俗，已经融入世代百姓的日常生活之中，其历史与盛名悠久。

人们在这块土地上栽种枣树，而且不断改良，有了骏枣、马牙枣、梨枣等新品种，村民们把打下的枣卖掉，一年下来的收入可观。这枣树被誉为"木本粮食""铁杆庄稼"，已经变成了枣乡人的"宝疙瘩"。

父亲劳力好，为人仗义，性格开朗乐观。在家族中威望高，家族乃至全村上下有什么事都找他商量。尤其是婚丧嫁娶都找他去代东。父亲热情又乐于助人，被选为大队的队长，整天为村里的事忙来忙去，母亲毫无怨言，承担起家里的重任。他们相亲相爱，互相支持，日子过得很幸福。人们都夸父亲和母亲是天赐良缘。夫妻之间磕磕碰碰的时候常有，他们之间的矛盾从不过夜，最后总是父亲向母亲服软，母亲也从不纠缠到底。随着我们兄弟姐妹四人的出生，母亲越发操劳了，里里外外一把好手，把家料理得妥妥帖帖的。家里人丁旺盛,日子虽然艰辛,但是全家人心里像枣一样甜,枣一样红。人生态度在父母的心里是:衔命首义,生生不息。

父亲把从山上背下的柴立在院子的一角,母亲忙着生火做饭。窑洞的门前挂着几大串火红的辣椒,院子竹筐里塞满了金黄色的玉米棒,石磨上晒着干豆角。院子里有十几只鸡在啄食,芦花、大官、白耳、三黄、小黑、贵妃、杏花……黄鼠狼在夏末一个月色朗朗的夜晚叼走了一只瘸腿的鸡。其他的鸡就变得特别警觉起来。每天拂晓,雄鸡大官用高亢的啼声向主人报告,窑洞里的一家人又迎来一次新的日出;白日里,母鸡下蛋后,声声急切地向母亲炫示它们对这个家庭新的奉献,小院里立刻增添一份别样的气息。

而秋后的黄土高坡看起来依然贫瘠荒凉,除一堆堆的黄土疙瘩,就只有散落在山茆之间的窑洞了,遍地的枣树上只剩挂着阳光的干枯树枝了。站在高山远望看不到头的黄土高坡,沟沟梁梁就像黄土高坡瘦骨嶙峋的肋骨,曲曲弯弯的山路伸向远方,像一条细长的蛇在爬行。黄土高坡有数不清的山峁沟壑,贫瘠的山梁仿佛凝固的波浪,纵横起伏地延伸向

壹 诅咒

远方。而这里的人们在这儿世代繁衍生息。我们兄弟姐妹四个一天天地长大，姐姐哥哥也能帮父母干些简单的活儿。总能听到父亲扛着老镢头在回家的路上唱着山曲的高亢嗓音。这里的人们喜欢唱几声，简单纯朴，安稳度日，日出而作，日入而息。父亲年轻时就入了党，又是大队的队长，他带领村民们一起挑粪拉煤，一起拦河打坝。农活儿之外也没有什么娱乐，人们就经常聚在一起拉话或唱几句酸曲。哥哥姐姐们很小就知道怎么锄地、怎么耕地、怎么翻土、怎么赶牲口，什么样的地形种什么作物，什么样的土质爱长什么……

一头毛驴、一把镢头和一个女人在山峁峁上把平静的高原搞得黄土飞扬。母亲吃苦耐劳、体格强健、面容娇美、贤达善良、爱憎分明、热情大方、心灵手巧，深得邻里乡亲的喜爱。她整日在黄山沟梁间穿梭，整日在屋里院外忙碌。母亲上山劳作、回家缝织、养猪喂鸡，还能歌善舞。做子女的能感受到母亲热爱生活、勤劳善良、多情重义、敢爱敢恨的质朴情怀，能品味到她吃苦耐劳、深明大义、乐善好施的品格。她头戴一顶黄草帽，身穿一身黄土衣，看上去土得掉渣。

但是，回到家里经过一番简单的梳洗打扮后，她便又变回出了清水的芙蓉。她就像黄土高原背洼洼上鲜艳的山丹丹花，给单调的生活带来一道夺目亮丽的风景。

母亲是做饭的行家里手，馍馍蒸得暄格腾腾，面条擀得坚格铮铮，米酒酿得香格喷喷，豆腐做得软忽扇扇，擦的凉粉是白格生生……人见人夸。母亲最称奇的是剪纸，每逢喜庆时刻，一把剪刀、一张红纸在她的手中自由翻飞，一会儿一张活生生的图案就剪成了，花卉鸟兽、植物山水、五谷杂粮、人物故事等，应有尽有，栩栩如生。她凭借着灵巧的双手和勤劳的热情，把枯燥乏味的日子调理得丰满滋润、有滋有味。

我像是母鸡翅下的小鸡，父母为我遮风挡雨，呵护备至。我排行最小，哥哥姐姐也不让我干活儿，也特别地疼爱我。父亲和母亲在黄土地上挥汗如雨的身影一直印在我的脑海中，他们与岁月抗争，与大地搏斗。他们和这里的人一样，在这片贫瘠的土地上顽强地拼搏和奋斗。一代代的人就这样生活了下来……这片贫瘠荒芜、尘土飞扬的沟沟壑壑里，便冉冉

壹 诅咒

地充斥着袅袅的炊烟和鸡鸣狗吠、牛欢马叫的生机。一张破席子，几床破铺盖，一窝生生不息的生命就如同大树的冠脉一样葳蕤，茂盛地、持久地生存下来！一把被黄土打磨得锃光瓦亮的老镢头，劈开荒山，挖平野坡，除去杂草，撒下种子来年就会有满囤的收获，就能给人带来无限的生机和不灭的希望。他们在厚重的黄土畔上一镢头一镢头地劈下一个平面，然后再顺着山势挖出一个拱形的洞来，洞口垒起门窗，用木棍砌成栅栏挡风，这就是陕北人祖祖辈辈用以御寒、栖身的家——土窑洞。

他们淳朴善良，为人正直，性格豪爽，坚韧倔强，秉性率直，豁达乐观，宽厚待人。他们在生育、寿诞、婚姻、丧葬、衣食、住行、祭祀、交际等方面形成了自己的风俗习惯。无论是苦还是甜，开心还是郁闷，无处不荡漾着他们那悠扬、凄婉、高亢、缠绵的歌声。即使是手中挥舞着硕大的老镢头，扶摇着沉重的铁犁，那悠扬的信天游依然飘荡在黄土地的沟沟峁峁、道道梁梁，回荡在黄土弥漫的天际……

冬天男人们基本的服饰是头扎白羊肚手巾，身着光板老羊皮袄和大裆裤,内着白裰子、红裹肚,脚蹬千层布底鞋,有的头戴毡帽、腿裹"裹腿",脚穿毡靴。饮食烹饪习惯以熬食为主,像是手抓羊肉、风干羊肉、羊杂碎、腌酸菜、大烩菜、熬豆角、熬土豆、炸油糕、油馍馍、煎饼、荞剁面、荞面圪坨等。那个时候陕北人的传统肉食以羊肉、鸡肉为主,极少食用马、骡、驴等大牲畜肉或鱼类等食物。在生育观念上,喜多生且贵子轻女。

陕北相对落后和闭塞。当第一辆拖拉机开进村时,孩子和老人们都围着车看,用手摸摸。父亲是村里为数不多的先学会开拖拉机的人。当年外出打工的人也不多,人们死守着这片黄土地,出生在黄土炕上,死后又埋在黄土地里。小时候觉得世界就是由这一堆堆的黄土组成的。小时候就没照过几张相片,全家照过的也就三四张,父亲和母亲还没有照过结婚照。四个孩子长得都很健壮,从小也很少生病。感冒了母亲就拿针在十指上放放血。四个孩子性格也各不相同,但哥哥姐姐很照顾弟弟妹妹。孩子多,大了就共住一口窑洞。父亲和母亲住一口窑洞,夜里我们时时能听到父亲和母亲共同创造的歌声,我们四个子女就是在生命原始的歌声中诞生的。

  我生在黄土地,长在黄土地,吃在黄土地,从黄土地来,最终也要落叶在黄土地。村里的人都说拓峰家四个子女长得身高树大俊俏得很。父亲听了心里热乎乎美滋滋的,仿佛喝了二两烧酒。但热乎劲儿一过,回到家里日子过得还是紧巴巴的。他最清楚,孩子们的饭量越来越大,又要买衣又要上学。贫瘠的黄土,地上一年也产不了多少粮,收入不了多少钱。大人可以少吃少穿,孩子们不能让饿着冻着,正是长身体的时候。姐姐的衣服穿剩下我穿,大哥的衣服穿剩下了二哥穿。晚上一盆菜汤喝完了肚子还是咕咕地响。就是黑馍也不是每顿都能吃上的。我们四个人都是母亲给剪发,什么发型母亲都能给剪成,母亲自己还会烫发。家里的电器有两样,一个是旧式的收音机,另一个就是手电筒。还有一个老式的除了铃铛不响外其他地方都响的自行车,每天父亲骑上晃晃悠悠地去大队开会。即使这样他都想骑上它奔向共产主义。父亲很乐观,他吸着那支长长的烟杆,吐了一圈圈的烟后说道:"小平同志会让咱们过上好日子的。"他喜欢听收音机里播放的新闻,他听到小平同志又出来了。

后来村里实行土地承包责任制,每家有了自己的土地。人给自己干活儿和给集体干活儿不一样,热情高了,土地的产量也高了,人开始吃饱肚子了。父亲带领乡亲们一边种地一边想尽办法搞一点副业,比如养猪、搞一个加工厂、建一个砖窑之类的。父亲没读过书,却很有先见的眼光。

一次父亲帮村民打新窑洞,中午吃饭他能吃八个糕,七个油饼,还能吃几大碗大烩菜。

那会儿是人们刚解决温饱,有些余粮的时候。大哥和二哥正是长个儿的时候,也特别地能吃,不管吃好吃坏,总算是能吃饱了。后来我们穿的不再是补了又补的旧衣服。手头宽裕了一点的时候,母亲从县城买回一些布匹,用缝纫机给我们做衣服。母亲做的衣服不仅样式新颖,穿在身上也特别舒服。

农村总有一些奇闻异事,有时晚上缠着母亲讲一些村子里面发生的事情。原来村子里面还是集体制,大家都一起在

壹 诅咒

地里面劳作,干活的同时你一段他一段地会讲一些遇到听到的事情。所以母亲常转述一些她听到的故事。

原来的村子里面麦收会打场,村子里面有一人用石碾子对那个场面压实压光,术语叫"杠场面",不小心压死了一条蛇,结果场地被蛇包围了。据说那是蛇王,后来经过烧香祈祷,讲不是故意的,请求原谅,蛇才退去。我们听了觉得不过瘾,让母亲继续讲。母亲说道:外曾祖父,也就是姥姥的爸爸,也是走南闯北的人物,听姥姥讲曾经跟日本鬼子干过仗,后来因为舍不得一家老小没有出去。原来去西安要先去榆林,那时候出门基本靠走。外曾祖父曾经扛着一个风箱走到榆林。再早的时候在赶马车做生意,一个晚上,看到前面有灯,顺着灯走,一直走了一个晚上,等天蒙蒙亮才发现,一直在一个地方转圈。这是着了狐狸的道了。我们几个好奇地瞪着眼睛问为什么,母亲说:动物成精,最奇的是"讨封"。据说,狐狸、黄鼠狼一类的动物,修炼到最后一步,便会借助人类的言灵之力来修炼成人形。某农夫经过一穷乡僻壤,山沟小河,遇到一只穿着衣服的狐狸拦路问话:"你看我像个什么?"农夫答什么,狐狸就会相应变成什么。如果你们能遇上动物讨封,记得一定要说吉祥话,尽量回答"像神""像人""像美女""像美男"之类的,不要乱讲话,要不然动物几百年的修为,有可能遭来报复。

母亲说黄皮子(也就是黄大仙)在讨封的时候会在你不远处作揖,还会绕圈,左转三圈右转三圈,转一圈作会儿揖。懂的人会封它,说它像个人它会修炼成人,说它是神它会修炼成神,说它什么都不是它就要回去重新修炼。过去我们马家堡的一个叔叔,有一天他正在田里犁地的时候,一个漂亮的女子就问他:我是不是人?我叔叔本来干活就挺累的,还问他这么一个问题,直接来一句"你不是人是鬼呀",我叔叔转过头的时候就看见一只黄鼠狼的影子,一下就窜走了。也不知道是不是和这有关,从那以后他们家就没怎么顺过,有两个儿子,大儿子在牢里,小儿子过得一般般,也一直找不到媳妇儿。听到这我们不敢再听下去,嚷着说瞌睡了,钻进了被窝,把头蒙上,生怕有狐狸之类的动物精出现在窑洞门口。

壹　诅咒

　　日子过得很快，很快，又过得很慢，很慢。岁月被毛驴车吱吱呀呀地碾过。太阳每天从东边的黄土坡上升起，傍晚又落在西边的黄土坡下。直至我十二岁那年父亲被诅咒带走，是不是父亲得罪了黄大仙，父亲没说过，我也无从知晓了。

贰 诅咒下的相依为命

　　大哥遗传了父亲的聪明手巧，会木工会油工，打得一手好柜子，但做事拖沓，好喝酒。无忧无愁地过着日子，哪里有红火他去哪里，他爱唱爱热闹，不精打细算，大大咧咧，只考虑今天不想长远，他是一个享受型的人。

　　二哥遗传了父亲强悍的外表，体格硕健，皮肤黢黑，鼻梁高挺，目光深邃，嘴唇棱角分明，说话掷地有声。他又好武好斗，从小不爱读书。好交朋友，办事麻利。他充满了激情，有正义感。

　　大姐精明能干，但心眼小，好占小便宜，又特好面子，有时候又嘴多。在父亲去世后，她帮着母亲忙里忙外，克勤克俭地过着日子。

贰　诅咒下的相依为命

我兄弟姐妹四个，老大的衣服退下来就老二穿。有时我就穿大姐退下的衣服，有时穿二哥退下的衣服。衣服套在身上松松垮垮的，像猴子穿了一个大马褂。

丘陵沟壑区的腹地泛绿的时候，春天赶早地来了，我又长了一岁。横跨暖温带与中温带的大陆性季风也变得温柔了一些，不再那么寒冷刺骨了，阳光明晃晃地照在沟壑纵横处，梁峁起伏的黄土高坡上。静静的河水从西穿境而过，春风吹过的淮宁河，泛着淡淡的涟漪。河上飘过淡淡的薄雾，耕地的人一边吆牛一边唱："割一把糜子弯一回腰，喝一口凉水娘家的好。""墙头上跑马还嫌低，面对面坐下还想你。"歌声粗犷、质朴、优美、动听。人们信口吟唱，有抒情，有叙事，歌词纯朴、真挚，泥土气息甚浓。歌声传唱在这一片广漠无垠、千沟万壑、连绵起伏、苍茫恢宏的黄色高原上，有时歌声苍凉悲壮，宏壮沉郁。黄土高原以自己的独特个性默默地影响着陕北人的生活习俗，塑造了性格鲜明的高原文化。千百年来，也渐渐融入了拓跋氏游牧民族的性格、文化、习俗里。

十三岁的我和每一个女孩一样，都爱美，爱打扮，喜欢穿漂亮的新衣服。但我的心思大都放在生活上，为了家里的生活，我想尽一切办法去挣钱。家里生活困难，我勉强也只读了两年半初中。那时候，我们班上，每个寒暑假都会少几个人，所以等我自己不再上学的时候，心里也没什么波澜，貌似我们那个镇上很多同学都这样——我还能读到初二，已经很不错了！

我们家什么都好，除了没有读书的基因。

我姐姐勉强上到初一，就怎么也不想上了，前两年跟着同村的伙伴儿一起去纸箱厂糊纸盒子，母亲不想让姐姐外出打工，女娃子出远门不放心，也就随便找个活儿，过几年找个门当户对的嫁人生子；大哥一心扑在木工活计上，天天琢磨去哪里跟师傅精进手艺，二哥有俩星期不跟人打架，家里人都觉得奇怪，读书上学这等事情倒在其次，不惹是生非就阿弥陀佛了，所以大哥上到初中毕业，二哥上到初中二年级，再往后的日子也不用想太多，反正身边的人也都差不多。我也想多挣钱，但是挣钱多不容易。和母亲种地外，我抽空就做小买卖,过年的时候卖年画。

姐姐最早搬出了窑洞,嫁到张家砭。姐夫张喜清虽然个子不高,却长得眉清目秀,机灵心眼活儿,又肯吃苦。"米脂的婆姨绥德的汉,清涧的石板瓦窑堡的炭。"用母亲的话说:白格净净的。

唢呐声送走了姐姐,送走了春天,送走了母亲的左膀右臂,我的担子就重了。

大哥在杨家沟给杨德厚家打柜子,杨老汉要给大儿子娶媳妇,柜子做成后,杨老汉端详着柜子,笑眯眯点头赞许不已。一天,大哥娶回了杨德厚老汉的大闺女——杨家沟的女子——我的大嫂杨秋月。嫂子像一轮秋月,红润而清秀,温柔而端庄。用母亲的话说:俊格丹丹的。从这天起,大哥家的窑洞里半夜经常传出动听而诱人的尖叫声和满足的呻吟声,直至掩盖了夜晚淮宁河的流水声。

二哥长得帅,个子高,爱打篮球,让他的女同学倾慕不已,即使那位姓王的女同学当了民办教师,也对他穷追不舍。两年后,二哥娶回了周家硷的女子——头缠羊肚子手巾的王永富老汉的二闺女、他的女同学——高个儿、瓜子脸、大眼睛、有一头秀发的王云萍，我的二嫂。用母亲的话说：喜格淋淋的。彪悍的二哥让王云萍在月亮升空时常常发出温美而急促的呼声，打破了窑洞的宁静，点燃了寂寞的夜。两位漂亮的嫂嫂为我家许久没有生气的院子增加了鲜艳的色彩。

姐姐结婚最早，两个哥哥相继结婚后自己另过。我们家就两个窑洞，让给两哥家住了，邻居家不住的窑洞，我和母亲扫干净后住了进去。十五岁那年起，我和母亲单过，相依为命。我自己弃学后，天天想着出去挖苦菜和到集市上去买卖东西。一到秋天，我就去山里砍柴，要砍够一个冬天烧的。地里的活儿，基地拿粪什么的，我都会干。山地能耕的地方就耕，耕不到的地方就人工掏。山地种土豆、黄豆、谷子，靠天吃饭，雨水多收成就好。

十三四岁的时候，我就和两个哥哥一样背三捆半麦子，走长达五里山路。我还出去捡蓝炭，我不去就得母亲去，我能做的绝对不让她去做。所谓的蓝炭，就是煤燃烧不完全留下的炭渣，到了冬天烧火用，要不光靠柴火家里不够烧，窑里冷得不行。自己完全不像个女娃娃,风风火火的,更像个陕北的汉子。

多年以后,回想那些年走过的岁月,仿佛是用老镢头镌刻在黄土高原上的传奇故事,像黄坡黄水之间一朵无人去在意的旷世奇葩。

> 羊肚子手巾(那个)三道道蓝,
> 你说(那个)难呀难也不难?

我羡慕村里同龄的女孩,打扮得漂漂亮亮的,风风光光地出入村里,高高兴兴地上课读书。而对于我的家庭来说,孤儿寡母的,生活下去都很困难,谈何上学读书。别人家父亲在世,有个靠,兄弟姐妹能帮得上。我的姐姐哥哥成家后生活也很困难,也顾不上我。我也没有几个相好的朋友,别人大多在上学,我在地里干活儿,又寻思着出去打工挣钱。我和村里姐妹不是同一类人,她们的话题、她们的想法和我不同。我也没时间去接近她们,更没时间与她们聊天谈心。

日子在琐碎中度过，在我和母亲操劳中度过，像黄土的色泽一样单调。

十五岁那年我出去打工，同村的一位姓王的妇女带着我和一个同姓的比我大几岁的姐姐去砖窑搬砖，我们的工作就是把窑里烧好的砖块搬到窑外垛好。从早晨一直搬到夜色降临，搬一窑砖挣十二元钱，三个人平分。虽然我年龄最小，身体最瘦，但是我干活儿一点儿也不比她俩少。姓王的觉得我小，就想少给我分点儿钱，我在她后面一直跟着她干活儿盯着她，她找不到少分的理由，最后也只好同意三人平分。

村里要建一所中学，开始施工了，有关系的人就去工地打工，一天可以挣到一块钱。我也很想去，可是没关系，工头是县里来的，我不认识，只好去另一个地方捣石子，用大铁锤把大石头锤成小石块，再装满车拉到工地，一方可以挣三块钱。我捣了好多石子也不够一方。手磨破了皮流着血，疼痛像针刺一样往心里钻。我特别羡慕学校工地上打工的，活儿又轻又能挣钱，就像小花狗羡慕同伴往肚子里吞肉一样。

我去学校的工地转悠，有人告诉我留着小胡子皮肤黝黑的中年男子是这儿的工头,我去追着他说我想来这干活,他打量了我一下,觉得我瘦小,干不了这么重的苦力活。我就对他说试用我两天,你看我行不行。他被我的诚心和磨劲儿打动了。问我能不能把一桶水泥从一楼提到二楼,我说没问题。他就让我第二天来,工钱是一天一块钱,我高兴得差点跳了起来。

一天中午,我在二楼架板上从下往上提一桶水泥,不知怎的一不小心连人带桶掉了下去。工人们都惊呼起来,心想这蔫娃定是摔伤了,跑来看我,出乎意料的是我连一点儿皮肉伤都没,我自己也惊奇。我让他们别喊叫,让工头知道了会开除我。我就这样在工地干了四十多天,挣了四十多块钱。这对于我来说是个大数目,一包火柴、一斤盐、一斤煤油才几毛钱。四十块钱顶上大用了,母亲又是高兴又是心疼。

太阳东升西落,日子就这样过去了。虽然穿得单薄、衣服陈旧,但掩盖不住我发育成熟的身体,耸起的胸像要跳栏而出的两头小鹿,其实根本就没有栅栏,因为买不起胸罩。我的脸被晒得红扑扑的,用红头绳系着的两根辫子又黑又长。

夏天来了,蝴蝶追着带有花香的辫子飞来飞去。

拓家的男人们个个短命,"诅咒"常常在他们的身上显现。但他们生育能力旺盛,他们充满了生育的热情,越是穷越要生,即使家里只剩一口铁锅,也影响不了他们生育的热情。

他们似乎和圈里的母羊竞赛,炕上的婴儿刚出生,圈里的小羊也从母亲的身体里掉了出来。羊羔站都站不稳,眼睛被黄色的黏状物糊着,嘴里发出咩咩的叫声,呼应着窑洞里婴儿的啼哭声。院子里热闹起来,孩子啼哭声和羊羔的叫声,家里的人恨不得生出三头六臂来。

大姐拓凤怀了一对龙凤胎,早产了一个月,取名咚咚和叮叮。大哥拓海生了一个女孩,取名萌萌。萌萌在院子里刚会乱跑时,二哥拓江生了一个九斤的男娃,取名虎子,一年后又生了一个黑不溜秋的男孩,一出生两眼乱转,两个小手握得很紧,取名蛋蛋。蛋蛋刚满一岁,杨秋月坐不住了,凭啥她王云萍就能连生两个带把儿的?她生了萌萌后就没有动静了。她埋怨起大哥来,"能吃能喝不能生",就用白酒泡了鹿茸、菟丝子、龟板、淫羊藿给大哥喝，过了一段时间又泡了巴戟天、杜仲、牛膝、枸杞。深夜老二窑洞里传出幸福爽快又肆无忌惮的叫声时，杨秋月就推起拓海也来一次，她蹲到拓海的身上发出宣战的叫声，似乎是想让王云萍也能听到。她们互不相让，此起彼伏，本是寂静无声的夜晚，却是波涛汹涌，江声浩荡。一轮红月也躲进云层深处去，拓家窑洞里时高时低、时快时慢的叫声引得自家的狗吠起来，邻家的狗也跟着叫，拓家沟狗吠喧天，山上的沙石被震着从坡上滑落下来。山上的草在疯狂地生长着，圈里的羊在激情地交配着。

过了几个月，大嫂杨秋月的肚子还是瘪瘪的，如掏空了的玉米袋。"还不如咱们家的驴。"躺在炕上的杨秋月对着窑顶似乎自言自语，但语调中分明含着埋怨的语气。拓海马上侧过身问道："什么意思？你倒是说说！""黑驴三年就生了三头小驴，也没耽误干活儿！"拓海知道她说的是没生下儿子的事，自觉理亏也就不吱声了。拓海不吱声，坐起来卷起了烟。刚来拓家时杨秋月是温柔贤淑的，几年后就变得泼辣，说话直爽和粗野，"驴不用手扶就能进去，生了一个又一个"。

"人咋和驴比呢？""你那东西软塌塌的，还真不如驴的，白给你吃了那么些补药了。""每天不消停，谁也受不了！"杨秋月脸颊立刻飞上两片红云，低头嘟囔道："自己不行，还怪人要得多。哪家不是这样的？""咋不行了，那白花花的多得都从地幔上溢出来了。哪像你的河里干涸得没多少水。"杨秋月马上反击道："哪次水少了？你现在看看！"立马剥掉拓海的裤子上去了。拓海不甘示弱地翻起身来，像头斗牛冲出去，杨秋月翘起臀迎接着，从来没有这么畅快淋漓。杨秋月没来那个，她高兴地拍着拓海的脑门儿说："行啊，你！"她知道自己怀上了。自此以后杨秋月嗓门更高了，九个月后杨秋月生了儿子。又一年，她又生了一个男孩。老二起名拓聪，老三起名拓敏。四年后老四也出生了，也是个男孩，起名拓凯。至此后杨秋月不敢再生了，四个孩子让她的脸上留下了操劳的痕迹，失去了以往秋月的光泽和迷人的微笑。

在拓海生养孩子的几年里，拓江和王云萍也没闲着，相继又生了两个女孩，一个取名毛毛，一个取名豆豆。大姐也又生了一个男孩，取名张磊。后来赶上国家计划生育政策，女人们几次被拉到乡卫生院强制人流强制节育,她们又奇迹般地逃跑了,东躲西藏不敢回家,后来超生的都被罚款。家里的钱不够还借了一屁股外债。

陕北高原依然沟壑纵横,山上的豆子割了一年又一年,时间似乎在重复。然而拓家却人丁旺盛,圈里的牲畜多得难以存栏。

我家的羊加上大姐大哥二哥家的有四五十只,我没事就把羊赶到山坡上放,带着我们家十一个孩子。让他们一边玩一边盯着羊,别让羊走丢了。回来的时候让孩子拾点儿柴。为了鼓励他们,哪个听话哪个拾的柴多,就给哪个多发一颗糖。他们太不老实了,在一起不是你打哭他就是他打哭你。大哥家成一派,对打二哥家的一派,势均力敌!

二哥家黑蛋个子不高,两眼乱转,口才极好,有天生的领导力,他总是指挥着这群孩子干这干那,自称是他们的大队长。二哥家的虎子最淘气,最能乱跑,在山上跑来跑去,一会儿跑到羊群里拽着羊的尾巴,弄得羊叫个不停,还把羊羔偷偷抱走,母羊转来转去地找小羊。二哥家的拓毛毛爱唱歌,她稚嫩的声音唱的信天游有模有样,头上缠一个白毛巾模仿男声唱。二哥家的拓豆豆不声不响,不惹人,别人干啥她屁股后跟着看,指挥她干啥她就干啥,挺听话,她特别招人喜欢,小嘴可甜了,哥哥长姐姐短的,一笑就有两个小酒窝,从来没见她被打哭过。

大姐家的龙凤胎张咚咚和张叮叮比较文静,也有大姐姐大哥哥的样子。咚咚也是文静得像个姑娘,喜欢和女孩玩,玩的也是女孩子喜欢的跳皮筋、掏毛线一类的游戏。而大姐家的张磊,你不惹他,他也招人,手碰一下这个跑了,脚踹一下那个藏起来了,喜欢抢别人的玩具,他是挨揍最多的。哥哥和姐姐刚开始还护着他,后来索性不管他了。

大哥家的拓萌萌,胖乎乎的,梳两个羊角辫,她比别的孩子反应慢点,又笨又胆小。总是被别的孩子捉弄,总是见她揉着两个小眼哭。有时,二哥家淘气的虎子在她脖子后面塞个蚂蚱或衣兜里给塞一个小虫子,她就躺在地上一边哭一边打滚或两脚向上乱蹬。老二拓聪是个挑事油子,说这个长那个短的,总怕风平浪静,几家孩子打得越热闹,他越高兴。

老三拓敏瘦弱，一副无精打采的样子，遇上感兴趣的游戏才活泛起来。大哥家的老四拓凯话不多，但心里有一个小算盘，鬼精灵一个。孩子们在一起总是打打闹闹，两位嫂嫂又特别娇惯、溺爱自家的孩子。孩子们像拨火棍子捅灶门，磕碰又离不开。这群孩子有一个共性，他们身上充满了野性和欲望，一种看不见的不屈服的性格，一群野狼崽子。

那几年姐夫和大哥从当地往广州倒黄芪，我们那儿盛产黄芪，但当地卖不了好价，听说广州价格比较高，就从当地收购，雇车拉到广州。他们从广州带回了大白兔奶糖，孩子们就不再喜欢我的水果糖了。他们还带回了花花绿绿的新衣服，让村里的人羡慕不已。他们带回了录音机在院子里放起了音乐，村里的年轻人伴着音乐跳起了舞，流行歌曲也随着磁带的转动迅速地传遍整个村庄。"我家住在黄土高坡，日头从坡上走过，照着我窑洞晒着我的胳膊，还有我的牛跟着我。"

叁 我有了自己的家

来院子跳舞的人,有一个是外村的,似乎在哪儿见过,使劲儿想也没想起来。他的舞步轻盈、姿势优美,不像村里的一些人,老汉推车似的笨重而吃力。他邀我跳舞,我不会跳,他就教我,从四步学起,不知是紧张还是别的原因,总之我感觉自己跳舞的样子很丑,总是踩到他的脚。

他有一个白净的面孔和一个双眼皮一个单眼皮的黑眼睛,鼻中隔有些偏曲,开口说话时露出中间一对会笑的黄牙,右嘴角上一个带尾巴的瘊子就活蹦乱跳起来,他的头发细密而卷曲。

舞会给山村的夜晚带来新鲜的活力,小年轻跳,劳动了一天的中年妇女晚饭后也出来跳,你搂着她,他搂着你。夜

叁 我有了自己的家

晚不再像过去她们唯一的娱乐活动,就是在土窑的炕上和自己的男人翻田耕地。一些老年人就不喜欢这种娱乐方式,一是他们喜欢安静,二是不习惯自家儿媳被别的男人搂着腰,三是担心搂久了会搂出事来。而一些年龄还不算太大的老头心红的,晚饭扒拉几口就去了,一想到自己的老汉搂着风骚的花枝招展的婆姨转来转去,老太太们就气不打一处来,想跳到鸡窝上骂街。

一天我在山上放羊,远处有一人赶着一群羊向我这边一点点儿地移动。过了不久就听到唱歌的声音传来。

刘家河村的酒,刘家河村的菜,刘家河村的小伙子长得帅!

刘家河村的人,刘家河村的瓜,拓家沟的美人人人夸!

拓家沟的美女,刘家河村的桥,刘家河村的风景一条条!

刘家河村的景,刘家河村的戏,刘家河村的帅哥讲义气!

　　刘家河村的盐,刘家河村的田,刘家河村的男人会赚钱!

　　刘家河村的桔,刘家河村的汉,刘家河村的帅哥满街串!

　　北京大,上海富,不如刘家河村的一棵树!

　　我怕他的羊跑进我的羊群里,也怕我的羊跑到他的羊群里,到时候就怕分不清谁是谁的。我就向他摆手示意,不要再往这边赶羊了。他看明白了,羊没过来,他却向这边走来。淘气的黑蛋迅速拿起弹弓对中了他,石子打中了他的小腿,他不再向这边走了,只见他坐在那儿双手揉搓起双腿,哎哟哎哟地叫唤着。我忍不住笑了。"小心打着头和眼睛!"我告诫着黑蛋。

　　他的羊群与我们的羊群保持着一定的距离,他不敢再靠近。几个孩子像防贼一样防着他走近我。

　　"妹子能不能谝一会儿?"他双手在嘴边,做成喇叭一样的形状向我喊话，话音刚落，"子弹"就飞了过去，吓得他不敢喊了。没过多久他又不甘心，举起双手一边向这边走一边喊道："我投降！我投降！"惹得孩子又是笑又是跳，又是欢呼！孩子们还是让他过来了，孩子们想看看这"鬼子"。离我几十步远，就不敢再走近了。他说："我去过你家院子跳过舞，还教过你跳舞，你忘记了？"我也不回答他，孩子们看着他那胆怯又滑稽的样子就笑个不停。孩子们让他坐下他就坐下，让他站着他就站着，让他双手举起他就举起，他的眼里充满了殷勤和献媚。或许每个男子追求心爱的女子，都会把自家放得很低。

那天跳舞匆匆一面，我没问他叫啥，也没问他是哪个村的。他说他是刘家河村的——叫刘军，小学时比我高一班，但我上学时对他没有一点印象。

傍晚黑蛋就骑着那只老山羊，迎着晚霞走过弯弯曲曲高低不平的小路，辽阔寂静的暮色中，老羊闻着夏季的花香，在黄土扬起的路上它总能准确地嗅到回家的路。

夕阳走在山羊后面，随着一束炊烟回了家。牛羊拥挤的脚步沿着一条土路涌进了村庄。村庄的小道顿时被青草芳香和欢快的羊叫声挤满。

其实黑蛋知道姑姑对他射过的"鬼子"并不反感,两个放羊的人相遇在有青青碧草的山间,眼睛擦出了闪亮的花火,透过她明亮的眸子可以看到。姑姑说她不懂得爱情是什么。认识他之前她没有谈过恋爱,村里多数的女孩子找对象都是通过媒人介绍的,两人见面了看对了眼,就开始筹备嫁娶的事了。女方会要彩礼,家里要有电视机、自行车等,还得一孔装修好的窑洞。村里自由恋爱的人不多,大多数是通过熟人介绍的。

村里男婚女嫁多是父母之命、媒妁之言。男女选择对象,要讲究门当户对。一要查清门户,即对方家族或本人有无狐臭史。二要查清人气,即对方及其家庭的人品如何。三要查清男女双方生辰八字,看是否相合。

刘军和我小学虽然是同校,但我们不在一起玩,也没有来往,再说十多年也未碰过面,他来我家院子里跳舞时我确实不认识他。他看上了我,就有意接近我,后来就托人上我

叁 我有了自己的家

家提亲，但是母亲不同意，姐姐哥哥也不同意。他家是村里最穷的，我家不同意不是因为他穷，"鸡蛋壳壳点灯半炕炕明，烧酒盅盅量米不嫌哥哥穷"，是因为母亲打听了他家的底细，听说家风不好。他的爷爷就不务正业，抽大烟鬼混不顾家，他爹也是懒得出奇，又好吃好喝好赌，怕他也是这路货色。母亲说：老人常说老子偷瓜儿盗果，老子杀人儿放火，一辈比一辈坏。但我觉他爷爷是他爷爷，他爸爸是他爸爸，和他没有关系。

"绵羊山羊分开走，自己的对象自己瞅。"在家人的强烈反对下，这门婚事先搁一边了。我也看上了刘军，铁了心地想嫁给他。我没有恋爱过，他是第一个闯入我少女心扉的人。我便和家里人赌气不说话，那时真的很任性。过了一段时间，母亲看到我这个样子，怕不成事会出事的，便在媒人李家二嫂子的安排下让我和刘军见了面。我们沉默了许久不知该说什么，后来我们俩谈上学时的趣事，谈同学的变化，谈我们放的羊和放羊的山，顿时觉得天是如此的蓝，云是那么的白，心里开了花儿似的，心情像跃出河面的小鱼儿一样欢快地蹦趷。我不了解刘军本人和他家里的情况，听人说他爸带着全家走过南路，后来又回到刘家河村。我对他在外的情况和生活也一无所知。我傻傻的，很单纯。他从小在外混，鬼精油滑，几句甜言蜜语就打开了我的心扉。

他梦见我们赶着羊在山疙梁梁上放着。他给我唱《五哥放羊》和《兰花花》。我和每个少女一样喜欢听情人动听的话，笑容荡漾在我的脸上，浮在我的心里。我憧憬着美好的爱情和婚姻，既幸福又甜蜜。少女都会把感动当作爱情。我喜欢他唱的曲儿：

半夜里想起干妹妹，狼吃了哥哥也不后悔。
前半夜想你点不着灯，后半夜想你翻不转身。
墙头上跑马还嫌低，面对面站着还想你。

我听到口哨声就知道这是刘军吹的，别人没这么响亮和急促。我装作没听到，在家里收拾一下，我镇定自若地像平日里去地里干活或看看有没有需要干的营生一样走出家门。

叁 我有了自己的家

口哨声又响了,有点低沉,仿佛有些失落。出了院子我向四周看看,偶尔走过一个人,门口的小路上不远,瘦瘦的刘军站着向这边伸脖子张望,不时踱步。他看见我出来了,招了一下手示意跟着他走,我向他走去,他则恐慌地向前走,好像偷了东西生怕别人抓住他似的。

走了一会儿,他到枣树林边停下了脚步,我走了过去,他喘着粗气,我想说没走几步路就这样喘,在家里一定没下地干过活。我没好意思说出口。他踩着林里的土路又向枣林里面走了几百米,在一棵枣树下停下,背靠着枣树干歪着头问:你妈咋想的,嫌彩礼钱少?我抿了抿嘴唇没说话,他以为我妈贪钱,我心里产生一丝不悦。他看看我的表情就知道自己说错了话,苦笑了一下。下午的阳光有一些刺眼。他沉默着若有所思的样子。"我家人都不同意我们在一起,你以后也别跑了。"他用右手挠挠头说:"我又不吃人。"我笑了。"你就是一只贪得无厌的狼。"我带刺地说。"我也不是高加林,你也不是巧珍。"他说道。"你有高加林的本事,我妈就同意了。"我说。他不好意思地笑了笑。我俩各自靠着一棵枣树对面站着，两手放在了背后。俩树有几步远，我们沉默了，想着各自的心事。

他从裤兜拿出一盒烟，用手指弹一下盒底，一根烟只弹出了一截，他用两手指夹着烟，用嘴把烟叼起，接着掏出火柴去点烟，点了几次才点着。"你们村的好姑娘多的是，干啥要跑我们村找对象？""我们村的都剩下些歪瓜裂枣的。""你早干吗去了？还是别人看不上你？""那倒也不是，兔子不吃窝边草嘛，再说她们没你漂亮。""你不要油嘴滑舌的，我不吃这一套。"虽然我这么说，但我心里是喜欢听他这么说的。他把烟吸了一半，丢到地下，用脚拧了拧，他这个动作像电影里的特务。

他看我的眼神燃烧着火焰，我都能感觉到他的高温，我的心也怦怦乱跳。我能强烈地感觉到他想和我在一起的愿望。其实不知道什么时候我也喜欢上了他，也想和他在一起。在一起时有无名的兴奋和激动，还有自发的喜悦。

突然一只野兔从身后窜出，转眼就跑远了。他一激灵，嘴角的瘊子随着他的嘴角一动，瘊子的尾巴就上下移动。深

叁 我有了自己的家

绿色的枣叶在阳光的斜照下泛着光，树叶间开着金黄色的小花，挤满了枝头。一阵轻微的风缓慢地吹过来，浓郁的香味笼罩着整个枣林。

刘军就这样三天两头地过来找我，玉米地边、小河边、枣林里留下了我们的身影和说笑声，从牵手到相拥到亲吻再到爱抚，水到渠成又情不自禁。几次在我们无法自拔无法呼吸时我还是控制住了自己，我要把那美好的时刻留在我们的新婚之夜。每次约会后他都说他是猪八戒，还会来高老庄找我的。我就这样吃了秤砣铁了心地要和他在一起，雷打不动，风吹不倒。

母亲和姐姐哥哥拗不过我，就顺从了我的意愿，答应了这门婚事。刘军的爹妈提着两瓶酒和两包石子馍，在李二嫂的引领下到我们家吃了一顿饭，就把婚事定下来了。

农历七月七，我结婚了，成了刘军的婆姨。刘军属马二十一，我属鸡十八。刘家河不受训的黑马引走了拓家沟情窦初开的小花鸡。当地结婚是要彩礼的，母亲像白养了我一回，我没向刘家要一个铜板。母亲不在乎有没有彩礼，在乎的是我的幸福。

大嫂杨秋月和二嫂王云萍早早地给我准备了两对底面上印着牡丹花和双喜图案的脸盆，一圈红红的边，很漂亮，还有床单和花格子油布。大哥给我打了两件实木柜子，大姐给我缝了两床新被子。

二嫂拉着我的衣襟去了她的窑洞。她小声地告诉我做新娘子的秘密：要准备一个脸盆专门洗下身，做事前后都要洗洗，防止患妇科病。男人们一年也不洗几次澡，那东西脏得很。我还没结婚，二嫂的话让我羞得不知该说什么好。过了一会儿大嫂开门进来，又把我拉进她家的窑洞教我如何与婆婆相处，和婆婆不要顶嘴，即使她有错，不要当着外人的面。多说家人的好，不要向外人嘀咕家长里短。也说了许多不向外人道的处家秘诀。真的很佩服我家两个漂亮又各有能耐的嫂嫂。

结婚时我们没有大办，简简单单的，主要因为他家太穷了，连件像样的新衣都没给我买，他妈结婚做的被子、里子都是布面袋拼凑起来的，还印着"中粮"两个字。被子里的棉花都是旧的变了色的，但是我没嫌弃，我是奔着这个人结

叁 我有了自己的家

婚的，穷我也认了。

浩浩荡荡的迎亲队伍走在山路上，崖畔畔、山梁梁，随处是观看娶亲的大人和孩子。唢呐班子走在最前面，跟的是新郎和迎亲的婆姨，我骑着毛驴走在中间，最后面是送亲的婆姨。迎亲队伍回到他们村时，速度放慢，吹鼓手开始使劲儿地吹。

十八岁的我还体会不到婚姻和家庭的真正含义，只觉得从此自己有了一个家，一个属于自己的家。那时候结婚都早，农村就是这样的习俗。

道喜的讨吃子（乞丐）在他家的窑洞前早早等着迎亲的队伍。一看到我们走来，开始打快板，边打边唱：

太阳出来红花开，我给主家送喜来！迟不来早不来，新人迎进来我就来！瞧见个了，看见个了，谁家的姑娘长得俏，活圪灵灵眼睛弯眉毛，红圪丹丹口唇儿赛樱桃，黑个油油头发梳得那个俏，白圪生生脸脸抿嘴笑，盘着个腿，弯着个腰，坐在轿里她摇几摇。红红火火过日子，夫妻到老一辈子。

在湛蓝的天空下，秋日的艳阳照着初为新娘的我，照着欢快的迎亲队伍，照着披红挂彩的毛驴，照着毛驴雪白的牙齿。田地里的庄稼都舞蹈欢歌了，毛驴兴奋地扬头嘶鸣，声音是那么的响亮高亢、悦耳动听。一声声驴叫魔幻得像是在模仿意大利高音歌唱家，这是艳阳高照下黄土高坡上最优雅的驴叫声了。

噼里啪啦的鞭炮声不绝于耳，惊醒了老榆树上一对打盹的喜鹊。喜鹊飞过头顶，在我的肩上留下两片带着温度的印记，似乎有着什么暗示。世上的事没有无缘无故发生的。近午时阳光直射下来，明亮刺眼的阳光投向人们，强烈的阳光让人汗流浃背。上事宴的人出出进进，看热闹的人也开始擦汗。农村婚丧嫁娶都是村里的头等大事，人们就像来看马戏团一样。

窑洞虽然陈旧，但是打扫得干干净净，门上贴着大红的喜字，窗户上也贴着西北婆姨们巧手剪的剪纸。红红绿绿的剪纸给人透空的感觉和艺术的享受，这些剪纸有着古拙的造

叁 我有了自己的家

型、粗犷的风格和有趣的寓意，还有精湛的技艺。婚娶时的枕头顶子、鞋花和刺绣花样等也是以剪纸为底样的。当地人说"找媳妇，要巧的"，"不问人瞎好，先看手儿巧"，认为剪纸好的女子肯定聪明，以后生下的娃娃自然也是聪明的。

我一进院子就被簇拥着走进了新房，几个婆姨和小孩子扒在门上，想看新娘子长啥模样。炕上摆着一对大面鱼和许多的馒头。被子周围撒着核桃和大枣。一位老年婆姨前来为我梳头，一边梳一边唱："头一木梳长，二一木梳节节长，拓家的女子跳过刘家的墙。对对核桃对对枣，对对儿女满炕跑。养女的，要巧的，石榴牡丹铰得好。养小子，要好的，穿长衫，戴顶子……"唱完就把我的头发盘成髻子绾起。

村里的小学放假了，从学校借来的桌子、板凳被拉到院子里。两张双人课桌并在一起，十几个临时拼凑起来的"八仙桌"将两孔窑洞前的空地挤得满满当当。村里不少的婆姨都来帮忙，有负责到各家各户去借盘碗的，有帮助择菜洗菜的，有负责擦桌子擦板凳的，当然，还有负责扫地的。院子里刚刚扫干净的黄土地面被觅食的公鸡、母鸡留下了几处鸡屎，年长的婆姨告诉年轻人，只要新人一进门，这院子里的鸡屎千万不能用扫帚扫，要用铁锨贴着地皮把它铲起来，扔到猪圈去。新媳妇一进门，家里就不能再扫地了，只要一动扫帚，似乎就有把新媳妇扫地出门的嫌疑。

院子栅栏门口有一张从学校搬来的课桌，一个孩子站在课桌前面，正在研墨，一个婆姨坐在一条长凳上，在那里帮着收礼金。一个教书模样的老先生端坐在课桌后面，右手持着毛笔在一张红色的礼单上面写着送礼人的名字和钱数，"李三林礼洋五十块，张二蛋礼洋三十块，王四后生的婆姨礼洋五十块……"

中午就在这八仙桌上摆起了酒宴，代东的是队长赵和平，他简单地说了几句话，最后一句"希望从今个儿起，刘军家能够渐渐地过上好日子"。话音刚落地，鞭炮声便响了起来。我俩拜过高堂，开始为来宾敬纸烟了。刘军拿着陕西宝鸡卷烟厂生产的一盒卷烟，这烟是他大托人买的，就是过年，农民也很难抽到这种香烟。刘军从绿白相间的纸烟盒里掏出香烟，递给前来贺喜的每一位会吸烟的亲戚和乡亲，接过烟的

叁　我有了自己的家

人全都把烟叼在了嘴里，等着新媳妇把它点着。

一些小后生很捣蛋，当我把划着的火柴拿到他面前的时候，他故意"噗"的一声将火柴吹灭，我不得不重新点燃一支，等新点燃的火柴再递上去的时候，小伙子"噗"的一声又将它吹灭，逗得周围的人哈哈大笑，急得我不知如何是好。"新婚三日无大小""闹喜闹喜，越闹越喜"。抽完了烟，大家纷纷入席。

前来道喜的亲朋好友大块地吃肉大口地喝酒，吃饱喝足了抹抹嘴，抓一把喜糖叼着烟摇摇晃晃地向院外走去。第一批是重要的人员，老娘舅舅和女方送亲的，第二批是乡亲和朋友，最后一批是帮忙的。一直吃喝到下午四五点，我俩也不停地去敬酒。百十号人同时聚集在窑洞前，在刘家河这个小山村，除了娶亲，再不会有任何事情有如此大的场面了。

我出嫁，我妈是又高兴又悲伤，高兴的是闺女找到了自己的人家，闺女大了迟早要出嫁的，悲伤的是舍不得我离开她的身边，因为从小到大从来也没有离开过。我妈是一会儿笑一会儿抹眼泪。其实我也舍不得离开我妈。我们两家村离得不远，随时可以回来，又不是昭君出塞。我理解我妈的心情，嫁出去的姑娘，泼出去的水，姑娘从此成了别人家的人了。大哥、二哥就不一样，虽然长兄为父，但希望我早点过去，过自己的生活。手足之情和母女之情是有天壤之别的。我的血液里流淌着母亲的血，我是从母亲的衣胞里出来的，这种关系是最亲密的，任何关系代替不了的。哪个窑洞都会有娶进的嫁出的。这些事都是老汉们笑，猴娃娃叫，后生们背旮旯去尿尿。

　　坐完席面的亲戚朋友渐渐散去，喧闹了一天的小院慢慢安静了下来。不一会儿不知道从哪儿钻出一群嬉皮笑脸的年轻人，他们开始闹洞房耍戏我俩。他们找来了两个生鸡蛋，让我分别从新郎官的两个裤管放入，往上移动并使两颗鸡蛋于"重要部位"交会，再分别由另一裤管移出。这个不容易，一是鸡蛋容易掉下来，二是到了裆部就不好过去，两手一交换总有一个要掉下来，不让蛋碰蛋更难，那碰住的不可能是蛋了。这些坏小子不知从哪儿想出这些奇怪的我从没见过的损招。我笨手笨脚试了好几次都不行,掉下来好几个蛋。他们把这个叫作探囊取物。更难的是推鸡蛋。让新郎把一个鸡蛋放到我的左边袖子里,然后让新郎隔着衣服推,绕过胸前,从右边袖子推出来,然后再推到右边裤腿里,再从左边裤腿推出来。

闹洞房,是这里传统的婚俗。古人闹洞房,取辟邪驱恶之意,又有融洽新人关系、表达宾客祝福之愿。今天的闹洞房就是后一个意思了。

在陕北,有句俗语说"丈房窑里没大小",意思是在闹洞房的时候,人们都可以暂时忘却自己的辈分、年龄,无论长幼,均可设计出一些节目让新人完成。婚宴结束之后,左邻右舍、朋友哥们儿早早来到新房,盘腿坐在炕上抽烟聊天,等待男女主角登场。我们两人都很害羞,对大家提出的"过分"要求不愿意配合,尤其是我面对一群陌生的男人,更显得拘束孤单,甚至有些恐惧。一些好友和亲戚就动员新郎官带头,抓紧时间与朋友们合作,只有早早闹洞房,才能早早入洞房,入了洞房才有可能进入正题:老人还在等着抱孙子哩!

很多平日里与男女之事八竿子打不着的词汇在此时显得十分贴切，比如火车倒挂钩、仙人摘桃、根深叶茂、黄鼠狼拜年……一些平日显得很斯文的男人在这个时候暴露出色之本性，与人们心目中的那个人完全不一致。也真应了那句：食色，性也。

这些可爱的家伙后来又弄出一些千奇百怪的游戏让我俩做，什么"乌鸦喝水"了，什么"敲锣打鼓"了，还有"五子登科"。闹洞房的人很开心，但我感觉真的很累很累。累得我实在不行了只能求饶："放过我们吧！""饶了我们吧！"直到最后给他们散了烟，他们才尽兴而去。

当我躺在新房的炕上时，累得真的直不起腰来。天色渐渐地暗了下来，几颗稀疏的星跳上了深蓝色的天幕，一弯新月露出带有红晕的喜悦。一声声蛙鸣从村口传到了窑洞，从草丛传到天空。我想睡觉了。不知眯了多久，有人推醒了我。是刘军让我起来洗漱，他喝了酒后又是异常地兴奋，没有像我这样疲惫。

洗漱后我觉得好多了，推门倒水，水像月光一样泼到了地上，撞出一阵清响。我的影子在地上轻盈地晃动了几下。大门口的栅栏处有人走过，我听到了几声稀疏的脚步声，突然想起今天是七夕节，是牛郎和织女鹊桥相会的日子。白天两只落在老榆树上的喜鹊此刻也安安静静的，没有一丝响动，可能白天的吵闹和喧嚣没让它们休息好吧。

回到了窑洞插好门，脱去沉重的婚装我躺在炕上。他凑了过来问："还累吗？""还好！"他褪去了衣服，钻进了被窝里，伸手过来拉我的内衣，我不自主地缩了一下，不让他动。我让他转过脸去，他倒也听话。我自己脱，我脱内衣的手指抖动着，我能感觉到自己的心跳动得很厉害，我又是羞涩又是害怕。他把被子一掀，盖住了我们整个人。他拉了一下我的手，身子像泥鳅一样滑了过来，我把另一只手伸出被子向上拉灭了灯。我们像两只被子下嬉戏翻滚的猫。

他闻着我的体香，像是闻着丰收的苞谷的气息。从窗户纸透进来的乳白色的月光流淌在红色的被面上，我感觉到还有什么一样地流淌在我的身下。

突然窗外一阵喘息声，立马又停住了。接着就一阵窸窸窣窣的声音。

"有人？"

"听房的呗！"

我豁然明白了！我按住他的手伸出头向窗外看去，两个黑影半个身子在那儿一动也不动。他感觉我们没有了声音，倏地一会儿黑影消失了，伴随着一声轻响，像是土砖掉下的声音。原来窗外的人比炕上的人还激动，听到了里面的呻吟和喘气声，自己就激动起来了。在我们这儿，听房是一种古老且广泛的风俗。所谓"听房"，其实是偷听和窥看新婚交媾的风月之事。听得悄然、空阒、鬼祟、神秘，道出的却是陕北人做甚事都讲究个雅巧。若新婚之夜，门边不踩一双见证和分享的脚印，这家子倒要落个人气不好之嫌。千百年来的农耕文明和传统的婚姻制度沿袭下来的人文习俗，一直被陕北人乐观而善意地接纳和包容着，就像戏台子下总需众人喝彩，讨个彩头，好叫新娘子早早生个大胖小子。一边迎着喜气临门的吉祥风俗，一边也是青春性启蒙的课堂。

常听人们唱酸曲儿：

叁 我有了自己的家

> 白脸脸雀雀长翅膀,
>
> 吃你的口口比肉香。
>
> 一把搂住个细腰腰,
>
> 好像老山羊疼羔羔。
>
> ……

窗外消失了声响,听房的似乎扬长而去。再也等不及的他趴上我的身体。我还没有湿润,他就猴急地想进去,试探着进入一点时我就感到尖锐的疼痛。我没有体验到想象中初夜的那种幸福,事后雪白的床单上留下两块殷红的血片,像两只振翅欲飞的蝴蝶。

当窑洞的炊烟袅袅升起在清晨阳光四射的霞光中时,人们起来做饭的做饭,喂猪的喂猪,饮驴的饮驴。我在院子拾柴准备熬枣粥时,抬头看见一位腰间插着长烟杆的老人牵着牛从门口的栅栏处走过,牛哞哞地叫了两声。随后听老人唱道:

好男无好妻，

懒汉娶贤妻，

一棵好白菜又让猪拱了！

歌声在早晨喜悦的空气里像箭一样地射来，我怔怔地望着老人和牛远去的背影。

第二天夜里他说要，我说不！第三天他说要，我说不！第四天他说要！我没说不。我真的怕疼，第四天没有疼，他进入后喊着：一、二、三！我接着喊：三、二、一！他就泻了。真扫兴！第五天我说要，他说不！第六天我说要，他说不！第七天我说要！他没说不。进入后我喊着：一、二、三、四、五、六、七，他喊了：七、六、五、四、三、二、一。他又泻了。真没劲！此后我给他吃起了补药。

人愿往往难遂，日子不是你想过好就能过好，你想幸福就能幸福的。结婚后我们住进了自己的窑洞，除了一口铁锅，没有别的。就连以前他放的羊，那都是别人家的。我带回来

叁　我有了自己的家

我妈送给我的六个瓷碗和一把筷子,还有嫂子们送的几个盆,算安了一个家。婚后很快我就发现刘军身上的缺点和毛病,这个有着漂亮外表的小伙子,内心很幼稚,还不成熟。没有经历过生活磨难,单薄的身躯还撑不起这个家,还是想着和以前村里的伙伴吃喝玩乐,根本不想着如何过好日子,好吃懒做,没有苦力也没有责任心。家里的活儿不愿干,不挑水,不下地干农活,其实地也就那么一点儿。家里穷得揭不开锅,没有面,五谷无一粒。实在没吃的,我就从我妈那儿拿一些面和杂粮。

一次我熬好了粥,他从外面回来后不愿意吃,就连锅带粥端着扔到院子里,粥倒了一地,铁锅也摔成了两半儿。就在那刻,我伤心极了,心中的那座希望的山开始逐渐消瘦。难道婚后的日子就是这样的?我憧憬的美好生活难道就是这样的?我和他吵,他和我嚷。但是日子还是要继续,我含着眼泪把摔坏的铁锅拿到补锅匠那儿补好。他变本加厉,夜里总是出去打牌和赌博,常常醉醺醺地半夜回家,早晨不起床,做好了饭叫三遍都不起来。吵急了他就动手打我,我不愿声张,默默忍受,希望他能改好。我把好吃的给他,难干的活儿我干。即使这样,我依然如韭菜爱镰刀般地热爱着这个男人。虽然有点痛,只是感觉我被爱情撞了一下腰。

我们婚后生活勉强坚持了两个多月,不能再这样过了,我寻思着找点事做,否则这样下去会饿死的。我大姐借给我六百元,我从银行贷了三百元,又向村里一个朋友那儿借了二百元,总共一千一百元,开始做起了儿童服装生意。从县城进货,再到村里集上卖。为了赶集,我一人常常跑三五十里的路,哪里有集头我就去哪儿,挣了钱连一个饼都舍不得买,空着肚子往家赶。

我一个十八岁的媳妇,纵容着一个无赖的丈夫。我给他蒸着白面馒头吃,自己吃着玉米面窝头。他不懂得这是媳妇对他的爱,赌钱输了不顺心还对我拳脚相加。我不敢吭声,怕村里人笑话,怕哥哥嫂子知道,怕母亲伤心。

为了维持家里的生活,为了不再伸手向母亲要粮吃,我起早贪黑地做着儿童服装的小生意。三个月下来,我盘点了一下,除了手里有一部分服装外,一千多元变成了三千多元,

叁　我有了自己的家

我也暗自为自己的努力换来的成果而高兴。

每到过年过节或闲空的时候，我们俩也回去看母亲，家里有事宴也回去。大嫂杨秋月说，刘军就靠两片嘴活着，二嫂王云萍说他没个正形。他和两个嫂嫂嬉皮笑脸，嫂嫂长嫂嫂短的，说他也不生气，打他一巴掌也不恼。二哥拓江死活看不上他，很少主动搭理他，喝多了酒几次想揍他一顿，被家人拦下了。"不管咋说，也得顾全你妹子的面子，再说让外人看到了也不好，哪有大兄哥打妹夫的事。"家人说。大哥和他喝酒，一边喝一边委婉地提醒他，也给他讲一些人生的道理。"我说你作为一个汉子，你得立起来，我说翎儿哪点儿配不上你。"他也不反感，点头称是。你说你的，他做他的，也改不掉自己的脾性。二哥常说江山易改、本性难移，狗永远改不了吃屎。母亲能看出我受委屈了，不管我如何掩饰。她看在眼里，疼在心里。母亲说实在过不下去，不要委屈自己。时间久了，家人也知道他是一个什么样的人，狗屎糊不上墙、秕谷舂不出糠。其实刘军远比家人想的复杂，日后显示出了他的不寻常。

我不知该如何形容他,他真正是墙头的芦苇、山间的竹笋。你看他交往的那些正经人:四大头、对眼、瘦猴、张大肚、李吃嘴、六抹皮、支桌腿个个都是梁山好汉。(村里把说话带屎带尿、借钱不还、蹭吃蹭喝的人叫抹皮货。别人捎带叫他吃饭或打牌去凑数的,村里把这叫支桌腿)他的豪侠仗义在朋友圈里还是有名的,人们对他不是"十分"佩服,而是"十二万分"佩服。他要不不说,一说就是一吨废话,一克值钱的话也说不出来,说出的话像是馊了的食物。他说过的话我不想原样搬出来,那样会弄脏了别人的眼睛,也怕磨损了别人的智商。他打破了我对美好婚姻的向往。

刘军长得这么帅气,外人面前看起来一表人才,但为什么和我结了婚之后,就翻脸了呢?马上像换一个人似的。我左思右想,终于在一天深夜醒来时想明白了,但也为时已晚。这事情需要从根儿上说起,刘军的父亲和母亲。刘军的父亲年轻的时候也是挺潇洒的,能说会道的一个人,他有一个青梅竹马的妹妹,只等两个人长大了便想着在一起。但后来因为别人状告他偷东西,虽然最后因为也无对证不了了之,可这名声就已经不那么好了，青梅竹马的妹妹受家人逼迫，也不敢再和刘军的父亲相处了。所以，内心郁闷加上怀念初恋，刘军的父亲打光棍到四十岁还娶不上媳妇。刘军爷爷看在眼里急在心里，便从矮胖黝黑的有口黄牙的一个人贩子那里花光了家底，给他儿子买来一位娇小可人，小了刘军父亲二十岁的四川妹子。精明的老头使尽浑身解数少花了五十块钱，让满脸麻子的有一双贼溜溜眼睛的人贩子悻悻地走了。在村里，这种情况在之前也很常见，反正山高皇帝远，谁都是睁一只眼闭一只眼，过了一两年刘军就出生了。他的父亲却迷上了喝酒赌博，回到家就对他们母子拳打脚踢。刘军的母亲带着刘军几次逃跑，被刘军爸追了回来，他又是下跪好话说尽，又是吓唬威胁。慢慢地习以为常了以后，他妈就把对他爸的怨气和对人生的不满撒在别人身上，看谁都不顺眼，和东邻西舍都吵过架。可怜见，家庭情况如此不堪，刘军没点毛病才是不正常的。但在结婚之前我从未想过这，爱情冲昏了我的头脑。家人多次提醒我都置之脑后，当耳边风。

肆 跪着的婚姻

刘军的爷爷是个老骚胡,病在炕上时儿媳妇去看她,他都想摸一把儿媳妇,所以又有人称他为老叫驴。刘军的父亲村里人称大喇叭,上午就蹲在供销社门口天南海北地与人闲侃,上知天文下知地理,前知三千年后知五百年,就是过不好自家的日子,平时爱吃爱喝,他会一门小手艺,谁家窑洞的炕围需要油和画,或粉刷个墙、油个柜子之类的活儿,他倒也能干。但挣下两三铜板还不够他喝酒钱。刘军的妈是一个和狗都不合的人,左邻右舍、亲戚朋友都吵过,咋咋呼呼,骂骂咧咧,指桑骂槐,指鸡骂鸭,只要自己的嘴能吃上,家里人饿死都和她没任何关系。他妈和他爸吵了一辈子打了一辈子,却也不离不弃,老了又互相欣赏起彼此来。现在我的

肆　跪着的婚姻

男人又是这个样子，老鼠生子一窝不如一窝。我一边种地，一边做点儿小生意。

就在我忙乱自己的生活时，听人说拓家沟住下一个外地女子，一住就是三个月。又听说此女人是大哥拓海与姐夫张喜清在广州贩卖黄芪时认识的一个福建女人，大哥一来二去就和这个女人好上了。他们的故事经过村里好事者的艺术加工，带上了传奇色彩，飘荡在村里的角角落落。当初不知什么原因，几车黄芪在去广州的路上被工商局扣押了。大哥和姐夫做黄芪生意失败，回到村里养起了猪。一转眼几年过去了，谁知这个女人辗转千里寻到了拓家沟，听说倒也有几分姿色。刚开始大嫂肯定不知道，否则像杨秋月的个性，非得把大哥的命根子给剪掉不行。没有不透风的墙，大嫂知道后出乎意料地平静，还给女子送饭，还请那女子回家唠嗑。那女子就住不下去了，不知什么时候就悄悄地离开了拓家沟。这件事像刚要燃起的火苗，被无声无息地扑灭了。

二哥拓江给别人开车跑运输，整天忙得不回家。几家的日子也越来越好起来。我娘唯一担心的就是我，虽然表面上不说。日子艰难点,我想凭我的勤劳和头脑,肯定会开创一个新局面,过上不愁吃不愁喝的日子。好景不长,我回了一趟娘家陪我妈住了几天,回来后家里的自行车被他推走卖了,家里的货——儿童服装有一半被别人拿走抵赌债了,我伤心地掉下了眼泪。我不知道以后日子怎么过,我真不知道以后的路怎样走。

从此我失去了往日脸上的笑容,泪在心里流,泪往肚里吞,心时时发痛,痛得我无地自容。我在集上卖衣服时,他走过来让我回去休息,我也确实累,身体累心也累,就回了家让他卖衣服。当我再返回集市的时候,要债的人就围坐他身旁,每卖一件衣服钱就被别人拿走了,最后衣服和钱都没了。

他赌得一穷二白,一无所有。我挣的钱全替他还了赌债,借大姐的六百元没有还,银行的三百元贷款也没还,只还了朋友的那二百。银行的三百元能贷出来,是因为有一个好朋友在银行工作,那个朋友从来没有向我要款,了解了我的情况后,朋友从自己每个月三十多元的工资中帮我还了贷款,

肆　跪着的婚姻

几年后我才把钱还了朋友。我对我的婚姻很失望，感到未来人生渺茫。那时我还不懂得离婚，没有离婚的概念，村里也没有人离婚。山沟里的人有着根深蒂固的观念，嫁鸡随鸡嫁狗随狗。

转眼又到了冬天，没柴烧没米下锅，日子过得很艰难，刘军却离家出走了，和那些小混混不知去了哪儿。那时通信不方便，我也找不到他，也不知他的行踪。两个月后，在腊月二十七那天，他回到了家。

他说他去了省城西安，听说西安有做煤炭生意的，但别人不带他做，他就和别人聊天闲谈，了解如何做煤炭生意。他开始学着做，也不知道他哪来的钱做生意，但他脑子好使，人不笨。一个人脑子转得很快，又会说，很快挣了一点儿小钱，回到家他身上带回了六七百块钱。他之前在小饭馆和烟酒门市赊了账，还了债外就剩一百多块钱了，给家里买了两袋面、一桶油和几斤猪肉，算是把这个年过完了。

正月初八他又去西安做煤炭生意去，这一走就是六七个月。我和他联系不上，不知道他住的地址。他不和我联系，不通信也不带话回来。不知道他在西安如何生活，如何做煤炭生意的。他不在村里和混混们赌博喝酒，我心里宁静了许多。我一个人种着那六亩三分地外，时而赶集做点儿小买卖，自己养活自己没有问题。他做着煤炭生意，一年四季很少回家，加上过年也就回来两次。究竟挣了多少钱，我没问也没敢问，因为他脾气不好。他也没把挣下的钱给我，后来听人说他在西安有个女人，我根本不懂养女人这种事，也不相信。日子就这样一直傻傻地过着，不知不觉我已二十岁了。我婆婆开始嫌弃我了，说我不会生孩子。我说他一年四季不回家，让我一个人怎么生孩子？

又一个春节来临，他又回家了，我说我想跟他去西安，哪怕端茶倒水打个小零工也可以，还可以给他做饭。他不同意，也不说理由。过了春节不久他又走了，回来晚上也不和我睡，晚上不是喝酒就是打牌。我的朋友帮我出主意，让我去西安找他，看是不是和别人过上了。三月过后春暖花开，我借了些路费，踏上了去西安的路程。

肆　跪着的婚姻

他不在，一个人的饭再好吃也没味儿，我很小就和我妈学会了做饭。羊肉饸饹、洋芋擦擦、荞面圪坨、碗坨凉粉，还有腌酸菜、调苦菜、熬洋芋、炸油糕、油馍馍、榆钱饭、羊杂碎、大烩菜、熬豆角、熬土豆、煎饼、荞剁面。刘军不在，我一个人起早贪黑地忙碌着，家里的事也没一个帮手，慢慢地习惯了一个人的生活。可一个人的日子过得再好，也很孤单。守着窑洞，守着活寡，没有男人，也没有性生活。我常常骑着自行车驮着一大捆儿童服装，穿梭在黄土高原的山山峁峁、沟沟岔岔。

山丹丹花儿背洼上开，你有什么心事慢慢来。
东山的糜子西山的谷，小妹妹想你由不得哭。

我从小到大没出过远门，去得最远的地方是榆林。这是我第一次去省城西安，为的是找自己的汉子。不是买衣购物，而是一个年轻的婆姨去找自己的汉子，看他是否在外面养着另一个婆姨。是村里的一位在西安做生意的姐姐返回时顺便带着我去的西安。我们从榆林上了火车。这是我第一次坐火车，我有点紧张，感觉火车像个绿色的长虫，一声长长的鸣笛声后，就咣当咣当地行驶开来。车里挤满了人，没座儿的人拿着大包小包站在过道里。"喂！让一让，过一下！"有的想从东边穿到西边，有的想从西边穿到东边。"挤死了！"挤在那里的人互不相让，谁也过不去，肩上扛着重重的行李箱。过了一个多小时，终于平静下来，不再吵闹了，人们静静坐着或站着。火车跑得也不快，我坐在靠窗户的座位上望着窗外，陷入沉思。我想见到他，又怕见到他。怕的是他身边真有一位女人，我该咋办？是让她放弃呢，还是我扭头走？我心里乱糟糟的，就像风扯着一堆乱麻。

　　去了西安，我住在这位姐姐租的房子里。过了一天，这位姐姐把我带到了刘军的住处。刘军一个人在家，我没有看见这儿有女人。姐姐走后，他对我大发雷霆："谁让你来的？你来干什么？""我想看看你。""我又死不了，过来也不提前说一声？"他怪怨我不经他同意就擅自来找他，他越说越生气，就动手打我。出乎我的意料，我以为他见到我会很惊讶，

肆　跪着的婚姻

即使不高兴，也不至于这么生气。他又打又骂，我无力还手，只好躲闪着。

他的拳脚落在我的身上，仿佛冰雹袭过幼苗，我很难承受住这种暴力之痛。脆弱的心又寒又冷。一只小鸟一样孤独无助，栖息于寒冷而晃动的枝头，摇摇欲坠。之前我来寻找他的那颗热乎乎的心迅速地僵硬和冰冷。我成了一条失去主人宠爱的被拒之门外的狗。我又是绝望又是愤怒，我又是可怜又是软弱。我生气地对他暴怒起来：你打死我算了，不打死我你就别姓刘。有种你就打死我……他也越来越像一只凶恶的狼向我扑来。鼻腔里呼出的全是火药味，眼睛充血通红。他打累了瘫在床上，喘着粗气，像一头疲惫了的狮子。

我心灵的那堵墙瞬间就倒塌了，伤心的洪水泛滥成灾。我想一头撞死在他面前，让他也脱离不了关系，不得好死。但我后来想我死了便宜他了，我不能死，还得好好活着。

我猜想他的心理，是我做得不好，还是他真的要遗弃我。他身边有人了？我的到来打扰到他们的生活了？她在哪里？她是一个什么样的女人，让他放弃为他含辛茹苦付出的婆姨。

我寻找着她的蛛丝马迹。他为什么变得如此冰冷和兽性？当初他对我许下的诺言跑到哪儿去了？短短几年他就变心，他就变了一个人。我走眼了？我瞎了狗眼看人心。我又后悔自己当初没听家人的话，鬼迷心窍。身上几处青紫的地方又热又疼，肿了起来。心也像削了皮的土豆变了颜色，这种色彩带着针刺一样的痛和寒冬里滴血一样的冷。他出手时是咋样想的？是冲动？是厌恶？是仇恨？还是一种发泄？还是因为什么事精神出现了问题？你会后悔的！你一定会后悔的！你也会因此而受到惩罚、遭到报应的！　我想马上离开这个地方，一刻也不想待下去，可是我回去了我怎么说，被他打回去的？留下来我们该怎样过下去。心里留下的伤疤能抹得掉？我还能爱他吗？他能和我好好过日子？我心里虚得好像脚下踩的是棉花堆。从小到大，父母没戳过我一指头，哥哥姐姐也从小疼爱我，第一次打我的竟然是自己爱的男人，我受不了这种委屈。我难过得要死。眼泪簌簌地落了下来，后来眼泪都没了。我感觉胸闷和憋气，心跳加快了，手指发抖。狭小的房间像一所监狱。我们像两个囚犯呆木在那儿。他拿

肆 跪着的婚姻

出一瓶酒咕嘟咕嘟地仰起脖子喝了几口,坐着一声不吭。夜晚来临屋里像坟墓里一样的黑。

悲伤的尽头是无望,无望的尽头是悲伤。悲伤和无望之间是一颗冰冷的心。

刘军听了村里一位不着调人的谣言,说你婆姨和邻居王二眉来眼去,刘军心里像打翻了醋坛子。他看到了自己媳妇时火从心起,怒不可遏。心里想着:我不在家,你就找野男人。这种无中生有的猜想让我和他之间产生了隔阂与不可调和的矛盾。他是放纵自己花天酒地但绝不允许自己的婆姨有任何影响他声誉的人。即使他永不回家也要为他守身如玉。

种地他不问,收割他不管,种子撒到了地里仿佛秋天就变成粮米飞到家里。一个女人春种秋割忙不过来,王二哥看不过,帮搭一把手。他不感谢人家还怀疑别人撩自己的婆姨。老人常说人有三个不如意:蠢妻劣子走扇子门。如今是遇到愚夫是最大的不如意。我们俩是不同星球的人,我怎么能要求水星人开口就说火星话呢?吵架中所有的解释都是多余的,发热的头脑关上沟通的大门,都不会为对方按照各自的价值立场、逻辑和信息去讲理。

　　周围的老乡听到他的吼声过来劝架，五六个人都拉不住他。他像发了疯的公狗，恨不得吃掉我。房东实在看不下去了，就出面并对他说："你媳妇找你有什么错？你不能这样打骂人家，你还算个男人吗？她来了还能伺候你给你做饭。"经房东这么一说，他不好再说什么了，我就这样住下了。

　　让他这么一打，我精神都恍惚了。我没想到会这样，没想到我的命运这么地坎坷，没想到我人生会这样地不幸，没想到我的婚姻会是如此糟糕。我在西安住了几个月，也没有看到有女人上门，难道别人说的是假的？对于这种人我只好顺着他，哄着骗着。一天我终于从他手里要到了三百多块钱，我要还人家银行的贷款。

　　三十里名山二十里水，五十里路上看一回你。
　　上河里的鸭子下河里的鹅，一对对毛眼眼照哥哥。

泪蛋蛋本是心头的油，谁不伤心谁不流。

一天深夜他赌输了钱，喝醉酒回来时使劲敲门，我被敲门声吵醒，揉着眼睛迷迷糊糊地去开门。当我打开门时他跌撞地进来，用力地推了我一把。"你干吗开门那么慢啊？"他找碴儿地问道。"你干吗这么晚回家，以后这么晚回家就在外面住得了。"我也没好气地说。

"我的家你不让我回来，让我在外面过夜。你安的什么心？你把老子当狗了！"他摇摇晃晃地喷着酒气说道。

"你什么时候把这当家了？你整天在外胡吃鬼混，你是赌输了，发疯吧？你就这点本事。"我看着他这种不成器的样子大声嚷道。

"你他妈的别管老子输赢，那是我自己挣的钱，没输你一分钱。"他说完这句话时似乎有什么东西顺着喉咙往上涌，又被他强行咽了下去。

他又跌跌撞撞地走向洗手间，推开门后把洗手池上的水龙头打了开来，水哗哗地流，他低头弯腰用双手撩水洗脸，嘴里还不断哼哼着，像头寻食的猪。洗完脸他向床上冲去，我不让他上床，把他推到了沙发边。他突然像发了疯的狗向我挥拳打来，暴雨落到我的头上和身上。我躲闪不及，一种被子弹射中一样的疼钻心裂骨。我退到门口，顺手抄起一个长木把的扫帚疯狂地打向他，他疼得嗷嗷地叫。我们打在一起，他退倒在沙发上一动不动，我也打累了。他死猪般地躺在沙发上一会儿，打起了震天的呼噜声。

我又一次被刘军打得鼻青脸肿浑身青紫，夜深人静，静得能听到自己的心跳，我问自己，为什么，为什么当初拼了命也要嫁给刘军？！都说，不听老人言吃亏在眼前，婚后还没有来得及品味小日子的喜悦和温情，就被现实狠狠地扇了几个耳光。

时间不会为谁停留，更不会重新来过，我抚摸着额头的伤疤和干了的血痂，蹲坐在马桶边上，地上都是水。中秋已过，天也变凉了。如果此时有一个人说死了就能解脱，那我真的想去看看死后的世界，那里是不是一片祥和呢？但又有几个人可以上天堂，去到西方极乐世界，又有多少人下了地

肆　跪着的婚姻

狱被烈火焚烧呢？为什么？为什么！刘军这个畜生不如的东西，人前衣冠楚楚，在我最清纯的年纪，用甜言蜜语和空头支票就签下了我的后半生，他应该下阿鼻地狱，他应该不得好死！我在心里暗暗咒骂着，即使衣服被水打湿了，也没有觉得冷，只有内心无限的愤恨、无奈、伤心、懊悔与自责。

该怎么办呢？接下来的日子该怎么过呢？还过得下去吗？拓翎啊拓翎，你怎么，就这么傻呢？如果父亲在世，他该有多难过啊……可惜，现在即使有母亲，还有一个姐姐和两个哥哥，他们自家的事情已然焦头烂额，我又怎么能够再给他们添乱呢？所谓"打落了牙和血吞"，不过如此。坐到后半夜，天微微亮的时候，我还是慢慢扶着马桶边和墙壁站了起来，腿有些酸麻，整个人也都是蒙蒙眬眬的状态，似梦非梦，脱了湿衣服，擦干净身体，累了，还是睡觉吧，没准儿以后的日子还会好起来呢？

我从来不敢和亲戚朋友说我家里的状况，我怕他们笑话我，怕村里人笑话我。我把心里的委屈和不快都压在了心里。当时我们全村的人都不看好我俩的婚姻。村里的老人见了我妈的面就问：为什么把闺女给了这样的人家？我妈含着泪说道："没办法呀！"我知道这全是我的错，我当初不听劝，是我不争气。我年轻，不懂爱情，不懂人心，稀里糊涂地做了别人的婆姨。

我在西安一待就是两年，那两年他在西安做煤炭生意，挣了一万多块钱。他挣钱的事成了我村的"爆炸性"新闻。谁也不会想到这个赖皮会挣到这么多钱，心想不是抢的就是偷的，要不就是骗的。过年回村后他偷偷把四千块钱放在他二哥家，不往家里拿，我知道这事后又不敢作声。对他的做法，我都傻眼了、神经了，默默地忍受着，但忍受换来的是他对我的凌辱，善良换来的是他对我的瞧不起，软弱换来的是他对我的拳打脚踢。

我一直记得小时候父亲说我缺木缺火。我没有在意过这句话对我一生的命运有什么影响。

当我的婚姻不顺时，就突然想到这句话。难道我的命中注定要缺木缺柴缺钱吗？难道我的命中就没有贵人相助，给我点燃希望之火吗？

肆 跪着的婚姻

在西安待了两年后我回到了村里,因为我们在一起总是吵架。他在西安交了一帮倒煤的煤友,在一起总是喝酒耍钱,夜里常常不回家。一天他的一位朋友劝他,让我回西安,他同意了。秋天刚过,他就让一位村里的老乡把我带到西安他的住处。我看见好几个人聚在家里,我根本不知道他们在干什么,以为他们想打牌赌钱,不知道他们关起门来在偷偷吸毒。我回来后他们又换了一个地方相聚。

我们在西安住的两年里,我从没避孕,可就是怀不上。一天夜里他不知道从哪儿学来的姿势,像驴一样的交配姿势,我不喜欢这样,心想人咋能学驴呢!但我拗不过他。就在那年冬天我怀孕了,我满怀欣喜。我以为我生不了孩子,婆婆骂我是不下蛋的鸡,我从不敢还嘴。在农村,不能生孩子是多么的卑微和被别人看不起呀。如果我生不了孩子,连娘家人和嫂嫂她们也会看不起我笑话我的。

春节过后的二月我又从西安回到了村里,婆婆知道我怀孕了,脸色也由阴转晴,满脸堆笑。人的脸变化得比天气还快。七月份我儿子出生了,那年我二十一岁。本来满怀喜悦和幸福，希望孩子的降临给全家带来快乐，但是万万没想到孩子一出生后不久就病了。一天孩子精神萎靡，呛奶，也不哭，口吐白沫，奄奄一息。邻居帮我到处找刘军，他又跑到外面鬼混了。

邻居终于在赌场里找到了刘军，"军啊！你还有心思打牌？孩子病了，赶紧带他去医院看看吧！"他不情愿地扔下了手中的牌，在村里雇了一辆拉货的电动三轮车，和朋友把孩子送到县医院，医生说别治了，救活了也是一个傻子，孩子缺氧了。我妈求大夫给孩子治，即使是变成傻子也要治。经过多项检查，最后诊断为新生儿肺炎，孩子在医院的儿科需要住两个星期。他一看钱不够，回来借钱借不到，他把以前挣下的钱都吸毒花光了，现在两手空空。我大哥卖了一头猪，我妈卖了自家的黄豆，他们把钱送到了医院，经过医院的精心治疗，孩子逐渐地好起来了。

在家里等待儿子出院的十几天里，我心急如焚，以泪洗面，我为什么这样命苦呢！孩子在医院住了半个月的院后痊愈了。我妈把孩子抱回家，一看儿子好了，我的心也安定下

肆　跪着的婚姻

来。一天下午，婆婆请了村里的一位风水先生来"保锁"孩子。他拿出"拴缰绳"拴在炕上的灯柱上，再在灶君前摆一碗米，供起神灵的牌位，然后点香焚表，接着把一个银锁挽在锁线上并在空中绕来绕去，口里念道：

众家神灵一声请，家宅六神紧侍应，
早受香烟晚收灯，东西南北皆通行，
九家地下救孩童，保佑孩童不生病，
满年四季常好运，长命百岁没灾星。

最后风水先生把一把刻有"长命百岁、富贵平安"字样的银锁戴在孩子的脖子上。保锁后婆婆给了风水先生一百元，他就念念有词地走了。陕北人有给孩子"保锁"的乡俗，认为娃娃三魂六魄不全，容易被鬼怪侵扰。为了保佑孩子在十二周岁之前平安无事，会在小孩刚刚出生时请风水先生或道士为其戴一把长命锁。锁的材质一般为纯银，锁上还配有七彩丝线和神符纸条。出生之后的每个生日，都会由祖母用红绳编一条锁线,在尾端系一两个铜钱来代表长命锁。孩子从出生之日起开始过关,每年过一关。长到十二周岁时,认为魂魄已全,再请原法师来圆锁。圆锁也被称为开锁、圆生、过十二等。圆锁仪式结束后,亲朋好友要聚到一起吃一顿宴席,来表示对孩子的美好祝愿。这个风俗最初在山西境内流行,后因晋商走西口,晋、陕、蒙三地人员流动频繁,加剧了文化民俗的相互渗透,这一习俗也随之流入了陕、蒙两地。

我想孩子住院时他奶奶掏不出一分钱来,这买银锁哪来的钱?但我也不好说什么,就这样吧!

就在儿子飞飞刚挂上有"长命百岁、富贵平安"的银锁不久后,大姐拓凤家的一对龙凤胎,张咚咚和张叮叮已十二岁了,在他们生日那天要圆锁。大姐和姐夫忙来忙去,为孩子圆锁操办庆祝的事宴。

俩孩子圆锁那天,我家所有的人都聚在大姐家的窑洞,我妈还给孩子做了两个圆形大面鱼。在举行仪式时,几个长辈托着大面鱼放到孩子的头顶,把大面鱼从孩子的头上戴下去。奶奶和姥姥用钥匙打开挂在孩子脖子上的锁。锁打开后,寓意孩子已经圆锁成功，表示孩子智慧的锁链已经打开，孩子已经走出幼年，开始了少年的生活，是走向成人的一种标志。

　　大姐和姐夫在村里最好的饭店为咚咚和叮叮举办了圆锁的庆祝仪式。大姐和姐夫上台讲了话，首先表达了对亲朋好友能来参加圆锁宴的感谢，二是表达了对孩子的祝福和今后的希望。讲话后大姐和姐夫带着俩孩子拿着酒杯敬酒，一一向参加圆锁宴的亲朋好友表示感谢。整个圆锁宴的仪式和程序设计得有条不紊。当然我们每家是要掏礼金的，一是表示对两个孩子的祝福，二是美食也不能白吃。姐夫和大姐走到我们桌前时，我站起来说道："祝福你们生了一对好儿女，长得好，学习好。祝福他们前程似锦，以后金榜题名，一个上清华，一个上北大。"姐姐和姐夫乐得合不拢嘴，姐夫笑哈哈地说："谢谢妹子，刘飞长大了也了不得呀！""不随他爹就烧高香了。""不能这么说，妹子！我相信一代更比一代强。"

　　也就是在这年夏天，二哥家的黑蛋差点出了事。夏天天热，村里的一群男孩儿跑到小河里游泳耍水。黑蛋走到深水处小腿突然抽筋就上不来了，呛水呛得很厉害。其他孩子把他拉上岸时，黑蛋奄奄一息，有的孩子跑去叫大人，有的站在那里大声呼救。二嫂和我妈跑过去的时候，只见两个老汉正在施救，黑蛋被人扶着，撅着屁股，弯腰低头，肛门里斜向上插着一个长烟杆儿，一老汉接过另一个老汉递来的烟杆，大口吸一口烟，立即向插在黑蛋肛门上的烟杆吹去，就这样吸一口吹一口，烟缓缓地吹进了黑蛋的屁股。过了一会儿，黑蛋有反应了，听到他的肚子发出了巨大的咕噜声，他吐了几口水，苏醒过来一点儿。老汉继续吹了一会儿，黑蛋睁开了眼睛，然后醒了过来，最后坐了起来。这种"吹屁股"方法还真管用。原来两个老汉搭伴在河边的野地里放牛，听到孩子们的呼救便迅速地跑过来。老人对孩子跌落水中的事见多了，他们就会用土方法——"吹屁股"救人。后来才听一位医生说烟草烟雾会增加溺水者的心率，刺激心脏，让它跳得更快更猛，并且可以促进呼吸。而且烟可以让溺水者变暖，除去他们体内过多的湿气。医生说这种方法得有经验的老者才行。我问为什么，医生说用嘴大口大口把烟吹入淹溺者的屁股，其实这个动作有生命危险，如果吹气过程发生倒吸气，吹气的人将淹溺人的分泌物吸入自己的呼吸道，这样会窒息死亡。

不管怎样，黑蛋醒了，老人又让黑蛋横趴在牛背上控水，老人牵着牛在河岸上慢慢地走着，过了一个小时黑蛋把肚子里的水吐出来，老人才把黑蛋抱了下来。真是好人自有天命啊！

这让我又一次想到了拓跋氏头顶的诅咒，死亡之手伸向了黑蛋，又迅速收了回去。

母亲今年五十四岁，我给她买了红内衣和红腰带。她的一生不易，现在总算熬出头，儿孙满堂。如果父亲活着，肯定会很高兴，看见这一堆孩子在一起吵吵闹闹，他会乐呵呵的，摸摸那个的头，拍拍这个的肩。我做了母亲，更加体会到母亲的不易，拉扯大这么多儿女，看大这么多孙子。

飞飞从医院平安出院，做母亲的心是那么激动和兴奋，我高兴得无言表达自己的内心。孩子和母亲十指连心，孩子有事，最急的就是母亲，母爱是与生俱来的，是人类最伟大的感情。孩子住院的十几天里我没有睡着过一晚上,心里总是不安,生怕意外发生。吃不下饭,睡不着觉,我不知道该怎么办好。小生命刚来到这个世界就遭此一难,做母亲的心何以安宁?

孩子回家后,刘军还是照样在外鬼混吸毒,到处借钱,借不到就到处骗钱,满口谎言,没一句真话。人一旦吸了毒,整个人完全大变,丧失了良心,没有了温情,失去了朋友,忘记了亲人,心中只有毒品。毒品侵蚀了他整个大脑,变得更加自私、更加无情、更加没有人性。毒品如魔鬼,把他的魂魄牵走了,他在魔的意念里生活,他尖利的牙齿开始吸血,眼睛里射出恐怖的阴森的贪婪的目光,为了吸毒不择手段,可以摧毁世界。

孩子出生后没有小衣服穿,没有小被子盖,没有奶粉吃。生完孩子三个月后我就去做生意了,从八十里外的县城上水果和蔬菜,在村里集市上卖,每天清晨天不亮,骑着借来的自行车去县城进货,骑车就可以省下一两元的车费。山路崎岖,走一趟整个人像水洗一遍。我起早贪黑地做着买卖,为

肆 跪着的婚姻

孩子挣奶粉钱。

三四个月后刘军回家了,他在外借不到钱骗不到钱吸不上毒品。回家后他说他想戒掉毒品,我想只要他能戒掉,付出再大的代价再大的辛苦我也愿意,希望他能走上正路。我把他送到指定的麻将馆打麻将或打扑克,让他远离毒友和毒品,让他有点儿事干。我只能想到这种办法。虽然每天晚上我卖菜回来还得还他输给别人的钱,但我也心甘情愿,总比吸毒强。

一天夜里他毒瘾发作,想吐又吐不出来,大叫大嚷还骂人,把家里的东西摔得粉碎,像发情的公狮,完全疯了。他拿起刀子向我捅来,幸好我躲得快,后背受了点轻伤,否则会被捅死。他从头顶到脚尖,从皮肤到骨头,每一个细胞都在膨胀和爆炸,活生生的一个魔鬼。毒瘾发作像是一种痛苦要爆炸,炸掉所有的思维、所有的意识、所有的良知、所有的所有。

他折腾了一段时间后,再发作起来,一次比一次轻了,人看上去也没有刚开始那么难受。就这样,他好像慢慢地戒掉了毒瘾。

戒了毒以后，人也变得精神了，能吃能喝，能睡能干，我说的是他在房事上也变得强悍了。一天夜里他要了两次后还想做，我觉得他是一天闲得没事，以此来满足自己的一种无聊的欲望。我一天忙忙碌碌的，回家后腰背都疼，在这事上我又羞于启齿，只是随他的愿。就在我们第三次运动时，他突然晕厥了。吓得我不知所措，我一边穿衣服一边呼救："快来人啊！"只见他嘴唇发紫，两眼翻白，光着身子直倒在被子上，我伸手到他鼻下也触不到呼吸。

邻居一位老太太听到呼救声，颤巍巍地推门出来，嘴里念叨着："这半夜叫什么？出什么事了？"老太太过来后一看情况就明白了，也没问我一句话。"快拿一个粗点的缝衣针出来！"我慌乱地找到一个缝衣针递到老人的手里。老太太麻利地用针重刺他的尾骨部，并用指甲强掐他的人中穴，过了一会儿，刘军神奇地恢复了知觉，睁开眼睛问我们干吗呢，接着说他的屁股疼。老太太和我笑了。老太太说："疼就对了！不疼你还醒不过来呢！"他害羞地拉过被子盖住了下身。

肆　跪着的婚姻

多年以后我回想起这事就有点后悔,为什么要呼救呢!还真不如让他死掉算了。

戒毒以后他每天也不干家里的活儿,而是出去打牌。我起早贪黑地摆摊儿,卖我的水果和蔬菜。他从不过问我的生意,我也不再管他。但是我挣的钱除了进货,给孩子买奶粉和小饼干外,其他的都交给他了,我自己想花却身无分文。我就想以此换得他不吸毒,我就想以此换得我不挨打,我就想以此换得家能维持下去。我从小失去了父亲,缺乏父爱,我不想让我的儿子也和我一样。每天我背着儿子卖水果和蔬菜,身上穿得破破烂烂的,但是为了生活,我坚持着,这样的生活算是平静地过了一年。

飞飞刚过完周岁的两个月后,就迎来了中秋节,我开始卖西瓜。当时西瓜比较贵,但是过中秋每家都要买点西瓜,我打算多挣点钱。他来到我的西瓜摊上,说打牌输了钱,一会儿有人来抱西瓜。就这样一天下来西瓜没卖几个,都让别人抱走了。水果摊没有办法摆下去了,连本钱都没了。卖下的钱全让他输光了。我没处说,没处哭,我和儿子咋活呀!

一个开门市的老大爷悄悄地借了我一百块钱。他说:"孩子,水果摊还是要摆,以后别让他出去玩了,别让赌钱了。"我没吱声,眼泪不由得哗哗地往下流。"我哪敢说他,哪敢和他干呀!"我心想。

还不了赌债,回家后我被他打得满脸青肿,遍体鳞伤。别人问我咋受伤的,我说晚上天黑摔倒了碰的。谁也没有看到我哭,谁也没有看到我被打,被打晕了醒来接着再被打,第二天清早拖着浑身疼痛的身体继续摆摊。

我整天精神恍惚,卖水果和蔬菜不是多找给了人家钱,就是少找给了人家钱,我总是算错账。我感觉自己患上了严重的精神病,整天萎靡不振,注意力不集中,脸上也没有了往日的笑容。八月十五还没过,八月初九那天他对我说要出门了,我问他去哪儿,我怕他又去西安吸毒。他说去北京,他听人说有几个老乡在北京做煤炭生意做得不错,他想去看看。我的天!我不知道该用什么语言来形容自己的惊诧,北京那么大那么远,对山沟里的人来说,去北京做生意那简直是天方夜谭。现在连路费都没有,咋去?

肆　跪着的婚姻

他到大队书记那儿去借高利贷,但是大队书记要我去签字才行,并且是借给我而不是借给他。我签了字,借了二百元的高利贷,又向一个朋友那儿借了二百元。他拿着这四百元打算闯北京,我给他准备了衣服、床单、被罩,装了一大包上路了。

我可能被他真的打傻了,大脑好像不长在自己的头里,目光呆滞,行为举止异常,像是个精神病患者。整天不知道自己在做什么想什么。

他去北京已两个月,也不给家里写信。我不知道他是否真的去了北京,害怕他在外又吸起了毒,白天黑夜对我来说都是一样的,都是黑色的。我看不到阳光的灿烂,不知道自己活下去的意义,感受不到生活的乐趣。就这样恍恍惚惚地又过了一个月。

他是八月初九走的,十一月初九的夜里他回来了,我不敢多问他。"是不是四百元都花完了?是不是去过北京?是不是把衣服都卖了?"我正胡思乱想着,他从包里拿出两件小孩的新衣服,我心里咯噔一下,"难道他挣到钱了?"他又从包里拿出两千块钱给我。这是我做他的媳妇他第一次给我钱,这是我做他的媳妇第一次把我当人看,这是我做他的媳妇第一次感受到他把这个家当作自己的家。整个夜我合不上眼睡不着,不知道是高兴还是忧伤。我想着怎样把他欠别人的钱还了。第二天天不亮我就起来,出去把他借的高利贷及赌博欠别人的钱还了,但是数目较大的钱还没还,因为手里就剩下了几百块钱,根本不够。

他说这次回来就是为了接我娘俩去北京的,让我不要再卖水果和蔬菜了,跟他去北京,给他做饭,一起过日子。他说在北京只要吃苦,煤炭生意还是挺好做的。他是十一月初九回来的,两天后我们就一起坐上了去北京的火车。我哭了一路,从老家一直哭到北京。抱着睡着了的孩子看着窗外茫茫的夜色,我不知未来的路通向何方,不知未来是死是活。

当我真正离开家乡时,我又恋恋不舍,尽管穷得只有一口破窑洞,但毕竟这是我的家,日日夜夜守望的地方。虽然是小山村,也有我的一口窑洞,北京繁华,却没有我的一块砖。这儿的一草一木、一土一石都是那么熟悉,一口老井、

肆 跪着的婚姻

一头老驴,还有村东的戏台。我仿佛听到了有人在唱府谷小曲,唱声时而柔美和甜蜜,时而粗犷和豪放。我似乎又看到了台上水袖舞动、声腔亮起,那是母亲喜欢的山西梆子。离开了这儿以后,在外地过年过节,再也看不到闹秧歌了。这里的老百姓习惯了住窑洞、食杂粮、穿布衣,躬耕薄田、日出而作、日落而息,他们和我一样热恋故土、不乐迁徙,虽然终年辛劳,但是仍怡然自乐。村里的老人饭后总喜欢围在一起谈天说地,而在他们的谈论过程中,总会时不时地说出几句在农村流传许久的老话,"树挪死,人挪活"就是其中一句。但那个时候村里很少有人去外地做生意或打工。孩子们看不到自家窑洞烟囱冒烟就哭鼻子。

最让我舍不得离开的是我妈,还有拓家那群孩子,一想到我妈我就禁不住泪流满面。我也害怕刘军去了北京把我卖了,没有什么事他不敢做。但我还是跟着他走了。这就是女人。他的几句好话就让我在寒风凛冽的冬天死心塌地跟着他踏上了开往远方的列车。

"条条江河向东流,请不回财神不回头。"我没想那么多,我被生活的巨浪卷着涌向未知的彼岸。而村里和刘军过去混在一起的浑小子们唱道："大雁雁南飞秋声声凄，慌了责任田你富了自留地。白花花的大腿水灵灵的X，这么好的地方留不住你。"说真的，去北京是死是活真的不知道，因为我知道我身边这个男人靠不住，恶习太多，赌博、吸毒、领女人。但我又不懂得和他离婚。一个山沟里的女孩子只知嫁给谁就和谁过一辈子，嫁到谁家就是谁家的人。我心里就没有过离婚的念头，他也没提过任何关于离婚的话。

就在我走的那年，二哥去了榆林开发土煤窑，又过一年听说二嫂和村里的一个同学好上了。就在那年，大哥养的猪死了大半，姐夫和大哥合伙买了一辆汽车跑运输。

> 崖畔上开花崖畔上红，受苦人谁不盼着那好光景。

北京对于我来说既熟悉又陌生，熟悉是因为我知道北京有长城、故宫、天安门，陌生是因为我从没有到过北京。我

肆 跪着的婚姻

压根儿就没想过会来北京做生意，做梦也没梦过。我一个只上过两年初中的山里的穷娃娃，哪敢想闯北京，哪敢想在首都打拼自己的人生。但还是来了，带着迷茫，带着一点儿对未来的恐惧。有点儿胆怯，有点儿紧张，有点儿我自己不会表达的复杂的心情，一个女人在一生不知如何走下去的时候一种混合着酸甜苦辣的心情。

来北京那年我22岁。我们来北京后住在昌平的清河。当时还没有八达岭高速公路通往昌平，清河就算远郊了。在清河有几个老乡，来北京好几年了，发展得不错。在小区后来又认识几个姐妹，她们十几岁就从河北丰宁来到前门大街卖布料和服装，穿着很时髦。我们租的房间曾经是房东拴狗的地方，我们就是为了便宜才租了，一个月80元。刘军在德胜门找了两家单位送煤，生意算是做开来，后来又给丰台的一家羊绒衫厂送煤。

我们租的平房在马路边，大卡车过的时候能感觉到房子在颤动，像是地震。房间呈三角形，只能放一张床，床上面铺一个网套，睡觉时盖上，这就是我来北京后的家。

很快就入冬了，冬天房间里冷啊！没有暖气，冻得要死。好不容易坚持到春节，过年了买不起肉。好久没吃肉了，忘记了肉是什么味道。而别的老乡来得早，日子过得还是不错的，穿的吃的都不错。我不敢去串门，只在自己的小房间里待着。尽管房间小，我也把它收拾得干干净净的。

那年的冬天我们吃了一冬的白菜，吃了五百斤。白菜在外冻着，吃时化了再炒或煮。一天三顿都在吃白菜，真是吃腻了吃怕了吃烦了，多年以后一看到炒白菜，我就想吐。

那个冬天我们整天起早贪黑地在城里城外跑，最后一算账挣了五万块钱，对于我来说简直是天文数字。我感到快乐和幸福不是因为挣了这么多钱，是因为我感觉有了一个真正的家，有了一个睡在自己身边的丈夫，能在一起真的像一家人过日子，有什么事两人商议着办。来北京他再也没有打过我。我们开始还债，还他在老家时吸毒欠下的钱。先给别人写信，等回信确定地址和人，就去邮局寄钱回去，慢慢地都把钱还上了。我终于把肩上的重担卸掉了。我们重新租了一套大房子，我去清河的市场买了几斤肉，终于可以给孩子吃

肆 跪着的婚姻

点肉了。第一次给儿子买苹果吃,第一次给儿子买香蕉吃,儿子会说话了,儿子说妈妈你也吃。我笑着说:我不喜欢吃。其实我也好想吃,可是真的舍不得吃呀!最后刘军说吃一个吧,我就和儿子一起吃了一个苹果。回头想想,自己承受的苦难都是值得的,觉得自己傻傻的,又觉得自己了不起。

我们互相亲吻着,像吃着自己喜欢的水果,像似吸吮着水蜜桃,像似吃着香蕉。有着温润的水分,有着饱满的肉感,有着野草的芳香,有着甘露的清甜,有着草原上野马嘶鸣的声音和力量。我们忘情地吃着彼此,忘了世界,没有了时间的存在。只有两个人的身体,只有两种味道的水果。当男人真正地把自己的婆姨当成女人时,她才能体会到做女人的幸福。月光透进来,我看到墙上弓着的影子,一动一动的,时而缓慢,时而急速俯冲。肉与肉纯厚的富有节奏的啪嗒啪嗒的撞击声,是世界上最撩人最动听的原始的情爱之声。夫妻这么多年,我第一次体会到性爱之美和因美而产生的愉悦、美妙的感觉。女人是一个神奇的动物,因情生性。没有爱,体验不到高潮之美。他真真地把我当婆姨,我就把他当汉子。

过了几个月平静而幸福的生活，他规规矩矩的，我感觉他变了一个人似的。虽然很忙，但是我们在一起吃饭，聊生意上的事。哪个单位会要煤多，哪个单位会要得少，哪个单位的领导好打交道，哪个单位的领导需要送重礼才能搞定……儿子的头也睡成扁头，有着黑黑的浓密的头发，小扁鼻子，伶俐的口齿，绕着我们身边，一会儿把扫帚扔出了门外，一会儿把水壶提到了门口。

账还完了，我俩在老家出名了，村里的人觉得我们在北京挣了大钱。他们哪里知道我们的不易。村里陆续有人来京做生意，和刘军过去一起混的那些狐朋狗友也来了。我看到他们就有一种不祥的预感，不知道为什么。想起刘军过去和他们在一起干的那些事，我不由得心痛，我恨他们，更恨自己不学好的不争气的汉子。有时我又想他们这些不学好的人反而过得似乎比我好，常常反思自己到底错在哪里？为什么我的命运那么坎坷？究竟有没有好人有好报、恶人有恶报？为什么那些不学好的就没有受到惩罚呢？难道是印证了人们常说的那句话："杀人放火吃包子，学好向善挨刀子。"作为

肆 跪着的婚姻

一个山沟里出来的女人,我没见过大世面,认识的东西和明白的道理太少,我想这或许就是人的命。我的命就因为知道得少,掌控不了自己的选择。

好日子持续不到两年,他又和这里的老乡旧友赌博、吸毒,开始不回家了。虽然没像以前那样对我拳脚相加。但家里每年挣的钱打了水漂。噩梦又来了,灾难又来了,我躲都躲不过。在我的大脑中第一次闪过离婚的念头,我要忍受多久?他还能学好吗?他还能不赌吗?他还能不被毒品诱惑吗?答案是否定的,但又不想让孩子失去父亲,我又一次忍了。我把对他的憎恨和厌恶化为对儿子的寄托,希望儿子以后好好做人。

儿子上幼儿园了,我给他选择了一所部队的幼儿园,条件很好,老师也不错,我希望儿子从小接受好的教育。我没有文化,希望孩子将来成为一个有文化的人。但是我心里的焦虑和恐惧在儿子面前时时流露出来,对丈夫的怨气有时撒在儿子的身上,给他幼小的心灵造成了伤害,带来了不良的影响。我有时控制不住自己的情绪,别人身上的错拿儿子来惩罚，事后又时时后悔和谴责自己。

生活继续着，我仍然忍受着，一九九五年的夏天我的女儿出生了，给我带来了喜悦和欢乐，给了我无比的温暖。他不知是别人提醒了他，还是他自己良心发现，把生意上的账搂了搂，又从老乡那儿借了些钱，凑了十六万，在昌平买了一百平方米的房子，第一次买房子我也不懂，选房装修都是他一手操办的。他是大男子主义，什么事情都自己做主，从不征求我的意见。直到快过春节了我们搬进新房，才知道自己房子在哪儿，是什么样的格局。

住进了新房，当然全家都很高兴。我们在北京终于有了自己的房子。我是一个爱干净的人，把屋子整拾得亮亮堂堂、整整齐齐、干干净净。

最近我总梦见老家的窑洞，梦见窑洞前的老榆树和树上的喜鹊，家里的驴，邻居家的狗，山上吃草的羊群，放牛的老汉，日夜不停流淌的小河，家里那群捣蛋的孩子。看来我真的是想家了。不知不觉来北京三年多了，路边的大白杨落了三次的叶，池塘边的小草绿了三回。在北京生活的节奏远

肆　跪着的婚姻

比老家快，这像是赶着的马车很难追得上汽车一样。我的生活发生了变化，姐姐和哥哥们的生活也发生了很大变化。大哥和姐夫他们的车跑遍了大半个中国，跑了千万条的路。最后又回到了榆林运煤，运往周边的地区。在陕北这块荒凉、贫瘠的土地上，发现了蕴藏十分丰富的煤炭、石油和天然气矿藏。人们绕着煤而生活，许多人过着倒煤的生活。后来大哥和姐夫也从运煤转化为倒煤。煤让人们逐渐地"扬眉吐气"，生活开始变得越来越富有了。二哥带人从挖土煤窑开始，直到现在有了自己的煤矿，成了地道的煤老板。那光秃闪亮的头顶、高大的身躯、突出的肚子，还有脖子上金灿灿的大金链子，手里夹着烟，走路一步三晃。现在说话腰也直了，不像过去总是低头弯腰的。过去的窑洞也重新装修了，豪华又敞亮，家电齐全。院子也整拾得整洁干净，停放着自己的小轿车。孩子们上中学的上中学，上小学的上小学。姐姐哥哥在县城在市里都有自己的房子。只是母亲不愿住进城里，不习惯住楼房。他们有时间了就回来陪母亲住上几天。一回窑洞母亲就给他们做羊肉饸饹、洋芋擦擦、荞面圪坨，亲人们过上了好日子，我也高兴。"山丹丹那个开花哟，红艳艳。"后来我回去看了我妈两次，母亲对我说："要开心地活着，别委屈自己。能过就过，过不下去就散。"

时间过得很快，女儿从刚出生的四斤一两，在我精心的看护和养育下一点点地长大，转眼就到上幼儿园的时候了。我不懂得上什么样的幼儿园好，但希望她以后琴棋书画样样精通，因为这些我都不会，一是当年没有条件去学习，二是父母也没能力培养我。今天有条件了，我一定让自己的孩子接受最好的教育，因为我深知自己没有文化在生活中带来的许多不便和麻烦，没有文化对自己的人生道路的选择也有很大的影响。

我给女儿选择了中央音乐学院的幼儿园，在里面可以学习弹钢琴。儿子也到了上小学的时候，别人说贵族学校好，我就让儿子去了一家国际学校，上了私立的贵族小学。我也不懂，以为贵的就好，可不是那么一回事，儿子在国际小学上了两年，学会了攀比，要穿名牌衣服，穿鞋必须要阿迪和耐克。我就想给儿子换一个小学，就给他选择了清华附小，

肆　跪着的婚姻

因为我知道清华大学是我们国内最好的大学之一。我想清华的小学也肯定不错。我托了人找了关系，让儿子上了清华附小。我住昌平，孩子在海淀，两地离得远，每天接送孩子就跑好远的路程，又没有车。

不管孩子的爸爸在外如何赌钱如何吸毒，我也要把孩子的学费和生活费早早地要到手。有时我也很佩服和我生活在一起的这个"伟大"的男人和孩子的"伟大"的爸爸。他赌博和吸毒从拓家沟玩到了西安，又从西安玩到了北京。男人的三大坏他样样精通，走到哪里都能找到牌友、毒友和跟他的女人。

刚来北京我们雇别人的车给一些大型单位和部队送煤，夏天时进煤便宜，我们把煤贮存好，等冬天煤贵了再卖出去。后来自己买了车送煤，这样运输的费用省了许多，再后来我们又在昌平的沙河开了煤厂。生意还是不错的，挣了不少钱，但是具体多少我不知道，他也不告诉我。只要我和孩子能生活、孩子能上学，我就满足了。

虽然那时生意很忙，但那时他很喜欢两个孩子，有空时就陪两个孩子玩,孩子也爱爸爸,他给孩子买的玩具孩子很喜欢。

儿子在清华附小上学,离家远,实在不方便。老师建议去离家近点儿的小学上课,每天大人孩子这么跑都太辛苦了。上了一年清华附小以后,儿子就转到中关村三小上学了。

儿子在那儿上四年级,女儿上一年级,为了方便接送孩子,我就在小学附近租了房子。儿子和女儿上学方便多了,我也方便照顾他们。我一心照顾着孩子,而刘军常不回家,又在外面认识了女人。我们的夫妻关系名存实亡。但就是这样我也没有提出分手,我希望给孩子一个完整的家。我眼里只有我的孩子,我把希望全部寄托在孩子的身上,希望孩子将来争口气。我给孩子的压力很大,我不会教育孩子,孩子稍有不对我就打,骂儿子不懂事不争气。我没有意识到对孩子心灵的伤害。那是两个孩子呀,他们懂什么,是我给了他们无形的压力,我把我的压抑和愤怒还有不满错误地施加在他们身上,让他们承受我的不快,还有我内心深处的痛苦。而等他们长大了以后,我才发现我错了。

肆　跪着的婚姻

堆放在煤厂里的一堆堆的煤像连绵起伏的沙丘，又像黝黑的山峦。在郊外寒冬的夜里像野地里的坟头，很是瘆人。尤其是西北风吹过，煤粉飞扬，整个煤厂上空像煤雾笼罩，煤厂里除了煤堆之外并无一人，野猫和流浪狗也不会在这里过夜。我夜里看过煤厂下过夜，躺在小屋的床上竖着耳朵听外面的声音，心想谁会偷煤呢。

忙的时候我俩也装煤卸煤，干完一天活儿后脸黑脖子黑牙齿也变黑了，浑身上下只有眼球有点儿白的地方。双手一伸就像个大猩猩，路过的人突然看到会吓一跳。北京当年供暖全靠烧煤，煤的需求量很大。我们的煤主要来自山西和内蒙古。我们是二道贩子，第一道贩子主要是产煤地的人。

我们挣些辛苦钱，但刘军不珍惜，拿去赌钱输了不少。而大哥二哥他们买房买车置业外，每年冬天给拓家沟七十岁以上的老人分一吨炭，另外又给五保老人、守寡老人一袋面一桶油。村里人都夸我们家人仁义。每年农忙结束时，大哥和二哥还请山西梆子为村里唱五天戏，《打金枝》《辕门斩子》《樊梨花》，村里人搬个小木凳坐在台下津津有味地欣赏着，头和手也跟着唱戏的晃动。散戏后人们就说，拓峰这两个儿子就是有德行，谁挣了钱会想着我们。就连刘军回到刘家河村，大队书记吕贵也要请他喝酒，个子不高、瘦干的书记总是眯着小眼到我家窑洞门口喊一嗓子："军儿！啥时候回来的？也不告诉我一声。"

他和书记喝酒时，说他给部队大院送煤时认识了一个副师长。副师长的老爸是中央的一位领导。他总去师长家，慢慢地认识了这位中央领导。领导当他干儿子一样。他说的像是真的，但是大队书记吕贵信了。他又和副乡长说，副乡长又和乡长说，乡长又和副县长说，副县长又和县委书记说。这么一层层渲染，这个事就成了真的了。他让乡里把吕贵提成了副乡长，让县里把副乡长调到县里当了副局长。这让村里人更对他刮目相看了。村里就有人说刘军从小就能看出长大有出息。

他过年回去时总穿着一件浅绿色的呢子军大衣，说话也是装得高深莫测。乡里的干部到县里的干部整天请他吃饭，没有人不知道他，没有他不认识的干部。孩子上学的事，大

肆　跪着的婚姻

学毕业找工作的事,打官司的事都找他出面找人帮忙。他几乎成了人们眼中无所不能的神人。就连县长都悄悄和他说,希望他和副师长说道一下他想提副厅,希望能得到北京方面的帮助。

我的婆婆现在走路都仰着头,别人和她说话,她总是爱答不理的样子。她一直与亲戚和邻舍处理不好关系,就进了耶稣堂。现在当别人夸她儿子有本事时,她就说这都是主的功劳!我的公公过去一直坚守在村供销社门口的石阶上天南海北地聊,现在开个小奥拓每天中午去县城下个馆子喝半天茶。这家在县里繁华路段的小饭店成了他新的根据地。刘大侃成了这里的名人,总有许多无事的老人围着他听他唾沫横飞地讲。他上下加起来七颗牙,说话时跑风漏气。后来患了脑梗,手有点儿不连利,他又早上拿个大笔蘸水在地上练起了书法。他要儿子刘军把祖坟重新弄一下,把土堆用砖砌起来,还立了石碑。

他们家的事不说也罢。再说说我们拓家的事。姐姐的一对双胞胎兄妹张咚咚和张叮叮,一个上了武汉大学,一个被厦门大学录取。大哥家的拓萌萌上了西安的一个高职院校。二哥家的黑蛋参军了,是空军的地勤兵。其他的孩子还在上学。就在日子过得风生水起时,姐姐拓凤患了肺癌,咳嗽两个月吃了许多药不见好,去榆林拍了胸片发现右肺有阴影,做 CT 发现右上肺有肿块。后来就到北京一家大医院做了胸腔镜,取了病理说是肺腺癌,但已胸膜转移,做不成手术。化疗一年多后又发生了脑转移。接着又是放疗,坚持了几个月,姐姐走了。她唯一放心不下的是还在上初三的儿子张磊,可怜的磊磊在妈妈的床边哭得稀里哗啦。本想瞒着老母亲,但母亲知道了,白发人送黑发人,母亲伤心啊!姐姐一生精打细算,自己却舍不得吃舍不得穿,拉扯着三个孩子。在父亲走后大姐又当妈又当姐,照顾着大哥二哥和我。好吃的给我们吃,自己舍不得吃,缺衣少食的年代自己饿着也让我们吃饱。她身体一直单薄瘦弱,好不容易熬到好日子,她却离开了我们。姐姐的身影不断闪现在我的眼前。姐姐皮肤白皙,只是鼻子周围有几颗蝌蚪样的黑痦子。姐姐有痔疮,老是出血,每次便后都要洗屁股,一瓢水从高处缓缓落下,快到屁股处就加了速,水触到皮肤时水花四溅,分崩离析。这时姐姐嘴里会发出一种模糊不清的酣快之声。

我们为姐姐举行了隆重的葬礼,以表达我们对她的怀念和哀思。姐走了,家人又想起了拓跋氏头顶的诅咒,它像一场持久不散的黑风,让人们在黑暗中迷惘。

最让刘军引以为骄傲的是他引过十七个女人,因为他的功夫好,这自然不必细说。那几年他逢酒必喝、逢喝必多,喝多了就去歌厅唱歌。他跑遍了北京所有的歌厅,摸过除新疆和西藏外的所有地方小姐的大腿。这是他一次醉酒后说的,以我对他的了解,我相信他说的是真的。

暴富后的他真的不知如何填满空虚的心灵和满足精神的需求,以吸毒和找女人满足无尽的欲望。坏事是没少干,不过他也办过一些好事。老家县里的乡里的村里的干部找他来北京看病,他都尽力帮忙。他认识许多大医院的医生,只要能用钱打开的路,他总是无所不能。他钱也挣的,玩也玩的,在老乡的朋友圈里红极一时。老乡说他会生活,有的说他会挣钱也会享受。他当过几年老乡会的会长。古人常说:"德不配位，必有灾殃。"真的，我感觉他总有一天会出事的。

那时煤老板们在昌平一买就是一层楼，开着豪车，过着奢侈的生活。女人们买一个胸罩或内裤也飞一次日本。去几趟香港回来，大包小包买的可以堆一个屋，包包似乎就是地位和富裕的象征。一家养十二只名猫、八条名狗。女人们儿子闺女地叫狗，"儿女"成群了。但是男人们却是老婆不用，工资不动。他们也瞧不起那些皇城根下胡同门口吹牛摇扇的老北京。因为他们也把户口办到了北京，他们也成了北京人。他们学着北京人管"你"不叫"你"，叫"您内"，管"胡说"不叫"胡说"，叫"扯淡"，管"老流氓"不叫"老流氓"，叫"老泡儿"。老北京瞧见他们，就带着一副胡同里老北京人那种特有的赖唧唧又侉又贫还有些嘚瑟浑不懔地劲儿说道："等爷有钱了买两碗豆浆，喝一碗倒一碗！"

有一个老乡流氓成性，买了一个笔记本，不是用来写日记，而是睡一个女人，他就在笔记本写上这个女人的名字和年龄还有出生地，并且每页纸上认真贴着这个女人的毛。毛估计是真的，其他的都是假的吧。

有个老乡平日不爱读书，但是从台湾买回来的原版金装的《金瓶梅》，却是从头到尾认真地读了三遍。一边读一边赞叹不已：奇书啊！奇书！

老乡们在一起，女人们谈论的是包包、衣服、购物，最后落脚点是孩子的事，而男人们先谈论的是生意，最后落脚点却是女人。一个女人的气质里一定藏着她读过的书，才美得大方美得得体，她的骨子里有文化自信和诗书飘香，磨砺掉了野性和愚昧，才有迷人的魅力。

在我心中正常的生活就是男人要守本分，女人要有归宿。男人要记住自己是乾卦，要学会自强不息；女人呢，要记住自己是坤卦，要懂得厚德载物。男女应各守其道，各尽其责，和谐共生。

人们对物欲的膨胀追求远远大于对自身素质和修养的提高。审美出现了极大的偏差，自以为是成功，拿此炫耀。涂脂抹粉的人生和土豪的虚荣让人鄙视和嘲笑。对金钱的欲望，对权力的欲望，对声名的欲望，对性的欲望！人类所有的痛苦和幸福都是因为这些欲望而起的。.

那段时间刘军正和老乡筹备一个救助基金会，为老家县里和市里其他县的贫困人员、因病致贫的家庭给予一定的经济帮助，给予考上大学而因家庭贫困上不起学的大学生一定的经济帮助。我觉得他做的是好事是善事，我也准备把手里的几万元钱捐给基金会。他到处联络市里在北京的生意人和企业家，忙得不亦乐乎。

一天他在苹果园办事回来时很晚了，开车往回走的路上，路边一个白衣女子在路边招手示意停车。他停下了车，女子上前询问能否顺路拉她两站，太晚了她打不着车。他也没想那么多就同意了，女子打开门坐到了后座，"大哥，到了八宝山路口把我放下就行！"路上女子也没再多说一句话，他也没细看她长的什么样子，也没和她再多说一句话。夜里不堵车，车跑起来很畅通，很快到了八宝山的路口，车停到了路边，她迅速地从后面递给他两张纸币。"顺路，不要客气！"他拒绝着。"谢谢大哥！谢谢大哥！您一定收下！"她把钱放下就推门下车走了，走得很快很轻盈，感觉踩着的不是地面而是水波。女子一袭白裙，黑色如瀑的长发，就是始终没有

肆　跪着的婚姻

看清她的脸。他踩下油门驶向回家的路，此时夜色深沉，打开车窗吹进的风没有凉气。他看到有的小区门外的十字路口有人蹲下在烧纸，他突然想起今天是中元节。

第二天早上吃完早餐后他伸手到兜里掏烟，这是他多年的习惯，饭后总要吸支烟，这支烟像是早餐的一部分。手伸进兜里摸到了纸币，他想起了这是昨晚上那个女子放下的钱，他当时也没有细看，回到家下车时顺手把钱塞进了兜里。当他拿出钱一看，霎时两眼惊恐万状，头上也沁出了汗，原来那是两张冥币。此后他一个月没出门，一个月后连续去了两趟五台山，后来又去了三趟普陀寺。半年里他深居简出，夜里不管谁叫他出去吃饭，他也不出去，找他的人一天到晚电话打个不停。他总是失眠和烦躁，就去北京安定医院看病，吃了一段时间的药，失眠好多了。

他在家的半年多时间里倒也没发生什么事，但可以看出他精神很紧张，早晚在佛龛前烧几炷香。烧香的时候他在祈福，可能希望菩萨保佑他平安，保佑他不再遇见鬼受鬼的纠缠。有人说这个世界没有鬼，我想每个人的心中都住着一个鬼，它的名字叫"欲望"。

平静了半年多，他又出去了，这次出去他很少再回家，这个家似乎和他没有什么关系了。我和孩子过我们的日子，生活继续着，不因任何人的不幸而停止。他平时很少回来，偶尔回来了，就提回一大堆衣服，让我给他洗好熨好。为了孩子能见他一面，为了这个名义上的家，我给他洗了，昌平的房子我们也很少回去住。一九九二年和我们一起来北京的老乡在市里大多买了房，但是他整天吃喝玩乐，也不想着在市里买一套房子。回到家后我和他商量，结婚快十年了，给他生儿育女，没有向他提过任何要求，只希望他给我和孩子在市里买一套自己的房子，不再租房住。他在外花天酒地我不管，也管不了，在我强烈的要求下他在市里买了房。

一次他喝醉后回来打我，我忍无可忍，爆发了，真的爆发了。我拿起椅子把家里所有能砸碎的东西都砸了，把窗户玻璃都砸碎了。以前是他砸，现在是我砸。我出走了，他找不到我，不知我去了哪儿。过了几天有人打电话告诉我，有工人在我家更换窗户收拾屋子。又过了几天，我的朋友给他

肆　跪着的婚姻

打电话让他来接我。他生气地说不仅不接我，如果我回去了还要打死我。又过了一个星期，他给我的朋友打电话让我回来，他不打我了。朋友夫妻俩把我送回了家，这次他真的没打我。回家后我摊牌了：要不戒掉毒品，要不离婚。我第一次主动提出离婚，他震惊了！他答应我要戒掉毒品。

那段时间，好几个朋友来我们家劝他把毒品戒掉。朋友说："刘总，你要引以为戒啊！有人因为吸毒，不听媳妇的劝告吸死了，还有因吸毒家破人亡的。"朋友的老公说："你媳妇多么不容易，照顾着两个孩子还管着你。"他也不好再说什么。"感谢二位的好意和劝告，我记下了！"他言不由衷地说道。

这次戒毒比上次更难，在西安他吸的是灰粉，来北京后他吸的是白粉，毒性更大、成瘾更大。戒毒是个十分艰难的过程，没有一定的毅力、没有一定的方法很难戒掉。来北京后他抵不住毒品的诱惑，也受那些吸毒老乡的勾引，再次吸起。有时我真想自己也吸毒，试试这毒品有什么好，为什么让他那么痴迷那么贪恋。为了让他戒掉毒品，我二十四小时跟着他，孩子雇了保姆照顾。当时他走到哪里我跟到哪里，不让他接触毒品，不让他接触毒友。毒瘾发作起来很可怕，人不是人，比畜生还畜生，比野兽还野兽，比魔鬼还魔鬼。人常说虎毒不食子，毒瘾发作起来他可以杀掉自己的儿子。太可怕了！我们娘仨吓死了，整天提心吊胆，坚持了一个星期。毒瘾发作过后他整个人虚脱了，像个病人，过了几天又慢慢地恢复了正常。但是生意也得照看一下，跑一下单位、收一下账等。终于在一九九八年和一九九九年，经过两年的努力，把毒瘾戒掉了。但是我一直跟着他，怕他再吸，一直跟到二〇〇二年。

在一九九八年以前，因为毒品，我的心崩溃了。他吸了毒后回家打我，我受不了，我无助，无处诉说，想封闭自己又封闭不了。我精神恍惚，出去被自行车撞了、骑自行车掉到沟里都没有知觉。我完全傻了，完全疯了。我想到自杀，割手腕吞安眠药，都没有死成。躺在医院里我突然想清楚了：我不能死，我死了谁管孩子，孩子没了爹，不能再没了娘。就像小时候的我一样，如果没有了娘，我们怎么活呀。我做了

肆 跪着的婚姻

傻女人才做的事，我也是没有办法呀，实在没有办法。我从不与外界沟通，我觉得这是家里的丑事，怕别人笑话我，瞧不起我。谁又能帮得了我？谁还在乎我一个弱女子？有的人会说我傻，缺心眼儿，这样的人为什么不和他离婚？我只想有一个完整的家庭，两个孩子没有了爸爸，孩子会自卑，怕孩子产生心理阴影和有心理障碍，影响孩子一生的成长。

当时在电信局交电话费，他常去电信局，就认识了那里工作的一个女的，并勾搭上了这个离过婚的女人。后来他们慢慢好上了，当时我不知道。他们好上以后他就很少回家了，后来他得寸进尺，还让我接受这个女人。我觉得很可笑，他什么话都能说得出口。我想，这样的男人会爱人？这样的男人别人会爱他？他身上的吸引力是什么？是有钱吗？还是他的花言巧语？我不恨这个女人，反而心中充满了好奇。一个做了我十年丈夫的男人，我真的不了解他。我们之间早已没有了爱。维系这个家庭的只是孩子，为了孩子不失去父亲。其实我错了，真的错了，不幸的婚姻并不能给孩子任何安全感和幸福感。

一天夜里,婆婆打来电话说公公病危。第二天我们全家赶了回去,老人看到了儿子和孙子,终于安心地合上了眼。在他们那一代人的眼里,似乎只有儿子和孙子才是自己家的人,重男轻女特别严重。记得儿子将出生时,老人问刘军:"你婆姨肚里的是男娃还是女娃?""可能是女娃。"刘军说。他爸不吱声地走到门口抽烟去了,满脸的不高兴。他妈正在擀面,一听他说女娃,把擀面杖甩到了地下。他马上说:"我想要个女娃,大夫说男娃可能性大。"他爸倏地站起来说:"我去供销社买一瓶酒去。"她妈说:"顺便赊二斤猪肉回来,今天吃饺子不吃面了!"

他爸一辈子爱吃爱玩没操过心,没钱了就赊账,儿子也照样娶媳妇儿。别人辛苦劳累了一辈子,他这样吃喝玩乐也是一辈子。他爸一走,供销社门口冷清了许多,县里他常去的那家小饭馆的老板问来吃饭的村里人:"老刘最近咋不来了?"村里人说:"老刘换了地方侃去了。"老板摸着胡子好奇地问:"去哪里侃去了?""去阎王殿了!"老板一脸惋惜的表情。

肆　跪着的婚姻

公公走了两个月后,婆婆一个人感觉很孤独,想来北京。我也不好说什么,来就来吧。公公和婆婆吵了一辈子,不离不弃,老了相互欣赏起对方来。一个人走了,另一个就像失去了拐杖。

婆婆来北京的前一个月还行,感觉很新鲜,这儿转转那儿看看。第二个月后就不住了,总想回老家。这儿没有伴儿,别的老人讲的话她听不懂,她讲的话别人更听不懂,所以闹着要回去。刘军只好把她送回了老家。

老太太回老家半年后,一次雨后外出不小心滑倒,大腿摔骨折了。后来又因骨折引起血栓,老太太很快走了。刘家的窑洞门口和院子里杂草丛生。邻居家的羊也到院子里来吃草。门口那棵老榆树长得依然繁茂,树上的喜鹊生了一窝又一窝,整天叫个不停,比老人在时还热闹。

一九九八年他开始戒毒,到二〇〇二年认识昌平电信局的那个女人这段时间,我们过了几年比较平静的生活。每天我跟着他,一边监督他戒毒,一边打理我们的煤厂生意。正赶上那几年北京急需煤,生意做得风生水起,十分顺利。通过接触生意,我也无意中学会了许多生意经。生活中的许多事情和不易只有经历了,才能感受其中的酸甜苦辣。日子是分分秒秒地过去的,心情也在分分秒秒地变化着,来北京是好还是坏?路走到今天是对还是错?我人生的选择是正确还是错误?他在我身边还能待多久?我的忍耐还能坚持多久?那时我真的不知道,日子就在不知不觉中过去了。孩子慢慢地长大,我的思想慢慢地经受岁月的洗礼,也变化着,我的容颜也在时光的流逝中走向衰老。

二〇〇二年,他认识了那个离婚的女人,他们开始偷偷摸摸,后来无所顾忌,直到一天他明目张胆地把情人领回了家。他让我对待客人一样地对待他的情人,我真不知道他是咋想的,让自己的老婆接纳他的情人。即使没有了感情,但是我们的婚姻还在。他的行为对我是人格上的侮辱,精神上的践踏,心灵上的欺凌。在苦难婚姻的不幸中我慢慢地觉醒了。我已不再是当年受他任意摆布而忍气吞声的弱女子和傻女人了。我渐渐地学会了如何维护自己的权益和尊严。坎坷的生活和不幸的婚姻成为我人生的一所大学,让我学到了书本上没有的知识。我应该感谢生活，感谢磨难。有人说砥砺人生最直接的方法就是深入生活的丛林，与苦难和不幸做斗争，从中吸取教训和经验。但谁愿意把自己投身火海，谁愿意为了得到经验而经历不幸。

我不怕挨打了，我也不会再让他打我了。虽然没读几年书，但是我知道任何人都有追求精神上平等的权利，不能因为读书少就不应该享受和拥有高贵的精神。任何人在灵魂上永远是平等的。一个人赤裸裸地来到这个世界，又赤裸裸地走，带不走世上任何东西，哪怕一花一草。我们不能看不起穷人和读书少的人，或许是他们没有挣钱的机会，没有条件去读书。而富人也不一定全是幸福的，读书人也不一定全是精神高贵的。我说这些不是因为我是穷人，读书少，是因为这个世界上世俗的眼光太可怕，我有发表和阐述自己思想的权利。

自从他俩勾搭在一起，我的家就成了他的旅馆，他想什么时候住就住，想什么时候走就走。有时一两个月也不回来一次。

他赌博玩得越来越大。一天他的一个朋友给我打电话："你过来劝劝他别再赌了，否则会输得一败涂地，倾家荡产。"当我找到他时，他已输了二三十万。我在他身边站了一夜，他就当我不存在似的，那天夜里输了一百多万。陕北人常说："一天省一把，十年买匹马。""三年不抽烟，省下一个老牛钱。"勤俭可以持家，但是败家却是一夜间的事。我彻底对他失望了，神仙也拉不回我的心了。当初我从魔鬼一样的毒品的手里夺回了他的身体和灵魂，现在我再也拯救不了他了，也不想再管他了。

过去家暴对我的身体造成了伤害，而精神上受到的伤害更大。除了打人外，还有冷战和语言的伤害，后来他动手少了，开始用语言和性暴力摧残我。恶毒的语言比刀子还锋利，刺得我体无完肤。他用绳子绑着我或吊着我，并用鞭子抽着我和他做爱。婚姻的列车已驶到悬崖的边缘，时刻等待着坠落。

我终于还是病了，住进了医院。晚上不想吃安眠药了，在燕京医院，从佐匹克隆换到右佐匹克隆，现在是思诺思，明天出院，实在不想让自己以安眠药维系睡眠了。今天晚上还在做二十四小时视频脑电图——上午高兴太早，医生说的"没事"还是很谨慎的，给我发了信息才过一小时，主治医生又跟我说，"大姐跟您商量个事儿呗……再戴一天的脑电图吧，明天上午可以出院"。

翻来覆去，还是左右睡不着，就想自己从去年四月份开始辗转脑科医院、京华和天坛神经科看病的经历。自己也真的是沾了北京医疗资源丰富的光，心里有些惭愧，所谓"疑神疑鬼""小病大治""疑病症""癔症""焦虑症"以及"心理作用"等等，大致可以概括为"神经病"或者"神经症"，抑或是"人格障碍"，现在已经在看精神心理科医生，就不想再过多自责了。

三年前去一家合资医院的神经科，主要是发现自己有时候拿着钥匙开门，会忽然掉钥匙，且不是一次两次，吃饭时偶尔还会掉筷子。去了医院，做脑电图时间也不长，且不需要家属陪同，是在一个小黑屋里，床有些老旧，隔着一个窗洞后面就是做脑电图医生的检测室，我做的边缘性脑电图基本上没发现什么问题,那时候根本就没听过"失神发作"这个词。但没问题总是好的。

再后来,在做一个小手术前,医生术前谈话的时候忽然就问了我一句"你有癫痫吗"?那时候觉得这简直就是无稽之谈,一口回复说"没有",但后来吃饭端着碗老是掉碗,被朋友提醒,开始去脑科医院看病,神经科大夫多次强调要加做蝶骨电极,是两个小时的视频脑电图,日间病房提前一个月预约,干净整洁,但必须得有家属陪同才能做。后来出结果,左侧蝶骨偶见尖波,似乎有问题,又似乎没有问题,把我搞糊涂了。问过两个医生,意见正好相反,有直接开奥卡西平明确说就是癫痫的,有直接说就是焦虑引起的而已。这……投奔天坛医院看看吧。

燕京医院看了以后,就开了住院证,要求住院两个星期好好检查一下,且等了俩月都没收到住院通知,再看协和神经科有号,且医生同样建议住院做二十四小时视频脑电图检查。没过几天,正逢端午节放假就住了进来。

京华神经科在一栋感觉很有历史的老楼里。里面的设施

肆 跪着的婚姻

包括阳台都有点民国或建国初期的风格，协和神经科做脑电图的小盒子可以摘下来挂在脖子上，去洗手间上厕所，甚至可以顺便冲个脚啥的，虽然有些不便，但还可以接受，医生也十分细心负责。为了诱发发作、捕捉异常放电，房间昼夜通明，床头灯 24 小时要开着，对于平素不喜欢被人打扰或者被人盯着都不自在的人来说，床对面硕大无比的高清摄像头让人很有压力。我是很敏感的，一想到 24 小时全天被高清摄像头盯着，摄像头的那一端可能还坐着医生盯着，打嗝放屁说梦话，大屁股臭脚丫一览无余。端午节放假不能办出院，"顺便"就从做一天的脑电图变成了四天，夜晚明亮的灯光下根本睡不着，医生还命令禁止吃安眠药，而我傻傻的，觉得有点不舒服的时候不敢按标记按钮"打标"，就因为怕给人添麻烦，一次也没按打标，不过医生说他们辛苦一点会仔细看看，但结果界线性脑电图诊断意见还是很模糊，不能确诊有，但也不能肯定无。简直把我纠结坏了，继续观察。

半年以后，端着盘子本来想放桌子上，结果竟然又掉地上了，一紧张，想到了天坛医院的住院证，早先从协和出院后才收到的住院通知，已经跟人家说不去了，就又挂了专家号，姓李的主任依旧建议住院认真查一查，"我们医院不缺病人，也不是图你钱啊，真心为你考虑"，那恭敬不如从命，盘算着春节假期就来天坛医院，在医院过春节，对于我这个把医生当亲人的老病号来说再好不过。

赶上放假，就在节前进来了，还觉得太奢侈，何德何能，自己一点儿小问题就去一流的大医院住院，真是觉得自己浪费医疗资源，但是似乎又不对，毕竟住院证是大专家医生开的，我也把之前的病历给专家看过，专家医生已经开了两次住院证了，这个事情我也没做错啊。

从一月二十九日到二月九日，一共是十二天，差不多正好俩星期，在医院病房里遇上了很好的医生和护士，还有病友和护工。当然也有情绪失控的时候——两次都是因为一位大姐要么聊天声音大，要么被她的手机吵到了，烦躁到忍无可忍就发生了争执，或者自己的情绪被放大，为这个事情哭得眼睛肿成核桃，前后能哭两三个小时，可是，理智告诉我真的不应该，真的无所谓，真的没什么事情啊，心理情感却一点不进步，仍旧哇哇哭个不停如丧亲人，我真是觉得自己过分了。倒是医生护士病友一直劝慰"不怪你"。

燕京医院神经科是明确挂了癫痫中心的牌子，京华神经科挂号是癫痫中心，也没太注意专门有癫痫中心的分区，同病房和走廊上见到过其他人癫痫大发作的情形，心灵受到震动和惊吓，但总归满打满算也就四天。我的主治医生是美丽聪慧可爱的马媛大夫，她就一直跟我强调，学会不要向内攻击自己，真的很有道理。

一开始，因为临近春节病房人少，三人间住自己一个人，请一位护工，还觉得不错，唯独做脑电图不能离开床边一米上厕所，必须克服羞耻心，但晚上可以关灯，有红外线，且要求必须关了床头灯，要吃的安眠药可以继续吃，着实与京华医院相反，外行人也想不明白谁好谁坏，但各自应该都有道理吧。节后继续做两天脑电图，前后换了三个病房，做完脑电图去普通病房，节后继续做脑电图到另一个病房。觉得还蛮新奇的。忽然记起那次在京华住院的时候护工说的：癫痈,这个病啊,就是有的人神经长多了。

快凌晨一点,没有吃思诺思,还是睡不着。

出院后,因焦虑、抑郁、情绪冲动,去精神专科医院看了专家,专家按抑郁症治疗,给开了盐酸舍曲林片,这也许就是刘军赠予我的礼物。

这么多年走过来,用什么形容呢?暗无天日?稀里糊涂?厮打多年?还是压迫受虐?我都找不到一个合适的词来形容。这么多年都没有离,离婚也不是一两句话就能解决的问题。我要为孩子的未来考虑,我想要孩子跟着我。我也终于明白了家庭形式上的完整并非真正意义上的完整。这种虚伪婚姻的存在已毫无意义。当初为了孩子,现在他的心与孩子的心越来越疏远了。孩子在这样的家庭里成长,心灵上受到的伤害更大。我义无反顾果断地提出离婚。他是我今生今世的仇人,也是我来生来世的仇人。仇恨的火焰熊熊地燃烧,仇恨的枪膛装满了子弹。但是我不会做傻事杀了他,他的生命对于我无足轻重,不能因为他丢了我的性命,孩子需要我,我也需要孩子。世界上的事看似很复杂,其实很简单。

肆　跪着的婚姻

二〇〇四年的一天我正式向他提出离婚，他同意了。就在那个寒风凄雨的秋末，在那个鸡不叫狗不吠的上午，我们走进了昌平法院。

被打傻到打疯直到被打醒，最后我毅然决然地走进了法院。离婚我提出的条件是孩子归我，房子归我，存款给我一半，他同意前两项，但是钱不想给我一分，否则他不同意离婚。在法院我们没有谈拢，不欢而散，婚没有离成。

一分钟甚至一秒钟我也不愿和他有婚姻的契约。如果他不分钱给我，孩子上学花什么。但我决定了离婚就不会轻易地改变，过了两三个月，我考虑好了。我决定和他离婚，即使一分钱不给我们娘仨。我们没到法院起诉和调解，而是去了昌平民政局协议离婚。最后孩子、房子归我，他每月付一定生活费给俩孩子，钱和车他带走，我不要一分。我决然地离了，结束了十八年的婚姻。我终于脱离了魔掌，走出民政局的大门我向世界放声大喊："我离了，我离婚了！"那天北京漫天的飞雪飘落，我一个人在郊外白茫茫的天地里走着，不再回想心绞如麻、心如针刺、心如刀割的往事。

回家后我一病不起，不是因为我留恋过去名义上的家，不是我伤心过度，而是因为我一直紧绷的心弦突然松弛下来，无所适从。我像瘫痪一样躺在床上，发烧、呕吐、头痛欲裂。儿子和女儿跪在床前，呼唤："妈妈起来吧！妈妈你起来吧！你不起来，他们会笑话你的，会看不起你的。""妈妈我们爱你，妈妈我们爱你，即使世界没了，还有你的儿子和女儿。"孩子哭喊的声音在空荡的房间里久久回旋。

好长一段时间，老乡和朋友们甚至母亲和哥哥们都不知道我们离婚了。后来他们知道了，说什么话的都有，老乡和朋友们议论着我，有说我傻的，有说我不聪明的，还有说我缺心眼儿的。自己在北京这么多年打下的江山就拱手让给那对狗男女。他们哪里知道我生活的点点滴滴，哪里知道我这么多年所受的委屈，哪里知道我所受的伤痛，哪里知道我内心的苦楚，哪里知道我的每个毛孔渗出的鲜血和愤怒。离婚我不后悔，这桩婚姻让我感觉肮脏和恶心。终于跳出了火坑，我可以睡个安稳觉了，没有人再打我了，没有人再凌辱我了，我恢复了一个正常人的生活，我要振作起来，我要活得鲜艳，活得亮丽，活得像个人。

生活的遭遇和不幸，生活的磨难和坎坷都给了我深刻的教训。生活告诉我一定要站起来，要认清自己，找到方向。不因弱小而自卑，不因苦难而苟活，不因困难而退缩，不因艰辛而放弃，更不因别人的错误而惩罚自己。世界给我关上一扇窗，就会为我打开一扇门。

信念在心里，路就在脚下。春天到了，我从病床上起来了。我一个人静静地走在郊外，昌平田野中嫩绿的小草在生长。我闻到沁人心田的花香，春天温煦柔和的阳光照在我的身上和脸上，从苦难中我终于获得了新生，一个三十五岁从拓家沟来京的女人开始了新生，远处的高山已挡不住我要腾飞的翅膀。

人们常说，上帝给你关上了一扇门，必然会为你打开一道窗；其实，反过来说也是成立的：上帝在给你打开一道窗的同时，往往就会关上一扇门，或者几扇门。你是一株路边的小草，迎着朝霞生长，带给人生命的喜悦和力量，那同时，你就不能是一棵树，不能是一只蜜蜂，也不能是除了小草之外的其他任何物体。似乎有点宿命论的味道，但是你说，一株路边的小草，何时能成为又怎么能够成为牡丹、月季和参天大树呢？但即使不是，又何妨它依旧自由自在地尽情绽放呢？

伍　闻着新空气回望自己

　　列车把我和我的思绪又一次带回到拓家沟，故乡的窑洞永远不嫌弃我，不抛弃我，不放弃我，永远那么熟悉。当年我想离开这里，现在我又想回来。窑洞是治愈心灵创伤的一方良药。

　　　　羊啦肚子手啦巾哟
　　　　三道道格蓝
　　　　羊啦肚子手巾三道道格蓝
　　　　咱们见格面容易
　　　　哎呀拉话话的难

窑洞前母亲养的鸡鸭悠闲地在院子里散步。鸡咯咯叫，鸭呱呱叫，你一声它一声的，扔一点儿吃的在地上，它们争先恐后地抢着。还有一对公鸡和母鸡正在踏蛋，它们觉得此事远比抢食更重要。母亲也不提及我的事，尽量说些让我开心的话语。母亲能有一个好身体，和她看开一切的心态有很大的关系。

姐夫、俩哥哥俩嫂嫂和几个孩子也回来了。母亲准备好了我们爱吃的饭：正宗手工土炉烤的油旋儿，麻辣肝子碗托儿，铁锅炖羊肉，羊杂碎粉汤，黄米油糕，还有陕北黄酒。家人的相聚让我觉得亲情是那么温暖，望着窑洞外湛蓝而深远的天空，两颗硕大而晶莹的泪珠像珍珠一样滚落下来。

姐夫张喜清衣着打扮还是那么朴实和低调，不爱说话，头上有了白发，眼角的皱纹很深。大姐走后，姐夫老多了。他见到熟人给递好烟，而自己却抽便宜的，一边点烟一边说："中华抽起来没劲儿，我习惯抽红塔山。"他开辆奥迪，不认识的人就问他借的谁家的车，觉得他的穿着不像开奥迪车的人。许多人给姐夫介绍对象，他都看不上。他觉得许多女的图钱不图人，所以一直还是一个人过。孩子们都在外地上大学,慢慢地他一个人也习惯了。

大哥大嫂平时在榆林住,一个月回来陪母亲住几天。生活现在虽然好过了,但操心不少,大哥管理着煤矿,他贪酒,大嫂不放心。四个孩子上学全由大嫂负责,他平时很少过问孩子的事。想想杨秋月年轻时也是村里一等一的美人,现在不像年轻时那么清秀和甜美了,就连笑声也老了许多。她发福了也变得更成熟和稳重了。

二哥和二嫂王云萍生活过得最好,他们平时也住在市里。他们有两个洗煤厂,一个焦化厂。听人说二哥外面有人,二嫂也有相好的,但他们互不揭穿。我邀请他们去北京,但他们不是这个有事就是那个有事。各家经过多年的艰苦创业,现在终于过上了好日子。想当年母亲带着我们四个兄妹吃了上顿没下顿的日子是多么不容易。

母亲是这个大家庭的精神领袖,她教会了我们不屈服于困难,不向命运低头,不和生活妥协。她言传身教,乐观面对现实,是大家庭里的活佛。两个嫂嫂也是很强势的女人,但在老太太面前言听计从。母亲从不在外人面前说媳妇的不是，两口子发生了矛盾从不偏袒儿子。孩子们喜欢听她讲故事，更喜欢她亲手做的饭菜。真的是如常言道：家有一老，如有一宝。

拓跋氏女人有气质，有魅力，她们坚强有韧性，但也不乏幽默和爱心，母亲常拿自己取笑，她把全家逗乐了，也一本正经的。母亲和村里十七个老太太打过架，胜了十四次，平手三次。她平时爱吸烟，还能喝点酒，从不忌口。别看这么大年龄，她还能上得了树、爬得了墙，是老太太中的花木兰。母亲勤快，一天也不闲着，里里外外打扫得干干净净！

拓跋氏的血液到我的身体里就被稀释了。我的性格柔弱，缺乏反抗，缺乏拓跋氏女人的野性魅力。拓跋氏女人像羯羊，有时可爱温和，有时急躁易怒。拓跋氏女人性欲旺盛，也有人说容易克夫。母亲最喜欢二哥，因为他觉得二哥才像拓跋氏的后裔，好斗有野性。我没遗传母亲红色的野性的基因。母亲像野地里燃烧的罂粟花，我只像蒲公英。

父亲走时是四十三岁，那时母亲四十岁，我十二岁。现在我三十五岁，母亲六十三岁，如果父亲在世的话今年是

伍　闻着新空气回望自己

六十六岁。父亲在天可以永享喜乐了，他打下的桩，个个根深叶茂。父亲走了，没牵走一头驴没带走一根草，却让拓跋氏的血液在儿孙的血管里咕咕地流淌，小溪已汇成大河，浩浩荡荡地奔向远方。

世界之所以伟大，是因为人类有了坚强而勇敢的母亲。没有任何人能给予我们如此盛大的爱和恩赐、力量和意志。睡在炕上，我陷入了深深的沉思。窑洞外广袤无垠的夜空群星闪烁，一轮皓月把它寂寂的清辉洒向了五月的黄土高原。

回到窑洞我仿佛闭关了，我想静一静，我想一个人好好地休息一下，静静地思考一下自己走过的路。我不想把自己的负担和忧愁还有不快扔给我出生的窑洞，这对窑洞是不公的。我看着它，它瞅着我。我们就这样互相看着，都理解对方。我不是哲学家，讲不出那么多的道理，我不是文学家，抒发不出心中的情感。我就是窑洞里出生的一个普通农家女子，没有多少突出或优于别人的东西。

我累了，就在窑洞里睡一觉，在炕上睡得踏实。睡着了就睡着了，没有梦。大脑里空空荡荡的。没有压力，没有不自在，清早红公鸡的打鸣声把我叫醒。父亲的那头驴不在了，拴驴的桩子还在，光秃秃地立在院里，它和星星交流，和太阳对话，日复一日，年复一年。岁月蹉跎奈何不了它挺直的腰板，时光无情也打不倒它的骄傲。

院里的老鼠自由自在地啃着时光。光秃秃的高大的拴驴的木桩，千百遍地临摹着阳婆儿的影子，丈量着岁月的长短。寂寞的老榆树独守院落，观望着星起月落。过去木桩上拴着两头驴，一头是秀丽的灰毛白肚皮的母驴，一头是英俊的黑毛白肚皮的叫驴，它们都有一排雪白的漂亮的长方形大牙。它们常常为了爱情在众目睽睽之下干起人类羞于启齿的事。村里古老的榆树，张着一只只干瘦的手，紧攥着岁月留下来的风雨声。

过去这片黄土地是拓家沟的全部人生。孩子在黄土里洗澡，男人在黄土里流汗，老去的在黄土里葬埋。

蚂蚁在墙角边玩耍，无视世人的存在。只有刮风下雨才能让它们忙碌起来。院子的栅栏不再是防牛羊，而是防人气从院子里跑走。人气旺院子里就充满活力，人气旺院子里的老树就枝叶葳蕤。电线上的麻雀整齐地站成两排,好像等待着我的检阅。

夜里整个村庄都是寂静的,年轻人都走了,剩下老人住在这儿,夜里早早地睡了。偶尔几个年轻人回来,我也能知道住在哪个窑洞。窑洞里做爱的声音让我脚下的地一震。

冬日里抄着手圪蹴在供销社的山墙下晒暖暖的老羊倌儿使劲地吸溜了一下快滴到地上的鼻涕,对旁边的羊伴子说:"好吃不过饺子,舒服不过倒着。"那惬意的眼神,让旁人无限向往……

忽忽悠悠地从远处传来唱声:

> 东井上吃水呀西井上个担
>
> 就因为眊妹妹绕了一个大把弯
>
> 进了你们村来没进你家院
>
> 哎哟哟
>
> 只了见你头顶顶呀
>
> 没见上那妹妹的面

村里没有了小学，孩子少了，都去县城上学了，女人陪着孩子也走了。男人即使在村里也无聊地早早睡了。担心也没有用，女人们体内除了脂肪就是蓬勃芬芳的欲望。村里的离婚的夫妇有增无减，不亚于城市。

深夜，窑洞也显得很孤寂，村边的小河静静地流着，偶尔能听到几声蛙鸣。我不觉得孤寂，我的心栖息在了老树的枝头，没有吵闹没有喧哗，而是从未有过的宁静与舒适。寂静的夜里寂静的月伴着我，我想起了父亲，想起了姐姐。

拓家沟的一草一木、一沟一壑是那么的熟悉，鸡鸣犬吠、牛铃叮当让我那么的喜欢，就连公鸡踏蛋、驴子交配都那么的让人回味。

母鸡本来就会生蛋的，只不过如果没有公鸡，生出的蛋是没有办法孵化成为小鸡的，公鸡踏蛋是为了授精。人总好奇鸡有没有生殖器，公鸡不像人类有突出体外的生殖器官，它长得和母鸡类似，是一个泄殖腔孔，交配的时候，公鸡和母鸡泄殖腔孔的口对着，有时候公鸡的泄殖腔孔会整体外翻

伍　闻着新空气回望自己

深入到母鸡的泄殖腔孔内，公鸡把精液排到母鸡体内，这个过程叫公鸡踏蛋。一个简单的过程诠释了鸡的生育法则和秘密。公鸡顶着大鸡冠到处踱步，大摇大摆的样子，一个不满意就开始约别的公鸡干架，如果和母鸡干架那是在踏蛋。

母驴和公驴交配不像人面对面互相看着彼此的表情，把表情传达给对方，对方以表情来判断自己需要采取的力度和方式。而驴与驴之间是靠声音传递信息的。母驴舒服了就传给公驴满意的叫声："啊呃——啊——啊呃——啊。"公驴也是以叫声回应母驴，这是它们之间的情话和表达。这是驴交配的生育法则和秘密。

人有人的生活，动物有动物的生活，再说人最早也是动物。鸡的踏蛋和驴的交配除了生育需要外，还有爱意的表达，从这一层面上讲，它们也是另一个意义上的人。性是动物与人的本能，没有生殖器就没有生命。所以有的民族把男性生殖器作为幸运的象征，到处可以看见生殖图腾。

对于人类或是其他动物而言，生育都是保证种族繁衍壮大的唯一方法。因此，合情合理的生育方式是所有种类动物都必须学习和研究的。与大多数动物早已因自然选择而进化出的成功的生育模式相比，人类似乎在这方面仍有所欠缺。

古时拓跋氏为了躲避战乱而来到此地，现在我为了平息内心的情绪回到这里。黄土高原自然环境恶劣，人们世世代代开荒种地，生生不息。像驴一样低头耕耘，偶尔扬头开口嘶叫几声：啊呃！——啊呃！人们也学着驴扬头唱几声信天游，歌声苍茫恢宏，而又深藏着凄然和悲壮。所以这里的人应该感谢驴，驴带来了劳力，也带给人们欢乐。

我对拓家沟的一切有了新的认识，或许是因为我的思想发生了变化。谁敢说人的一生一成不变。岁月在流逝，我不知不觉地被改变，被时间改变，被生活改变。

春天很快就过去了，迎来黄土高原的初夏，初夏转眼就到了盛夏，黄土高原上的绿由春天的浅绿变成了初夏的深绿，又由初夏的深绿变成了盛夏的苍绿。黄土的颜色也由土黄变得姜黄，又变得褐黄。山上鸟在鸣叫，草在生长。

清晨，嘹亮的鸡鸣划破了沉寂的夜，一束束玫瑰色的火焰在东方散开，霎时朝霞灿烂，霞光万道。太阳像烧红了的

伍　闻着新空气回望自己

羊蛋滚上了土岗，很快就发出炽热的光芒。炊烟从窑顶袅袅升起，在霞光中弥散开来，早起的人们做饭的做饭，喂鸡的喂鸡，牵驴的牵驴。当我睁开蒙眬的双眼，一缕阳光已透过窗户照射进窑洞，一只绿油油的大蝈蝈正伸着两根金色的长须伏在我的胸口，它用两个突出的红眼睛深情地凝望着我。

陆 我的第一桶金

在窑洞和母亲住了两个月,两个月里我想清了许多事,静下来什么事都可以想通。黄土高原有她博大的胸怀,能接纳我的一切,不论好与坏,轻与重,薄与厚,还是是与非,阴与晴,这些不再牵绊我的脚步了,现在重要的是我要继续向前走。

阳光照在我前行的路上,我感觉自己的脚步无力,我又思考了一下我的人生,觉得找不到人生的意义,但本能驱使我要活下去,我内心充满了矛盾和纠结,我是就这样浑浑噩噩地任凭命运的摆布还是自己站起来勇往直前追求自己想要的生活。我感觉自己很软弱很无助,觉得上天对自己不公平。我一颗善良的心,对得起任何人,为什么现在成了这个样子。

陆 我的第一桶金

最大的欣慰是身边有两个我爱的孩子,他们又成了我逐渐坚强起来的动力。包裹起受伤的心灵,昂起不屈的灵魂,向前迈出第一步。我是小河里的鱼,独自畅游大河也是需要自我鼓励,需要勇气迎接风浪和未知的风险。我不能被过去束缚,我要解开绳索放手一搏。跌倒了就在原地爬起来,不管前面的道路如何坎坷泥泞我也要向前奔驰,佛争一炉香,人争一口气。我绝不甘心被命运打败,绝不甘心再受人侮辱,绝不甘心一蹶不振。

重新树立起对生活的信心与勇气后我在想我能干什么,怎么干,从哪儿干起。一个女人自强自立的基础是要有自己的事业,要有一定经济基础,否则都是说说而已。我也绝不做骗人的生意,我也绝不做违法的事情,我也绝不做损人利己的买卖。每天在公园里我走了一圈又一圈,我想了很多很多。喜鹊在头顶喳喳叫,孩子们从身边嬉戏打闹地跑过。一排排竹子翠绿生长,时光悄无声息地流走。黑夜里心中燃起了微弱的火光,一天天地逐渐亮了起来……我不再惧怕黑暗,不再惧怕外界的压力和别人看我的眼光。男人能干成的事业我也能干，没有男人的女人一样能活出精彩的自己和精彩的人生。打败自己的只是内心深处的软弱。只有经历脱胎换骨解放了思想，自己感觉有了强大的力量才能看到前路无限的风景。不要等待别人的救援要设法自己上岸。我必须活下去，而且要活得更好。

我分析了自己优势和不足，优势是自己从小做买卖，胆大心细，能抓住商机。不足是文化水平不高，手里没钱，身边没有能帮自己的，能帮自己出主意的朋友。和兄弟姊妹交流不够。也没有分析自己内心最薄弱之处和最需要什么。

从陕西到北京这么多年，自己成长不够，尤其在精神层面，看事情的深度不够，没有好好地反思一下自己。在婚姻中一味忍让，没有好好地去沟通，没有好好想想解决问题的方法。埋怨和愤怒，迁就和单方容忍是解决不了问题的。对孩子的教育也缺乏方法，把自己的不良情绪发泄在孩子身上，对孩子也产生了不良影响。自己的婚姻接受不了，没有去改变，改变不了没有选择及时的离开。没读过多少思想深刻的书，眼界不宽，思想深度不够，不具备独立思考问题的自觉，而接受现实去认命。有时我也想逃避现实，去一个安静的地方，无人打扰的环境里，让自己自生自灭。内心布满绝望和厌世，想让一生的火焰瞬间熄灭。现在我明白了活着只是一种状态，好好生活就是全部意义。人活着不仅为了自己，也要为你至亲至爱的人。

在生意方面太依赖对方，自己参与的程度不够，挣回来的钱没掌握在自己手中，时时处于被动地位。对方掌控着自己。自己又太传统，爱面子，怕别人说三道四，觉得离婚是件丢人的事。向身边的朋友和兄弟姊妹没有告诉自己的家庭和婚姻的实际情况，没有去听一些过来人的有益的意见和指点。把自己封闭在一个狭隘的世界和空间中，自己没有拯救自己，没有走出自己设计的迷宫。不经反思的生活，很难幸福；不懂反省的人，很难活出自我。经过反思我慢慢地平复了情绪，治愈了受伤的心灵。

现在我认识到自己要也必须要自强自立，生活也逼迫我必须要这样做。人生中挫折和失败是自己成长的一味最好的良药。对自己的反思，知道自己的缺点和不足才能在精神层面上成长起来,和年龄无关。人类一切努力的目的,在于获得幸福。我要屏蔽外界的喧嚣以及自己焦躁的情绪,重新开始。奋斗的价值在于,修炼自己的心性与生存能力,支撑起家庭的生活,追求自己想要的生活。现在我必须想办法解决生活的问题,给别人打工很难养活我们一家三口,我得做生意。我得挣钱。没钱没有底气,缺乏安全感,有钱了才能抵御风雨,才能体面地活下去。这是一个简单的摆在眼前的现实问题。

首先我想我该做什么生意呢?租个摊位卖衣服,开个小超市,开个玩具店,复印打印工作室,开个咖啡店……一一被我推翻了。我最后决定做我最熟悉的我有把握挣钱的生意——做煤炭。想好了做什么,下一步就是钱从哪来,我这几年交往的大多数是陕西来的老乡,但我们的交情只限于聊聊天,打打牌,出去玩玩,没有深交。她们对于借钱的事很敏感也很谨慎。一千两千还可以,多了就不行了。我辗转反侧地想着从哪儿能借到钱。只有借钱的时候你才能想到你有几个好朋友。另外一点就是单独做呢还是合伙做。我当然希望合伙做，我没多少资金。但谁又愿意和一个没钱的合伙做生意。所有的事情想起来容易做起来难。但万事总有一个突破口。最近我感觉自己的头发掉得很厉害，梳头的时候一绺一绺地掉。每天清晨四点半准时就醒了，再也睡不着。看着镜子中自己感觉一下老了许多。但是从此多了一个不屈服命运的女人。一个目光坚毅，神情自若，冷静沉着，不甘平庸的女人。现在变得不屈不挠，在失意之时有了让自己开心起来重新出发的能力。

孩子们也说我多了一份男人的刚强，言谈举止中能看出一份内心深处的坚毅和微澜不惊。我每天都要读几页书，开始思考人生，总结自己的得与失。灵魂仿佛一个空瓶开始慢慢地注入水，我插入几枝花，希望有一天能芳香四溢。只要有花可开就不允许生命与黯淡为伍。

离婚后我没有要一分钱，所以我手里也没有多少钱。我首先考虑的是以后孩子的学费如何交上，我们在学校旁租的房子如何付租，我们的生活费从哪来。所以我必须得振作起来挣钱，必须为了生活、为了孩子振作起来。我把原来学校旁租的那套大三居的房子退了，为了省钱我们娘仨换了一间小屋，生活中尽量省吃俭用。我思考着下一步我做什么才能挣到钱。我要做生意，做我熟悉的生意。可是做生意得要钱，我又不想让哥哥们知道我现在的状况。钱从哪里来？钱从哪里借？向谁借？凭什么借给你？你又凭什么还？万一赔了呢？一个外地女子在北京没有工作，没有收入，没有抵押，借钱贷款是很难的，几乎不可能。虽然昌平有套一百平方米的房子，也不值多少钱，做煤炭生意需要大量的资金，少了做不起来。

我想到老家的一个好姐妹张玲，她在榆林市里上班，家里很有钱。我向她开口借六十万高利贷，她觉得少量的钱可以借给我，但数目太大了，她也害怕。毕竟对于一个家庭来说，不是一个小数目，我知道她说的是心里话。她说要和自己的丈夫商量后再决定。我就跑到她们家，和她们两口子把我的实际情况一五一十毫不隐瞒地讲了，并说了借钱我要干什么。我诚恳地说我虽然是一个女人，但我是讲信用的人，说一不二，借钱一定还，再者我做煤炭生意是有经验的。我

陆 我的第一桶金

把前几年在北京做煤炭生意的情况详细地和他俩说了，煤炭市场在北京有需求，我有经验和方法挣到钱，所以请他们放心钱肯定能还上。如果相信我就借给我，我付一分五的利息。夫妻俩终于在我详尽的分析和说服下借给我六十万。但是六十万还是不够，我把昌平的房子卖了，四十八万，又向别的老乡借了二十万，我就用手里的一百二十八万开始做我的生意。

就这样我的人生转折点来了，上苍很眷顾我，我站起来了，我的生意做起来了。每天我起早贪黑地做我的生意，早晨醒来一睁眼我就能挣到钱。说我的命不好吧，有时还挺好的，运气不错。"山重水复疑无路，柳暗花明又一村。"我在昌平沙河办了自己的公司，建立了账号。有许多来买煤的现金跟不上，拿着支票来买煤，买煤需要现金，就到我这儿兑支票，按几个点给我钱，一百万的支票兑换成现金我能挣到一万多块钱。我就这样做业务，为煤老板兑支票。我和一个朋友一边兑支票，一边在煤厂租了一块地，夏季煤便宜时贮运煤，冬天煤价上涨时出煤，在煤炭需求紧俏的情况下利润还是很可观的。我的生意做起来了。我盘点了一下，一个冬天我就挣了三十几万。孩子的生活费不用愁了，学费不用愁了。对于一个山沟里走出的女人，不是钱挣多挣少的问题，而是我终于站起来了，没有被过去击垮，我走出了阴影，迈出了自己的第一步。我要重新生活，重新开始自己的人生。我在老乡中慢慢地树立起威信，人人都夸我，说我能干。我也觉得自己挺能干的，我不怕苦不怕累不怕脏，我骄傲地告诉大家我确实挺能干的。每天清晨我很早就起来给孩子做早饭，天不亮我就从海淀赶第一班公交车去往沙河，夜里又坐着公交车回家，回家后再给自己和孩子做饭。一年来我的辛苦没有白费，我赚到了我的第一桶金。

　　那个冬天虽然寒冷，但是我很充实，我仰望星空，脚踩大地，有一种实实在在的感觉。离婚是对的，我的决定没有错。当你拥有了好的状态，生活的雨露也会更加滋润你。即使经历风雨，你站在那里诉说的也是风调雨顺。我想起了不知道在哪本书上看到的一句话：我们这一生，要走很多条路，有笔直坦途，有羊肠阡陌；有春天的绚烂，有冬季的荒凉。

陆　我的第一桶金

无论如何，路要自己走，苦要自己吃，不可能永远依赖别人。仰望满天的繁星，回望留下的脚印，我在孤独中跋涉，在寂寞里坚守。只要你愿意走，踩过的便是通往理想之路；只要你不回避与退缩，生命的掌声终会为你响起。

拓跋氏的毅勇狠斗在我的血液里苏醒。

每年三月底北京停暖，锅炉就停止烧煤，煤厂的生意进入了淡季。我没事时常到楼下的一个商场和老乡闲聊。一天下午，商场来了一个五十岁左右的大姐买衣服。看起来和老板娘很熟，聊得很热闹。这位大姐说海淀的新楼明天要开盘了，是在中关村大河庄园。可她明天上班请不下假，没办法去排队取号。看样子她很心急，她想找一个人帮她排队取号。谁能去就给她一些钱，如能拿到号就多给一些。我就过去和她说我替她排队去，她不相信地看了我一眼后说："你行吗？"我说："这么简单的事有什么不行的。"那个女人说排队很辛苦，有时排两三天。我说我什么苦都吃过，没问题。老板娘指着我对那中年妇女说："她是我的老乡，做事很踏实，排队拿号交给她没问题。"那个女人就让我去排队，并告诉我开盘的地址和电话。

那天天有点冷,我穿着棉衣去了。中午开始排队,我排在三十三号,还算在前。队伍排得像长蛇阵,排在中间的人看不到头也看不到尾。排队最难受的是不能离开,离开了就排不进去。不能上厕所,所以不敢吃不敢喝。下午还好,虽然有点冷还不算太冷,夜里就变冷了。又困又乏又累,咬着牙坚持着,这要排到什么时候呢?我不知道。能不能排到号?我也不知道。这哪像买房子,这么多人排队。黑夜吞噬着苍穹,吞噬着我寒冷的身体,还有我一颗疑惑的心。如果排到号,这位妇女会不会给我钱呢?说话算数吗?我真的不知道,因为我们以前不认识,更谈不上熟悉。我想回家了,这罪不受了。可是转念一想,答应别人的事不能就这样走了,看看前后排队的人就我一个女的,都是男人在排队,谁会让女的受这份罪。我想我是多么财迷,为了钱来这儿排队。我太需要钱了,能挣点儿就多挣点儿,再说钱多也不会压死人。我就给自己宽心,给自己加油,给自己打气。

天冷才知道被子的温暖,黑夜才想到白天的光明,站着

陆 我的第一桶金

才明白躺下的舒服。站在没有星光的夜空下我思绪飘飞。我想这个女人买房子,我为什么不能也给自己买一套房子呢?我在昌平的房子卖了一年了,我也想再买一套房子。如果排到号我也买一套,尽管我手里还没有足够的钱。站了这么长时间,我累得不行了,急切盼望着天亮。黎明的曙光似乎还很遥远,总是等不到,好像去年等待离婚一样那么的漫长。

在我上眼皮和下眼皮打架最激烈的时候,天际泛白,一轮红日从东北升起。我的睡意渐渐散去,但是什么时候开始发号也不知道,不会等到明天吧?我饿了,没喝水,嘴唇像要崩裂开了。两腿发抖站不稳,后来又感觉两腿发酸发胀。就在我几乎坚持不住的时候,开始发号了,已近中午,整整过了二十四个小时。那个大姐也过来了,我是33号,肯定能排到房号,除非有人把整个楼买了。大姐说话算数,给了我三万。终于等到发号了,那个大姐选了一套房子,我也选了一套,一套八十平方米的两居室。我用排队挣的三万块钱交了定金。匆匆忙忙地选了房子,是209室。容不得我细考虑房子的户型,人们互相拥挤着,后面的人还等着拿号。就仿佛在菜市场上买土豆和白菜一样不让你细挑，快速地选下房，拿号走人，在规定的时间内来付首付。我是来替别人排队拿号的，自己却买了房。世上的事就是这么巧，这么出乎意料，连我自己都不知道自己干了什么。

大姐走后，姐夫洗衣服从来不用洗衣机，尤其是内衣，他习惯于手洗。用搓板搓衣，让他能想到大姐过去洗衣服的情景，想到大姐为他为儿女付出的汗水和心血。

一天晚上他把衣服泡在盆里，坐在沙发上看电视。他习惯于一个人的时候吸吮自己右手的大拇指。有人的时候他怕别人笑话他，今天他又认真地吸吮起来，仿佛大拇指有魔力一样让他恋恋不舍，当拇指伸入口中的那刻，他的心思就进入另一种境界。他一边看电视一边吸吮拇指，眼睛盯着电视大脑却想着别的事，想到高兴处还偷偷地笑出了声。夜里他把一切杂念支开，仿佛只是为了不受它们的打扰，可以在宁静的独处中悠然思念自己的永恒的情人。就这样不知过了多久，他躺在沙发上睡着了，拇指还在他的嘴里。半夜醒来时发现衣服已洗干净并且晾在了阳台上。他想一定是大姐回来洗的，知道他累了。他就在客厅来回踱步，不时走到阳台打开窗户，轻声地呼唤着："凤儿！你回来了？"

有一天夜里他开车，在路上发现大姐的身影，就追了过去，可又总是追不着。他就这样追了一晚上，一辆车就这样追着一个幻影，在那个凄凉的黑夜。

姐夫很聪明，对数字很敏感，只要你说一次电话号码他就能记住，过一段时间他能准确无误地给你拨通电话。他只读完了初中，初中的数学题他不用笔就能算出答案。家里或邻里的电器坏了，他看后总能捣鼓好，手特巧。就连邻居大妈想买土鸡蛋，他都能辨别出真假。真的土鸡蛋，蛋黄能插17根牙签不倒，而饲料鸡蛋一根也立不住。

平时他喜欢养些小动物，养过龟、小兔、小苍鼠、金鱼、猫、小狗……

有一段时间养了两条大蟒蛇，每周给蛇买两只活鸡。一次小区的几个小孩路过他家，从他家玻璃上看进去，见到了盘曲的两条大蟒，吓得从此不敢再经过他的窗下。

孩子们都遗传了他的聪明，龙凤胎张咚咚和张叮叮一个在武汉大学，一个在厦门大学。小儿子张磊在市里上一所重点高中，学习名列前茅。他有时不打招呼地悄悄跑去武汉看儿子，有时跑到厦门看女儿。

就在几年后的一天，他去国外旅游，从 A 国飞往 B 国途中，飞机失踪了。姐夫同机上 200 多名乘客一起失踪了。可怜的三个孩子一直在等待爸爸的归来。

姐夫走了，让我想起拓跋氏头顶的诅咒，它仿佛天堂的一首歌，幽怨婉转。不知何时开的幕，不知何时闭的幕。

在我自己人生奋斗的新阶段刚刚有起色的时候，拓氏家族接二连三地发生了一些事情。大嫂杨秋月发现自己下体有不规则少量出血，月经周期又不规律，就去医院看了妇科。大夫给开了 B 超和抽血等检查，发现高危性人类乳头瘤病毒感染呈阳性，后来做了阴道 B 超，取了病理活检，发现有少量的浸润性癌细胞。大夫给她做子宫内膜环切术，又发现宫颈病变严重，最后干脆做了子宫颈切除术。子宫没了，她觉得很不自在。大嫂觉得女人的根在子宫，胸是叶，脸是花。子宫切除了又怕自己衰老得厉害，性情也跟着发生了变化。

陆　我的第一桶金

大嫂是最爱美的女人，心又强，做什么事都要抢在别人的前面。

大嫂生了一个女儿三个儿子，女儿拓萌萌已在西安上大学，拓聪和拓敏在上高中，小儿子拓凯在上初中。这几个孩子大嫂一手带大，做妈的费了不少心血。现在自己病了，还操心着孩子的学习问题，什么事都过问，不经她手都不放心。时间久了就有点抑郁症状，白天焦虑晚上失眠。后来她去妇科复查时，一见大夫就问女人没了子宫是不是很快就衰老了，大夫告诉她子宫只是一个生育的器官，女性维持正常的激素水平不是靠子宫分泌的，而是靠卵巢分泌，仅仅切除了子宫，保留了卵巢是不会衰老的，也不影响性生活，因为阴道是保留的。她听了大夫的回答后，心情立马变得轻松愉快起来。"谢谢！谢谢主任！"

想到年轻时的大嫂杨秋月与二嫂王云萍在住窑洞的夜晚互不相让，为了生儿子暗地叫劲，拓家窑洞一到深夜就传出女人此起彼伏的叫声。窑洞上空的月亮再升起时，这已是二十年前的事了。人这一辈子送走老的养大小的，自己也老了。岁月的飞刀对谁也不留情。

大嫂强势,大哥没主意总是听大嫂的。听得也对,日子过得也是越来越好,吃穿住行不用愁。大哥也是爱享受生活的人,花钱大手大脚,整天喝得五迷三道的。喝归喝,但他不在外面找女人,像他这样的老板在外有个女人的多的是。因为大嫂在他不敢。日子只要不瞎折腾,总能过好的。

那年煤矿的三角债情况也够让大哥头疼的。煤矿开发找银行借钱搞生产,卖煤给钢厂,钢厂拿了煤生产钢卖给机床,机床卖给经销商或者企业。企业经销商卖不出货或者回不了款,那么上游就拿不到钱。银行找煤矿要钱,煤矿只能等钢厂先结款,以此类推,债务越积越高,严重妨碍生产发展,各个企业小干小赔,大干大赔,不干也赔。后来煤直接运到天津和唐山等地,慢慢地资金回流了,渡过了难关。

日子就这样在日升日落的一天天中过去,大哥和大嫂也人过中年,看上去比实际年龄老了。我在细数别人的日子的时候却忘了自己也老了一岁。早晨梳头时我发现了一根长长的白发,我用两手指夹着拔了下来,我端详着它,为什么头

陆　我的第一桶金

发会变白？人为什么会衰老？其实人活着就是为了生存，活着就是为了活着。活着本身就是意义！

拓家的事先告一段落，我接着讲我自己的事吧！

房子选好了，三万的定金也付了。一个月内付全款，我没有那么多钱，因为我没有正式工作，离异又带两个孩子，又没有抵押。建行审核了三次都没通过，建行不给我贷款，我就开始想别的办法，把卖煤别人欠的账收了收，才四十多万。远远不够。这套房子是八十多万，因为户形不算好，又是二楼低层，所以还算便宜的。我没那么多钱，选房时不敢选高层，越高层价格就越贵。我就从老乡那儿借了四十万高利贷，以一分二的利息借的，这在民间贷款利息还算是低的。我把房款全付了以后，房子很快就下来了。我没有装修，因为手里没有钱。过了三四个月房价突然上涨，我就把房子出手了，扣除贷款的利息外，我还赚了三十多万。我高兴坏了，差点儿跳了起来，这么轻而易举地赚了钱，我觉得这是个商机。我把我做煤炭生意的本钱都撤了回来，不再和老乡合作煤炭的生意了，全部拿来做倒房子的生意。另外一个主要原因是煤炭需求量逐渐下降。北京提出2008年"绿色奥运"的口号，为改善北京空气质量，将冬季燃煤取暖改用天然气做燃料，主要是为了减少氮、硫氧化物的排放。煤炭生意做了一年多后，我开始把目光专注在倒卖房子上。每天我没白没黑地到处在北京的各区转悠。哪儿开发新楼盘，我就去哪儿，排队拿号，选准一套合适的房子后几个月房价上涨再出手，我就能赚到几十万。正赶上北京的房价在不断上涨，我就这样赚钱了。我房子的生意做起来了，真的就这样做起来了。开始我还为别人排队拿号，从三万挣到五万，从五万挣到十万。后来我把档案和关系转到了朋友的公司，银行也给我贷款了。两年后我在中关村给自己买了一套精装修的房子，这是学区房，我没有转卖。我和孩子们搬进了自己明亮宽敞舒适的大房子里。仅中关村附近我就有了好几套房子，学区房转卖赚得更多。

不幸的婚姻是我一生最大的悲哀，但从不幸婚姻中挣脱和振奋起来又让我有了一次人生的飞跃。从第一次我买房前的犹豫与内心的斗争，到买房时付款压力和借钱的奔

陆　我的第一桶金

波，再到卖房后赚了钱的高兴，真是几度秋凉几度温暖，几度转角几度花开。我从飘雪的冬季走向了春暖花开，从柔弱走向了刚强，从无知走向了成熟，从失败走向了成功。人生没有永远的低谷，生命没有永远的阴暗潮湿，心情也没有永远的痛楚和悲伤。经历了人生的悲欢离合后，我看到一轮明月照在我前进的铺满鲜花的康庄大道上。

柒 身为人母的磕磕绊绊

就在我满怀信心地在创业路上奔波时,生活又给了我一次痛苦的回击。儿子上了初二,进入了青春期,有了叛逆的行为。我对孩子要求很严格,有时是高压,儿子开始跟我对着干,我说东他偏要说西。刘军就暗地里忽悠孩子,让儿子跟着他过,每月偷偷地给孩子钱。我也不是舍不得给孩子花钱,而是不想让他从小养成乱花钱的习惯,要让他明白每一分钱都来之不易。可是孩子不懂,赶上青春期逆反最严重的时候,孩子在我的高压下逃课去网吧玩游戏。我也不会教育孩子,不懂得去疏通孩子的心理,不懂得和孩子平等地去沟通去谈心。慢慢地孩子和我疏远了,玩游戏晚回家了就挨我一顿骂,骂了还不听,被我揍一顿。孩子的爸爸更是添油加

柒　身为人母的磕磕绊绊

醋、煽风点火,向孩子伸去"宽容"的手,给孩子钱让他乱花,玩游戏也不管。

一天早晨孩子没吃早餐走了,我以为上学去了。我发现上课的一些书本没带,后来发现书包也在他的房间里,我给他打电话也不接。还是学校的老师打电话问我今天孩子为什么没来上学,也没请假。我在学校附近的网吧到处找啊!一家挨一家找,孩子没找到。我瘫软在马路边,我吓坏了,怕孩子出了事。我难过而无助地掉下了眼泪,在我打算报警找孩子时,突然想到了孩子的爸爸,孩子会不会去了他那里?我给他拨通了电话,儿子确实是去了他那儿。儿子不愿意回来找我了,他要和爸爸过。我怎么和儿子说,他都不理解我的心,就是不回来。后来儿子也不愿见我,也不接电话了。

从此儿子总去网吧玩游戏,夜里不回家就住宾馆,也不回家吃饭。孩子放任自流,学习跟不上了。儿子从一个听话的乖孩子变成了逃学叛逆的孩子,没法在人大附中继续上学了,他爸只好给他在上地找了一所普通的中学。

儿子不要我了,儿子不再跟我了,我仿佛掉进了痛苦的深渊，我的重心发生了偏移，该怎么办呢？我没有一点儿办法。在我生意上刚刚取得一些成功、正风生水起的时候，竟然会有如此的痛苦，我像是从高空摔了下来，把心摔得支离破碎。我的心被千万条虫子撕咬着，我撕心裂肺地哭着。我如此脆弱，轻轻一碰，抖落了一地的碎片，如秋风后满地的败叶。我悔恨自己的无能，没把儿子拉住。我痛恨孩子的爸，为了让孩子回到他身边不择手段，他的阴魂总是不散，在我平静的心里又一次投下一个炸弹，伤痛的水花四处飞溅。仇恨的火焰又一次燃烧起来，火光照亮了整个漆黑的夜晚，大火过后又化为汹涌的波涛冲击着心房。

我的心像被人挖走了一半，望着白颐路上川流不息的车辆，心脏似乎停止了跳动。远处灯火璀璨，明天等待我的又会是一个什么样的清晨？

我依然记得我在幼儿园的大门口翘首以盼，等待着儿子从教室里走出的情景，他远远地看见我，向我挥动着小手，又远远地喊着妈妈。我牵着他胖乎乎的小手去到自行车前，

柒　身为人母的磕磕绊绊

把他放在自行车上,早上送去晚上接回家,一路上他的小嘴总是说个不停。日复一日,年复一年,我从不觉得辛苦。我觉得这种付出是一种幸福,一种满足。

上幼儿园期间他总是感冒发烧,流鼻涕、咳嗽,他害怕打针不愿去医院,我说儿童医院有位会变魔术的老爷爷,他也好奇大夫还会变魔术,我就带着他常常跑儿童医院。夜里突然发烧,我一夜都睡不着,起来给他喂药,虽然觉得药苦,但他都会坚持把药喝了。从小他就很懂事,怕我为他担心,验血和扎针输液从来不哭。周六周日我带着他学画画、学游泳、学轮滑、学围棋、学泥塑。不论春夏秋冬,我们总奔波在学习的路上,一幕幕浮现在我的眼前,仿佛就在昨天。

上小学了,他个子是班里最高的,学习成绩总是第一名。我依然陪着他去学英语,学奥数,学吉他。他爱好广泛,我尽量满足他,让他接受良好的教育。他总是和我有说不完的话,说班里的事,说同学的事,说他看到的一切,我总是那么的喜欢听,从来也没有觉得烦。儿子就是我心中的太阳,只要看到他,我一天都充满希望和快乐。不论我受多大的苦,儿子就是我心中的希望，给我使不完的力量。我把所有的希望都寄托在儿子的身上，希望他幸福，希望他快乐，希望他成才。

我可以少吃，也一定要让他吃好喝好；我可以少穿，也一定要让他穿好穿暖；我可以不花钱，也一定要让他上最好的课外班。只要儿子好，只要他幸福快乐，我就幸福快乐。我的童年很苦，我希望儿子有一个幸福的童年。童年对一个人成长的影响太大，我小时候穷怕了，吃了上顿没下顿，缺衣少食。为了让两个哥哥上学，我没读几年书就辍学了。如果我多读几年书，小时候没那么穷，长大了也没那么自卑，或许我以后的人生也不会这样。

该上初中了，我给他选择最好的学校，我希望他的起跑线是最佳的。我没有过青春期叛逆，我也不懂如何去消除这种叛逆，或是我不知道如何理解这些行为背后隐藏的心理需求。我不知道该怎么解决孩子成长中遇到的问题，不知道孩子青春期叛逆厌学该咋办，不知道叛逆期的孩子独立意识很强，他对原来接受的思想有一定的矛盾和抵触。我没有处理好和儿子之间的矛盾，让他很容易地把学习的注意力转移到了其他事上，最后造成网瘾，整天泡网吧打游戏。我没有平等地尊重他，平等地给他发言权。而我总是高高在上，时时指责他，给他高压。

儿子在十四岁以前，一直乖巧听话，成绩优异。可上了初中突然不知怎么回事，不喜欢按照我说的去做，认为我说的许多规章都是不合理的，我再三叮嘱的一件事，他感到厌烦。一旦决定做某件事，不管我怎么劝阻，也不会改变意见，越不让他干的事就越要去做。你让他往东，他一定往西。好像存心和我顶着干。完全像变了一个人似的，叛逆不听话，常和我顶嘴。有时我性子急，偶尔会重重说他几句，时不时大吵起来。我感觉不对劲，找他们班主任了解沟通之后效果也不大，后来发现儿子早恋，他在学校里已经有一个女朋友，在女朋友和其他一些爱玩的同学带领下沉迷于游戏，出入网吧，学习成绩也一落千丈。我又是痛心又是迷茫，看见儿子日渐学坏，完全不知道自己该怎么办。

儿子走了，不回家了。只剩我和女儿相依为命，我仿佛又回到了年少时和母亲相依为命的岁月。历史的轮回是如此相像,命运似乎在捉弄人,自己逃不出宿命的安排。深夜我总是失眠,我在回顾自己走过的路,思索和分析着自己人生道路中的每一步,生活中的每一滴。性格决定命运,我自己有着性格上的缺陷,知识上的缺失,也有认识上的局限。在那个特定条件和环境中成长的我,命运多舛,人生坎坷。我不能怪怨老天不公平,人生的道路有时不由自己选择,我们都是平凡的人,不像书上或是历史中描述的伟人一样能改变自己的命运和推进历史的进程,我是平凡得不能再平凡的女人。淹没在茫茫的人海中,我渺小得如沙漠中的一粒沙、大海中的一滴水、天空中的一颗星,没有人知道我的存在,没有人会在意我,没有人会关心我。

　　我不是没剖析过自己,我在不断地改变自己,不断地克服自己的缺点,不断地从生活中学习,不断地总结自己的过失。一个没有读过几年书的我,从山沟里来到大北京生活,我也是不断地在学习,向身边的人学习,向生活学习,向社会学习。只有这样才能跟上时代的发展和潮流,了解市场的

柒　身为人母的磕磕绊绊

需求，我才能在北京这个人才云集的地方挣到钱。只有挣到了钱，有了实力，别人才认可你。否则凭什么让别人说你行？凭什么在老乡中朋友中树立威信？没有威信，别人凭什么借钱给你？凭什么和你合作？简单得再不能简单的道理。要凭你的实力，你的诚信，你的为人，别人每时每刻都在观察你的一举一动。社会上不是凭你一句话两句话就能说服别人的，靠的是你人生的积累，你的实力。包括软实力和硬实力，软实力是你的为人，硬实力是你的经济基础。

儿子离开我身边，我伤心，我心痛，我无可奈何。但生活要继续，女儿长得亭亭玉立，多才多艺，不仅学习了钢琴，而且跳舞跳得好，假期学校总组织出国演出。女儿特别心疼我，关心我，照顾我，女儿渐渐地长大了。每次我来例假时都把卫生巾叠好放在我身边。我心情不好时陪我聊天，我病了，她陪伴我照顾我。我时刻能感受到女儿的存在，作为母亲我能感受到亲情的温暖和力量，也能感受到生活中我需要的支撑。没有什么可以代替这种爱的温暖和关怀的陪伴。

我没读过多少书，无法描述女儿带给我的温暖和幸福。

儿子我也惦记，但是我没有办法去沟通，也不知道如何与他沟通，让他理解我做母亲的心情。或许等他长大了，总有一天他会明白和理解一个母亲的心情。母亲是最爱孩子的，母亲的心不会去害儿子。母爱是无私的，她总是舍己为子。母亲奋斗的最终目标还是为了孩子，孩子是她心中的天。

我一步一步从不幸中走出来，为的不就是孩子吗？孩子平安健康、学好向善是做母亲最期盼的事。一旦孩子在人生道路上出现了偏差，母亲的心总是不安，第一个不安。孩子可能意识不到母亲的心，只有他为人父为人母了，才能理解做父母的心。做一个母亲真的不容易，孩子小时候屎一把尿一把地拉扯，上学了又为学习考虑，长大了又为他的前程考虑。不闭双眼，便永远在为孩子着想和操心，可是孩子又能真正理解母亲多少。人生就是这样，大多数的人就是这样。

冬天寒冷的北京城，我一个人走在街头，望着夜空中闪烁的星光。我想到一个哲人说的一句话：就算人生是出悲剧，我们也要有声有色地演这出悲剧，不要失掉了悲剧的壮丽和快慰；就算人生是个梦，我们也要有滋有味地做这个梦，不

柒　身为人母的磕磕绊绊

要失掉了梦的情致和乐趣。

第二天太阳又从东方升起来了,如一个淘气的孩子跳到了地面,我想起了儿子。儿啊!你什么时候才能理解妈妈的心。

儿子,我想给你唱首《报母恩》。

隔窗望见儿抱孙,我儿只知他儿亲。
单等他儿成人后,他儿饿断我儿筋。
提父母养育恩如地如天,为了子费尽力报答不完。
人生在尘世上各有父母,老扶幼幼敬老理所当然。
个别人只知道妻儿饱暖,竟忘了二爹娘养你一番。
说父长道母短意见一片,就不怕外人说笑你不贤。
请君看娘生儿报母经上,说明了娘养儿千苦万难。
娘怀儿一个月提心吊胆,只恐怕有差错如临深渊。
娘怀儿二个月草上露水,茶不思饭不想百病来缠。
娘怀儿三个月形容改变,每日里头难抬昼夜难眠。
娘怀儿四个月四肢生长,一时阴一时阳心神不安。

娘怀儿五个月五脏发现，腰膝酸腿脚痛痛苦难言。
娘怀儿六个月心慌意乱，三分人七分鬼如坐刀尖。
娘怀儿七个月刚分七窍，食娘肉饮娘血腹痛不安。
娘怀儿八个月八宝长全，坐不安睡不宁不似一般。
娘怀儿九个月就要分娩，周身的骨与肉好似刀剜。
生几生死几死才见儿面，赤条条血浴身抱在怀间。
说不尽娘怀儿十月之苦，养育恩比山重非同一般。
生下儿娘心喜难关已过，受尽了人世苦度日如年。
坐月子好美味不能下咽，通奶的脏屎尿娘才能咽。
奶若缺买来喂昼夜几遍，三九天夜不寐并不说寒。
出天花和水痘双亲操断，恨不得替我儿渡过难关。
为父的请医生腿脚跑软，老娘亲神灵前祷告苍天。
好东西到嘴边不能下咽，无奈何口对口吐于儿餐。
左边尿右边睡胳臂当枕，两边尿不能睡卧娘怀间。
每日里为儿忙甘心情愿，儿啼哭娘心酸何曾安眠。
屎一把尿一把娘心不厌，三九天冷水浇哪能不寒。
一生子两岁时往常怀抱，只累得两膀酸麻无怨言。

柒　身为人母的磕磕绊绊

三生子四岁时学说学走，走一步叫声妈娘心喜欢。
五生子六岁时刚会玩跑，怕火烧怕饭烫又怕水淹。
到七岁进学校去把书念，怕我儿不聪明又怕师严。
怕同学到一块欺侮与俺，怕我儿不用功惹是生端。
好田地为娇儿荒废一年，吃与穿紧儿用自己不沾。
二爹娘到此时用尽血汗，为父的请媒人又把亲搬。

孩子在家里得不到的东西，必然在外寻找。儿子沉迷于游戏，也必然和这有关系。和平的家庭对于孩子的健康成长有关键作用，我们往往忽视了这点。孩子在成长过程中可能遇到各种困惑，他自己解决不了，需要父母伸出援助之手。一代人与一代人成长中遇到的问题都是不同的，需要父母的理解。父母要与子女做朋友，平等地交流。我没有做好，对儿子青春叛逆期的教育我是失败的。因为没有处理好这种关系，我也陷入抑郁的状态，站在窗前我几次差点跳下去。我觉得我付出了很多，得不到儿子的理解。生命中最难的阶段不是没有人懂你，而是你不懂你自己。

家庭、学校、社会对孩子的成长教育都起着至关重要的作用。在我内心深处，一直有一个疑问：那些发明游戏的人想干什么？网吧又对孩子们起到多少好的作用？我也常常提醒自己，不能像瘸子一样，腿不行却总埋怨地不平。

当我再见到儿子时，他又黑又瘦。走时一个白白胖胖的小伙子，怎么会变成这样？我问儿子你在那边过得好吗？儿子没说话，眼泪哗哗地往下掉，不说我也明白了。

儿子被他毁了，被这个不幸的家庭给毁了。我也有很大的责任，常常谴责自己。我伤心地流下苦涩的泪水，任凭泪水在自己的脸颊上纵横。儿子和我说他不想上学了，他读不进书去了。我说这么小不读书能干什么呢，现在不读书以后会跟不上社会的发展，长大了怎么找工作？拿什么生活？儿子说他已没有心思再读书了。任凭我如何劝说也没有作用。我思量再三地问他："想当兵吗？"儿子不假思索地说："想！"我让儿子回去和他爸爸再商量一下。他回去和他爸爸说了想当兵的事，他爸爸同意了。

几番周折，儿子最后通过了政审，并且体检合格，儿子

柒　身为人母的磕磕绊绊

应征入伍了。走时我去火车站送他，儿子抱着我哭了，"妈妈我错了，我知道我错了！"我们娘俩抱头痛哭。我问儿子："你不记恨妈妈了？"儿子说："是我不懂事，让妈妈伤心了！"我叮嘱儿子去了部队要好好训练、好好学习。临别时儿子对我说："妈妈你要保重好身体，等我回来。"他还嘱咐妹妹好好学习，别像他一样让妈妈担心。

儿子当了空军后勤兵，去了外省，我的心轻松了许多。儿子每周都写信回来，讲他在部队训练和生活的情况。人生的道路不是按自己预想的轨迹运行的，我也根本没有想过让儿子当兵。当初在人大附中上学时我希望以后他考入人民大学，学习法律或经济学。没想到他高中还未毕业就辍学了，只能让他去部队锻炼。我怕他在外学坏。人生总是一波三折，让人唏嘘不已。

孩子的爸爸已两个月没给女儿打生活费了，女儿给他打电话，他总说过几天会打到银行卡上，后来干脆就不给了。听人说他赌博输掉了几百万。我已和这种人生不起气了，他就不配做孩子的父亲，就让他在自己的世界里自生自灭吧。

我和女儿说:"只要妈妈在,就不会让你像我小时候一样挨饿受冻。他给生活费是他做父亲的责任,不给咱也饿不死,不能因此而生气,影响自己的学习和生活。"女儿很懂事、很听话,也没和他计较。

人生的际遇里,每个人都是生命的过客,有的人经历着阳春白雪,有的人经历着筚路蓝缕,有的人经历着山清水秀,有的人经历着凄风苦雨。人生中的酸甜苦辣都尝过了才算是完整的人生,而我正经历着这不寻常的人生。

我常常想起陕北秧歌伞头唱词:"唱一番又一番,讲今比古唱笑谈。人生在世多行善,留取英名万古传。"

拓家沟窑洞后方的山坡上青草泛绿的时候,春天又一次来到了陕北高原。拓家沟的人又开始忙碌起来,准备着耕地,准备着播撒种子。母亲和大哥、二哥家的地已包给了同村同姓家族的兄弟二旦了。大哥和二哥他们也不闲着,忙碌着煤矿上的事,忙碌着为了煤矿生意而与政府官员的交往。过年过节打点他们已经不好使了,他们都想让家人入股。他们总是有意无意地干预着煤矿的生意。只要和煤有点儿关系的部

柒 身为人母的磕磕绊绊

门，都要前来关照你的生意，都认你这个兄弟，都是挺着腰来晃悠着两个胳膊走。

大哥与二哥都全身心地投入到自己的工作中，他们想以此摆脱笼罩在心头的阴霾。人到中年，拓跋氏家族的男人们都恐惧于家族的诅咒。家族里每年或隔几年就有一两个不到五十的男人死于诅咒下。人对于死亡的恐惧久了，直接会产生一种孤独和空虚感。他们的内心需要一种力量和意志去填补。他们害怕死了之后，大脑就将停止工作，记忆和意识统统消失，没人会知道他们经历过什么事情，没人能够体会到他们的情感，他们将再也看不到这个美好的世界，再也看不到身边的亲戚朋友，仿佛自己从没到这个世界来过一样。每每想到这里，他们的心里就非常悲哀，尤其他们没有活到他们想活的年龄，抑或一般人正常的自然死亡年龄。他们不想早早地被黄土掩埋，让厚厚的黄土覆盖在装着自己的棺材上。那样留给自己的，只是无尽的黑暗和寂静了。每次想到这里，他们心中就异常憋闷，仿佛被蒙上了一层厚厚的棉布，呼吸急促、无法喘息，需静坐良久才能恢复正常。

拓跋氏家族里的男人到了四十岁后，就形成了一种无名的死亡恐惧症。谁也不说，谁也害怕说，谁也无法逃避的一种存在。他们等待死亡，就像是排队检票，前面的队伍再长，也总会轮到自己，并且无法逃避，想到这，无力感与恐惧便会慢慢侵占全身。

大哥和二哥近几年每年都来北京协和医院或301医院做全面的体检，除了血脂和尿酸高点外其他都基本正常。但这并不能完全消除他们对家族性死亡的恐惧。大夫开玩笑地告诉他们，青年怪才尤瓦尔·赫拉利所著的《未来简史》中提及，人类将在2100年，通过电脑和大脑相结合的方法，"获得永生"。这或许是个可以实现的美梦。大夫说这是一个大时代，发展极快的科技时代，基因编辑婴儿、器官打印、人造器官、下载意识、生命暂停、头部和身体整体性移植，诸多现代顶尖科学，都有完成生命突破的可能。

大哥工作外喜欢喝酒，二哥工作外喜欢打麻将。他们把自己的时间填得满满的，来对抗一种死亡的恐惧和诅咒，就像《百年孤独》里奥雷里亚诺上校晚年在作坊里制作小金鱼

柒 身为人母的磕磕绊绊

一样去打发时间。事实上，这种把小金鱼做了化、化了做的举动，只是为了排遣内心的孤独和寂寞罢了。他在麻痹自己，使自己感受不到"孤独"。

死亡并不因你的恐惧和害怕而提前或推后。它总是在不经意间突然地出现在众人的面前。它就像一朵花，突然绽放在一个美丽清晨，尽管昨晚还是一个严严实实的花蕾。

二哥拓江在一个周五的晚上和朋友打了几个小时麻将，一直都是他在成胡。从来没有这么好的手气，要啥来啥。要二条来二条，要三饼来三饼，要九万来九万。朋友都说这手气太好了吧！肯定是多日没去王丽那儿了。王丽是拓江的女朋友。他们觉得拓江摸了女人的那儿就会手气变臭。拓江今天胡了三次一条龙，胡了两次豪华七小对儿，还胡了一次十年不遇的十三不靠。二哥的上家、一个大胡子牌友自嘲道："我打麻将，是月月输，手气差得不能再差了，炒菜菜煳，蒸饭饭煳，煮汤汤都煳，就是打麻将不胡。"二哥的下家、一个光头牌友笑道："我是一天不打麻将，吃饭不香；两天不打麻将，心里发慌；三天不打麻将，支气管扩张。"二哥拓江马上接着他的话说道："等你死了，给你墓碑上面刻一副对联。上联：惊天动地清一色；下联：含笑九泉杠上花。"

二哥对家、瘦猴李四也对着二哥说道："打牌打得细，说明你懂经济。世界上最漂亮的花，是杠上花；世界上最美丽的湖，是碰碰胡。"

他们一边洗牌一边调侃着。一会儿瘦猴李四转移了话题说道："昨天喝得有点多，回家一看媳妇正在床上睡觉呢，我就弯腰亲了她一下，一不小心给她弄醒了。我说媳妇我就喜欢你这樱桃小嘴。媳妇啪啪啪就给了我三个耳光：你他妈的喝了多少，亲我肚脐眼上了……四个人哈哈大笑。光头一边笑一边说道："再往下亲就是嘴了！"

打麻将时间过得快，快十点时拓江就给王丽发了一条信息：我一个小时后过去吃饭。过了一会儿他打了几个哈欠，伸伸胳膊说道："今天就到这吧。"大胡子说道："赢了钱就想跑！"拓江说："今天有点累了，明天晚上陪你们通宵。"瘦猴李四说："我也累了！明天再玩吧！"大家吸了一支烟后就散伙了。在灯火辉煌的夜色中，二哥开车去了王丽家。

柒 身为人母的磕磕绊绊

二哥拓江来到王丽家，王丽刚炒好了两个菜，苦瓜炒鸡蛋和糖醋大虾。另一个灶上炖着红烧带鱼，手里正炒着一个蒜蓉西蓝花。拓江走进厨房，王丽穿着围裙，麻利地翻炒着。一边炒菜一边说道："自己倒杯水，我马上就好！"拓江走到她身边，从身后抱住了她，吻着她的耳垂。弄得她痒痒的，身子骨立刻酥麻起来。她哼唧着说道："心急吃不了热豆腐。"拓江一只手搂她的腰，一只手摸了摸她鼓胀的奶子。

王丽是一个风韵十足的女人，丈夫在三年前出车祸走了，他们没有孩子。她在一家银行上班，二哥经常在这家银行存取款，就认识了王丽。很快王丽爱上了这个有着黝黑皮肤和深邃眼神、魅力十足的拓跋氏男人。拓江每周五过来一次，两年来都是这个习惯，再晚也要过来。

餐桌上已放着一瓶老汾酒，两只精巧透明的玻璃杯，两个碗两双筷子。她习惯于陪他喝上几杯。他俩一边聊一边喝，这种感觉让她感觉特别舒服和温暖。她觉得生命的真正意义在于能够自由地享受爱、阳光、森林、山峦、草地、河流，在于平平常常的满足，其他则是无关紧要的。她从不强求他离婚，她喜欢这种互不约束的爱。只要他心里有她，能来看她就够了。如果每天生活在一起，互相会有摩擦，会有抵触，会有厌倦。这样在一起，他们能保持一种朝露似的新鲜感和奔放的热情，还有不断冲动的激情。

王丽把炒好的西蓝花和炖好的带鱼端了上来，她拧开瓶盖倒满两杯酒。她端起一杯说道："欢迎你回来！"拓江也端起一杯，酒倒得有点满，端的时候向杯外溢出了一点儿："谢谢你的热情款待！""不用谢，愿意为你效劳。"几杯下肚，灯光下王丽的脸就红了起来，人显得更加妩媚和娇柔。"你还是少喝点吧，千万别多了！"拓江劝道。"没事，今晚我想多喝点。"拓江饿了，吃了好多，他感觉王丽的厨艺特别好，普通的菜经她的手就变成了佳肴。

他们俩看着彼此，一杯又一杯的酒喝进了嘴里，情也似酒般柔浓。她端了一杯酒，起身坐在他的腿上，胳膊从脖子后绕了过来，酒杯到了他嘴边，"我敬拓哥一杯！"他头微微一仰，她顺势把酒倒入他的口中。他把酒喝了，酒是如此的甜美，仿佛喝进口的是甘泉。他看着她的眼睛，眼睛里充满了无穷的欲望和燃烧的火焰。他把厚厚的嘴唇伸向了她，他们深情地吻着，紧紧地拥抱着。多年以后她依然清晰地记得他像一列火车呼啸而来压过她的轨道，在激烈的震荡中她的五脏六腑在翻滚移位，左肺移向右肺，右肝移向左肝，甚至左右肾也互换了位置。直到她左眼移向右眼呼叫声震屋瓦穿墙透壁，他才在间歇中停下来像一只追逐兔子的猎狗喘着粗气，在汗味弥散的芬芳中，以及她身体分泌的雌性荷尔蒙的淡淡的体香中意犹未尽，他在嬉戏探索后又一次启动。他不是为了见证征服者的自豪，只是一种孩子般顽皮和好奇心的驱使。她发现了他们的性爱有着许多未开发的领域。

第二天清晨，一轮红日刚升起在陕北高原的时候，拓江开着他的黑色奔驰，从王丽家的小区驶出。他没有回公司，直接开向自己的家。他把王云萍接上，就直接驶向一条直通拓家沟的路。路上云萍问拓江："今天咋突然想回村里了？""昨晚梦见我大和老娘了。"

导航显示榆林到子洲一百二十四公里，两小时十九分钟。他们从文化南路出发经过建业大道、开源大道、榆溪河特大桥，车驶上榆蓝高速，最后驶向青银高速。"毛毛和豆豆这周学校有活动，周末不回家了。"王云萍说道。"哦，豆豆今年个子长了不少。""是的，豆豆比毛毛还高出了半头。""你安排一下，看什么时候合适，请一下毛毛的音乐老师。孩子在这方面有天分，我们多投入点儿。""月末吧，我问一下老师的时间。"

二哥家黑蛋当兵，从部队考上了军校，三年后就毕业了，虎子从小聪明好学，考上了北京一所大学。豆豆和毛毛，她俩在榆林同一所高中读高一。孩子们都很争气，让拓江和王云萍在外人面前充满了自豪感。二嫂是上过高中的，当过小学的民办教师，行为举止文雅大方，讲话通情达理。最引人注目的还是那双灵动的会说话的眼睛，说话时总是带着微笑。她身上从来看不到那种粗俗不雅或轻佻琐细。每年入冬她总是要犯一次旋转性眩晕，耳鸣、恶心。大夫说患的是梅尼埃综合征，每年犯病时输几次液就好了。

拓江开了不到一百公里，感觉有点头晕，腰有点酸痛。他知道自己昨晚上透支了体力，在高速路的服务区就换了云萍开车，他就闭上眼睛，让自己全身放松一下。

一大早拓江给母亲打了电话说要回去，母亲早早地给准备着午饭。老太太身体很硬朗，起了面，中午准备炸油饼，还让邻居帮忙，中午还要做油炸糕和粉汤。她知道儿子和媳妇喜欢吃她做的饭。每次回来都吃好多，走时还要带走一些，老太太喜欢做，他们喜欢吃。老人把窑里窑外打扫得干干净净的。她用浇花的壶在院子洒了许多水，怕黄土扬起沙尘。

他夫妻俩回来时，老太太一切都准备好了。老太太坐在炕沿上拉着儿媳妇的手，问长问短。主要还是关心着孙子和孙女的学习情况。老太太和两个儿媳妇相处得特别融洽，对两个儿媳妇像亲闺女一样。俩媳妇也是妈长妈短，时常问候老人，不时地偷偷给老太太塞个大红包。

中午他俩还陪老太太喝了些陕西的米酒。老太太高兴，比平时多喝了一小杯。拓江早上没吃饭，中午吃了三个油饼、五个糕，喝了两大碗粉汤，吃得肚子都鼓起了。午饭后老太太带着云萍去村里走走，去亲戚家串个门。拓江感觉有点累，想睡一觉，一时又睡不着。他想起了昨晚上激情澎湃的一夜，他俩变化了几次姿势，他从来也没有这么勇猛精进。最后一次他看了看墙上的表，他俩做了三十五分钟，她的下面汩汩地流出他射进的液体。他不知道自己为什么有那么多，似乎阴囊里放着一个大袋子。王丽仿佛一头饥饿的母狼，总也喂不饱，她的下体像一条深邃而清澈的河，让他身陷其中无法自拔。最后一次就在黎明时分，她感觉自己下体突然冒出一股热流，她不知道是来了那个，他俩进行了史无前例的一场血战。他们的身体和床单血迹斑斑，两人吓了一跳，不知道自己到底哪里受了伤。

想着想着，他脸上透出一丝特有的神秘而诡异的微笑，随后就睡着了。老太太带着云萍回来时，已是傍晚时分，发现拓江还在睡，她叫了几声江哥，没有任何反应。她推了一下他，感觉他身体僵硬。他不知什么时候走了。她放声大哭……拓跋氏头顶的诅咒像天空盘旋的一堆蘑菇云，压抑着人们呼吸不畅。

这一天是农历七月十七，拓江四十四岁，生日刚过两月。日历上写着：宜起基，宜安床；忌祈福，忌作灶。

柒 身为人母的磕磕绊绊

二哥在诞生他的大地中安息了,像这里的每个人一样,生时落草在黄土炕上,死了被埋在黄土堆下。在悲怆、肃穆中,前来为他送葬的有一千多人,白色的车辆排成几列长长的队伍。二哥为人慷慨大度,仗义豪爽,结交了许多朋友。七月的陕北高原素来少雨,出殡那天早上却下起罕见的小雨,淅淅沥沥的雨声更增加了人们内心深处的伤感和悲伤。母亲虽然又一次白发人送黑发人,但她早已为拓跋氏家族的诅咒做好了心理上的准备。迟早会来的,只是这次走的不是拓海,是拓江。谁也无法逃避和阻止诅咒。传说当年拓跋氏家族带着几百口人迁徙到黄土高原开荒造田,他们无意中把山里的一个蛇洞破坏了。冬天冻死了许多小蛇,蛇精从此开始发难,诅咒拓跋氏家族。这一条大蛇,谁都没有见过,但是每年能看到褪下来的蛇皮,不知道是不是真的,我没有亲眼看见过。

王丽不知道拓跋氏家族的诅咒,以为是他俩那晚的原因造成拓江的死亡。她本来是平辈,不用重孝,但是全身孝衣的她要为拓江送最后一程。云萍见过王丽两次,也知道她和拓江的关系。云萍没有阻止她的行为,王丽哭得死去活来。

现在回想起来，她才觉得那晚有许多的不可思议。他们从来也没有做过那么多次，为什么那晚他那么强大？另外她的月经周期一向很准，为什么那晚提前了四天？"见红"是不好的征兆，为什么没有警觉起来？

二哥走后，公司的事由云萍主管。云萍之前一直跟着二哥跑公司的事，业务娴熟。二嫂有点像王熙凤，读过高中，情商高，管理能力很强，公司里的人也很服她。二嫂又是一个争强好胜、刚烈如火的人，与二哥生活在一起，像两块钢球，不免碰撞出不和谐、不愉快、不容彼此的声响。二哥走了，像高原上的鹰，收起了翅膀。

一年后公司里的人很快就忘了曾经的老板，他们很快适应了云萍的管理。他们觉得云萍比二哥更有能力。人都觉得自己在别人心中的位置很重要，其实没那么重要。

小满过后芒种还未开始，时令已达夏季，陕北的气温逐渐升高，农村有小满三候：一候苦菜秀，二候靡草死，三候麦秋至。人们就见母亲马秀莲只要没风没雨时，几乎每天都拿个面垫在青石上坐上两个小时，眼睛直望着村口的方向。

柒　身为人母的磕磕绊绊

在母亲的身旁蹲着老狗阿黄,它也望着远方。

春天阳光充足、风沙不大的时候,她上午或下午出来坐坐,望向远方。秋天变凉后就时不时地带着阿黄走到村头,望一望是否有黑色的轿车驶来。

在拓家沟老家窑洞前的路口,有一棵老榆树,老榆树下有一个长方形的青色大石块。青石光滑绵润,夏天常有人坐在上面乘凉聊天,日子久了,青石光泽更加透亮。母亲嘴里微张着,似乎在喊着一个人的名字。她在等着二儿子拓江回来看她。二哥已走了三年了,但他在母亲的心中永远活着,没有走远,他会回来看她的,他最孝顺老人。老榆树掉了三次叶子,母亲等了三年,头上已没有了一根黑发。老榆树和她年龄一样大,它始终陪着母亲。母亲靠着的树干磨得光滑而发白。

母亲穿一身黑布衣服,上衣还是大襟子的,衣服的颜色已经掉得差不多了。鞋也是黑色的,是手工做的,色泽与衣服的一样。衣服和鞋上的岁月痕迹看上去仿佛被黄土高坡的雨水漂洗过,不但有黄土的颜色还有黄土的味道,能看见也能闻到。她坐在那里，身下的青石也带上了她身上的味儿。她身后的老榆树默默站着，仿佛最了解她的目盼心思，在榆树的后方还有几棵树和几口装修过的窑洞，窑洞就是黄土高原的心脏，它的存在让黄土有了生命和灵魂。

母亲的头发白了，白得很透彻。她的脸像黄土地一样充满希望和信心，额头的皱纹像黄土高原的沟壑般纵横。她的目光像锥子一样尖利。她的手和半个手臂露在外面，手背的血管清晰可见，血在血管里面流动，流动的是爱和力量。这种力量，支撑着她的呼吸，以及向着远处张望的眼神。她的嘴微张着，像是要喊一个人的名字却始终没有说出口……阿黄是母亲的伴儿，寸步不离地守着母亲。它给老人期待而空洞的目光增添了些许欣慰，给空寥寂寞的院子增加了些许生气。母亲就把阿黄叫二江，那是二哥的小名。阿黄也特别乐意母亲这样叫它。

母亲本来和我在北京一起住着，住不到两个月，她就闹着要回去。"二江回去看我，我不在，他进不了家。"母亲说着说着流下两道浑浊的泪水。她的心中好像一直有一片空白

柒　身为人母的磕磕绊绊

的夜地，留给那个幽暗又寂寞的她想念的人。当处于极度饥饿的状态时，蛇容易把摇动的尾巴当作产生热量的猎物，于是就从尾巴开始把自己一点一点吃掉了。在极度思念一个人的时候，人们就会把自己的心挖掉，把另一个人放进来。母亲在老榆树下呼唤儿子回家吃饭。儿子无论在哪里，他最喜欢妈妈亲手做的饭菜。二哥的走是撒在母亲伤口上疼在她心上的那把盐。母亲切盼的目光把村外通往县城弯曲的黄土路望直了，最后又由直望成了弯。在岁月的大河里随着时光的流逝，渐渐地，母亲由壮及老，由老而弱。当年的激情澎湃变得静水流深，当年的健步如飞变得步履蹒跚，当年的孜孜矻矻变得迟缓而拙笨。母亲老了，像一头疲惫的老牛。

日子如风一样地过去了，留下的是大地和天空。在大地与天空之间有透明的空气和行走的风，在这个既喧哗又清静、既浑浊又干净的世界，我的心也时而安静、时而骚动，时而悲伤、时而欢喜。

我一步一步地走过来，中间没有跳跃，一步一个脚印走到了今天。看到儿子当兵了,看到他穿上军装帅气的样子,心里既是高兴又是不舍,既希望他成才,又怕他吃不了苦,做母亲的心里就是这样矛盾。儿子当兵走了,我的心情相对平静了。我思考了许多,即使生活不给我以勇气和力量,我也绝不会放弃生活。因为生活中有我喜欢的人,有我想要的亲情,有我想给予的爱。有我的儿子和女儿,他们是我生活的动力。我希望儿子和女儿活得幸福。生活有了这个目标,我的日子不再寡淡无味了。女人的天空最美丽的双星,一个是爱情,另一个是孩子。我没有爱情,但我有自己的儿女,他们点亮了我的世界。

倒房子的生意我做得还不错,挣的钱已能满足我生活中的物质需求了,钱已不再是我奋斗的第一目标。从失败的婚姻中迈出第一步时,机会就开始垂青我,老天就开始眷顾我了。从这一点讲,老天是公平的,让我受尽了磨难,又让我今天不为钱而发愁。

过去我总爱否定生活,觉得生活辜负了我。感觉人生很苦,爱情很苦。其实生活没有欺骗我,是我缺少足够的信心和勇气。虽然拥有过的东西会失去，得到过的爱情会离去，但命运终将带给你意想不到的惊喜。我不再追忆过去、期许未来，我要活在当下。

我对自己的过去也能释怀了，一切都已过去，随风而逝了。我变得坚强起来，了无牵挂，自由了。与其逃避现实，不如笑对人生；与其坐而论道，不如起而行之。时光匆匆，我守住的是风雨后的一片晴空。

房子投入的资金大，一段时间卖不出去，空置在那儿。生意又进入低谷。又不可能赔着钱卖，我耐心等待着，政府又一轮政策出台，控制房价上涨。房子占着大量的资金不出去，我也没事干了，又过几个月房价不降反升，又疯狂上涨。政府一调控，一线城市的房价反而上涨。生意上迎来又一次转机，没办法，不挣钱都很难。人生就是这样，顺利的时候像是有一只无形的手推着你向前跑。

儿子每周写信给我或打电话给我，收到儿子的信是我最开心的时刻，问候我几句，说句好听的话，就让我一天乐得合不拢嘴，做一个母亲是多么容易满足。两个孩子在母亲节、妇女节、我的生日总是给我意外的惊喜。当我收到孩子们的礼物，我开心得像个孩子。幸福的河流围绕着我，我闻到了沁人的花香，感受到了亲情的温暖。

我和孩子像朋友一样相处，平等地去交流，什么都可以去谈，家事国事天下事。儿子和我的隔阂渐渐地消失了，儿子渐渐地长大，懂得心疼我了，懂得关心我了。两个孩子还劝我找一个男朋友，我对两个孩子说你俩就是我的情人，有你们在我心里就足够了。我感谢孩子们，感谢生活对我的偏爱。

当中秋的一轮皓月升上天空时，我沉浸在自己幸福的生活中。人生都有一轮明月，都希望月亮永远又圆又亮，哪有那事儿啊！有时我也有无名的伤感，一个女人内心深处无法去探求和捉摸的情绪。望着一轮明月我在想嫦娥是不是懊悔偷吃了不死药，以致面对碧海青天独守月宫，她孤寂的心情一样难以排遣吧？

心情和人性都是一样地复杂，人不可能每天都有好心情，心情是受环境的影响时刻变化的。人性也不是都是好的或都是坏的。人性有光亮的一面也有阴暗的一面，有美丽的一面也有丑陋的一面。人都是复杂的，一千个读者就有一千个拓翎。我常常喜欢一个人望月而思，月有阴晴圆缺和冷暖变化。在思考中感觉时光是静止的，而岁月在这不经意中悄然而逝。

平日里我喜欢听陕北民歌，俗称"山曲"，从小就在拓家沟听大人娃娃们唱，我也喜欢唱。唱几声能把生活中的不快和辛劳都喊出去。陕北民歌流传于榆林和延安的山坡、沟洼、田野、村落，是世世代代的陕北劳动人民"感于哀乐，缘事而发"，拦羊嗓子回牛声吟哼吼喊出的山野之声、里巷之曲。它昂扬着黄土地上泥土的芳香，流淌着黄河儿女最通俗的词汇和最亮丽的激情。它是陕北人民依照自己的生活与习俗，在耕地、赶脚、放牧、喝酒、过节、盖房、祝寿、婚丧嫁娶、庙会等生活场景里，触物生情，即兴编唱出来的。歌声土得掉渣，大得雄奇，美得撩人。

羊肚子手巾三道道蓝，
见面面容易拉话话难。

一个在山上一个在沟,

拉不上话话招一招手。

瞭得见那村村瞭不见人,

泪蛋蛋抛在沙蒿蒿林。

你哭成个泪人人怎叫哥哥走,

绿格铮铮麻油炒鸡蛋,

这么好的朋友鬼搅散。

河湾里石头打不起个坝,

手拿上相片片拉不上话。

一把把拉住妹妹的手,

你哭成个泪人人怎叫哥哥走。

  我不仅喜欢听山曲儿,也喜欢我们陕北风味的小吃,绥德的油旋、黑粉,米脂的碗托、卤煮驴板肠、麻辣肝花、千层油饼,榆林的拼三鲜、羊杂碎、炸豆奶,子洲的果馅,镇川的干炉(烙),佳县的马蹄酥,定边、靖边的宰羔肉、剁荞

柒　身为人母的磕磕绊绊

面，延安的火烧，甘泉的豆腐干，清涧的煎饼，子长的猪灌肠，吴旗的鸡肉荞面摊馍馍，安塞的蔽麦烤烤。臊子面我一直最爱吃，还有洋芋擦擦。

陕北黄土高原形成初期的农业文明被森林草原替代后，陕北开始了人烟绝少的时代，从而成了北方游牧民族的牧地。而随着匈奴势力的扩大，他们经常由此进出，骚扰侵犯汉民族。于是秦代大将蒙恬率军到此抗击匈奴，并屯田戍边，筑城守固，迁徙内地罪人移居陕北。从此，陕北又开始了由畜牧之地向农耕的转移。但是在这以后的数百年里，陕北不断有内地人的移入，陕北也不断在进行着匈汉两族的你争我斗，最终和平共处、杂居相生，两个民族在陕北黄土地上实现了彻底的融合同化。匈汉两族人的血脉糅化融合，从而有了陕北黄土高原这块地域中的新的陕北人。所以，就陕北人种而言，到这时，他们的身体里流动着匈汉两族人的血液，这样就使陕北人在人种上呈现了一种新优势：男性多壮实剽悍，女性多窈窕娟秀；男性多倔强豪强，女性多心灵手巧。

从土著"陕北人"到多民族融合同化后的新一代陕北人，

在人种上有了一种新优势。而且,这种地理环境下特有的生产方式和文化精神,造就了陕北人特有的心理性格和精神气度,这就是守的耐性与走的冲力不协调的统一,忍让时本分与反叛的倔强不协调的统一。这样,也就使得陕北男性多表现一种外静的内热、厚重木讷的秉性,陕北女性多表现一种情真意切、热烈似火的风韵。我们拓跋氏族正是新陕北人中有着血脉继承的一个支脉。

陕北人能吃苦讲信用,大多很能干,在北京干什么的都有,就像我们刚来以煤炭生意起家的就有很多,他们慢慢地发展,最后生意做得很大很富有,我是陕北人来京打工的一员,到今天成为北京市民,内心感到很自豪很欣慰。北京古称燕都、幽州,以它宽广的胸怀容纳了所有来此拼搏的陕北人。

    山丹丹开花漫山山红
    从陕北走来了一群人
    就这一群婆姨就这一群汉

柒　身为人母的磕磕绊绊

风风火火闯北京

裹着黄土风咱想甚就干甚

揣着黄河浪咱干甚都能成

晚上打开电视，大多是一些无聊的电视剧。那么多人喜欢看一些远离现实的虚构历史剧，作家总是虚构历史而不去写现实的生活。为什么不去生活中挖掘素材？难道怕触及人们真实的灵魂吗？女儿也喜欢追韩剧看言情，我却喜欢看描写家乡生活的电视连续剧，如《平凡的世界》《白鹿原》等。我和女儿说我的人生经历也可以编一部电视连续剧，既不隐瞒丝毫，也不增添任何。一定会是一部能反映现代陕北农村生活的好电视剧。女儿说："电视剧名字就叫'陕北女人'吧！"

不幸的婚姻对女人的伤害远大于对男人的伤害。对无辜的孩子也是一种伤害，这种伤害很深远。孩子日后会对婚姻产生不信任和恐惧心理。离婚后，我的身体就产生了一系列变化：内分泌失调，月经不规律，脸上起褐斑，并患上了失眠症，也有轻度的抑郁症。我看过许多中医，吃过许多中药，效果不是特别好。最后是陕北窑洞治愈了我身体和心灵上的病痛。

生活中我遇到过许多优秀的男士，朋友也给我介绍过一些成功的人士。但我没有信心再次踏入婚姻的殿堂。我需要一段时间，静心地分析自己，解剖我的心灵，忏悔自己的过失。就像《忏悔录》开篇所写，"不管末日审判的号角几时吹响，我都敢拿着这本书走到至高的审判者面前说，请看！这就是我做过的，想过的，我就是那样的人……请你让那无数的众生同样真诚地披露自己的心灵，看有谁敢于对您说：我比这个人好。"古往今来需要忏悔的人实在太多了，但真正有质量、能震撼人心灵的忏悔却是不多见的，相对那些本应悔罪却装扮成天使的人，或那些把忏悔当作商业、政治表演的人，卢梭无疑给芸芸众生指出了一扇涤清自身罪恶的窄门。我没有那么伟大也没有那么高尚，我只是想剖析自己的过错，我只是想总结我的过去和分析我的得失，为了明天过得更好。我不是为了证明自己是多么完美或多么深刻，我还远没有达

柒 身为人母的磕磕绊绊

到哲人的地步和你想象的程度。

一个人唯有内心有尺度，把自己的内在世界梳理得特别干净，变成一个内敛而模样清晰的自我，他才有爱的能力，才能够得到真正的爱与爱人。

当我有了足够的承受力和信心，才能再次走入新的婚姻。我不因我的不幸而怀疑爱情的存在，我相信世上有真情也有爱情，只是我没有遇到。我形孤影子时也希望有一个陪伴我的人。我是一个平凡的女人，一个平凡的陕北婆姨，我也有一个女人正常的生理需求和心理需求，但我不因此降低标准，委屈自己去成全一个形式。这个形式是给别人看的，我需要的是实实在在的生活。谁能陪我慢慢变老？谁又能读懂我的一颗心？茫茫人海谁是我寻找的人？我又是谁寻找的人？爱情仿佛天幕上缀满繁星的夜空，让我看到闪烁的星光，又给我以遥不可及的梦。

在伤口处长出的罂粟花，鲜血一样艳丽，芳香四溢。我心揣芬芳走在熙熙攘攘的人群中，分辨着东西南北中。我看清了世界上人心的两面，看清了他们纠缠不休的目的。思想的火花在广阔的心空熠熠生辉,照亮着我的过去、现在和未来。我无处藏身、无处遁形,我就这样在自己的生活道路上前行。我的生活无人问津,我的人生无人指点。

我把母亲接来北京,让她享受一下天伦之乐。儿子探亲回家带给我激动而喜悦的心情,女儿的体贴关心让我倍感温馨。他们带给我的希望像落在我肩上的两只蓝色的蝴蝶,轻盈着翅羽,轻舞着春天。

夜里我梦到自己在大海上航行,突然触礁,在船沉没的刹那,一股龙卷风把我卷入高空又摔向大海深处。一只鲨鱼向我游来,我张不开口喊不出声,陷入无边无尽的黑暗和绝望,掉入万丈悬崖,粉身碎骨一样的恐惧。我从梦中被吓醒,一身冷汗。后来我托人找了一个大师解梦,解梦人抄了一首古诗给我:

锦瑟无端五十弦,一弦一柱思华年。
庄生晓梦迷蝴蝶,望帝春心托杜鹃。
沧海月明珠有泪,蓝田日暖玉生烟。

柒　身为人母的磕磕绊绊

此情可待成追忆,只是当时已惘然。

我不知道他想说什么,我没有那么高的文学素养去解读,就没有再问,是福不是祸,是祸躲不过。我不是先知先觉者,反而在所有的人知道真相后我还慢半拍。我也不是诸葛亮,刘备三顾茅庐,前两次造访,没有见到诸葛亮,第三次正好诸葛亮在午睡,几个时辰以后,睡足了的诸葛亮醒来便吟出:"大梦谁先觉?平生我自知。草堂春睡足,窗外日迟迟。"只有诸葛亮才能对世间的万事万物洞悉于心、了如指掌。我是谁?谁是我?

流星划过夜空,香烟缭绕于庙堂,相濡以沫,不如相忘于江湖。秋末初冬我走在中关村大街,金色的树叶纷纷飘落。四十岁的我感悟着人生,欣赏着沿途的风景。青春不在,岁月未老。人生最曼妙的风景,竟然是此刻自己内心的淡定和从容。

每个人都有演绎人生的舞台,每个舞台展示着不同的人生。在我自己人生的舞台上我没有刻意地去演绎,我都是顺其自然地活着,欣喜和悲伤也是自然流露的。

读者朋友们都等待着我的叙述,等待着我一波三折的生活剧情,等待着故事的冲突和结局。如果我的人生一下子讲完了,那还叫人生?回顾一下我们自己的人生历程,谁不是有平坦有不易,有转机有危机。在我平静的时候,就多了解一下我内心的想法和感受。不要把人生诉说得那么起伏不定,生活不是在演戏,我和你一样更多的时候是顺其自然地生活着,慢慢地学会了解自己,慢慢地消化生活中的一切烦琐和简单。我们都是普通人,大多是陈芝麻烂谷子的事,没有经历过大事件,没有把自己放在大历史进程中去深刻地感悟生活和体验社会。

谁不是日出而起日落而息,做母亲的就是操心着子女、关心着老人。每个人都是努力地生活,适应着社会,适应着环境,在不知不觉地变化着自己,努力完成自己的使命。后人在总结历史的时候就会把一个人的能力主观地拔高。平凡的我们只能想着眼前,很少有先知先觉的本领。

有人说:"卑鄙是卑鄙者的通行证,高尚是高尚者的墓志

柒　身为人母的磕磕绊绊

铭。"我一个从陕北走出的平凡女人就是坦坦荡荡地赚钱去养家糊口。我不去害人违法，我也不希望别人害我。生意中打交道的也是什么人都有，有好的有坏的，有一时看清的，也有当时看不清楚日后才了解的。所谓森林大了什么鸟儿都有，草原大了什么牲口都有。世界就是由千奇百怪的人构成，都要按你的想法分为好人和坏人就太简单。大多数人是一个复合体——一半是好人一半是坏人。人就是这样，一半是天使一半是野兽，但是不管是什么样子的人，是按你自己的利益需求去划分的，你可能觉得对你有利的人是好人，而对你不利的人就变成坏人了。其实不然，换个位置或角度去思考，别人也是这样看的。自己到底是好人还是坏人呢？没有一个人会觉得自己是坏人。

但我相信社会总是向前发展，总是在进步。我们的生活总是在变好，小时候那是什么样子？现在是什么样子？我们的生活水平提高了，对社会的要求也提高了。对社会中存在的不正常的现象，老百姓是有权利批评和揭露的。

小时候我总喜欢坐在窑洞前望着天上的星星，希望自己变成其中最亮的一颗，希望自己不挨冻不挨饿。我的心似乎又回到了那个贫穷的年代，世世代代生活的山沟和黄土高坡。不知道世界有多大，不知道外面的世界有多精彩。

我的思想就这样穿梭在过去与未来，山沟与城市，贫穷与富裕，穿越在现实与梦想中。

早晨，窗外树上的喜鹊叽叽喳喳叫的时候，我的朋友就打来电话让我去相亲。我不想去，朋友不依不饶。我只好等她来一起去见一位老师。

这位老师离异，有一个十岁的女儿，他说他很忙，又教学又得搞科研，没有时间去谈情说爱。如果两个人觉得合适就住在一起，这样更容易了解对方。能聊到一起吃到一起睡到一起就可以结婚了。我问他像这样试过几次，他说找过二十多个也没找到合适的。不是这不行就是那不行，有别人觉得他不行的，有他觉得别人不行的。"这个行就是代表合适的意思吧？"我问。他说："是的。"我觉得这种试婚方法不适合自己。我明确告诉了他。他还觉得不可思议，觉得我把自己的青春年华荒芜了。我觉得可笑，什么才是不荒芜呢，纵欲主义？

老家的小河沟和托雷斯海沟的深度注定不同。这是没法交流的，不在一个层级。

我这个年龄经历过的不是禁欲就是纵欲，到了现在性像吃咸菜一样的随便。我和这位老师观念不同，认识上有差距，没谈多久我们就结束了这次见面。让他试别人去吧！我的朋友说和他试，万一试出病来咋办？还不如买一款司沃康的棒棒哒，男的可以买充气娃娃，为什么女的不能买人工小弟弟？

回家的路上朋友和我聊起了她的一位邻居老大爷，退休干部。七十多岁了，前几年他家老太太总是跟着他，怕他有外遇，因为晚上他不和老太太睡。老太太强烈要求他也不同意，老太太一生气脑溢血死了。儿女为他找了个年轻的保姆，职责是全方位地伺候老干部。没过几个月保姆就不干了，说老干部性欲太强，伺候不了他。儿女又为他换了好几个保姆，最后都辞职不干了，因为老干部的身体太好了。她讲完后，我们俩不约而同地哈哈大笑起来。

我觉得从认识到走入婚姻有一个过程,这个过程就是恋爱,彼此要充分了解,水到渠成地去结婚。因为介绍的也是离过婚的,所以目的很明确,这样能走到一起的人不多。难道离异再婚的女人就不可以拥有爱情吗?那这种爱情又是什么样的?朋友说以我的经济基础和长相,不愁找一个好的。什么是好的,好和行都是合适的意思吧?我感觉两个人在一起要能感觉到爱情的发生,能被对方的一颦一笑所牵动,从此自己不再是自己,自己的喜怒哀乐从此有了归属。自己虽然是独立的,但不自禁地归属于对方,丧失了自己。两颗心融在一起,彼此牵挂,彼此惦念,直至彼此爱慕。即使八十岁女人向往的也是亲昵的幸福。

> 我有所念人,隔在远远乡。
> 我有所感事,结在深深肠。
> 乡远去不得,无日不瞻望。
> 肠深解不得,无夕不思量。
> 况此残灯夜,独宿在空堂。

柒　身为人母的磕磕绊绊

秋天殊未晓，风雨正苍苍。

不学头陀法，前心安可忘。

夜里我就做梦了，唢呐声伴着迎亲队伍而来，山道上立刻热闹起来，快到新娘家时，新郎倒着骑驴，迎亲队伍有三十多人。返回时是四个骑驴的女子：第一个是迎亲婆姨，第二个是新娘，第三、四个是送亲的婆姨，此为"一迎二送"。新娘穿着红衣裳，披一条绣花红披风，毛驴鞍鞯上披着花棉被，笼头上挽着红缨络，喜气洋洋。我是梦里的新娘。

住在北京的高楼里，我的大脑却时常出现黄土高原的画面，念念不忘。山上有许多的树，树上有许多的鸟鸣唱着春天。黄土高原土质松软，利于耕作，而在长期流水侵蚀下，地面被分割得非常破碎，形成沟壑交错其间的塬、梁、峁。生我养我的拓家沟是正宗的黄土高原，有正宗的窑洞，正宗的陕西民谣和陕西大枣。窑洞是西北黄土高原上居民的古老居住形式，男人在黄土地上刨挖，女人则在土窑洞里操持家务、生儿育女。窑洞是黄土高原的产物、陕北人民的象征，它沉积了古老的黄土地深层文化。循着山势，高低错落的几家窑洞院落，既规矩又灵活。从高处看最为壮观，也最为诗意，秋冬斑驳的树影里、残雪下，静默地带着土地和时光气息扑面而来。

窑洞的门洞处高高的圆拱加上高窗，在冬天的时候可以使阳光进一步深入窑洞的内侧。窑洞冬暖夏凉，住着舒适，同时传统的空间又渗透着与自然的和谐，朴素的外观在建筑美学上也是别具匠心。我们子洲县的窑洞密密层层，如挂在云雾中的洞天神府，窑洞村落在苍凉和壮阔的背景中化呆板单调为神奇。尽管汽车道已深入陕北农村，但驴车才是"最陕北"的交通工具，坐在驴车上，能清楚地看见黄土高原的沟壑，"嘚嘚"的蹄声与"吱呀"的车轮声响，呈现出苍茫之感，又有一种势不可当的生命力。

窑洞的选址、建筑方式、窗户的结构、木匠和石匠的手艺，都让人大开眼界。修建窑洞的整体流程包括选地、挖界沟、整窑面子、画窑券、挖窑、修窑、上窑檐、装修。其实这种技艺还是挺复杂的，最难的地方在于拱形顶的支撑、墙

柒 身为人母的磕磕绊绊

面的计算和石头的镌刻技艺，需要严密的测量，否则窑洞很容易变形或倒塌；石头的纹路镌刻不对称，也会破坏窑洞的整体美感。工匠的技艺如何，高低立判。

山区的土窑洞冬夏室温适中，有利于人的身体，故长寿老人多出在山区。还有院落里的老槐树，散落的石碾子、磨盘、粮食架子、牲畜圈，呈现的是充满农家气息的图景。窑洞像一位母亲，亲历着朝代变迁，看着她的土地成长。

我出生时父亲就希望我能像只高飞的鸟儿，飞出窑洞飞出山沟，当我飞出拓家沟来了北京，又怀念起那个梦中时时出现的窑洞，怀念起这里纯朴的亲人和村民。这里我经历了酸甜苦辣的童年和青年，对苦难的记忆是为了不再让生活重蹈覆辙。我和曾经在此生活过的人一样都有一种恋根情结。儿不嫌母丑，犬不怨主贫。

人一生中都和住所密切相关，有的一生为了住房而奔波劳累。拓家沟打一个窑洞相对容易，在北京买一套房子却是不易。人像鸟儿在树上筑巢一样容易多好。都说爱情失意，职场得意。我倒卖房子也有不顺心的时候。人哪有永远的一帆风顺。天通苑的经济适用房是每平方米二千多,我从别人那儿买一套二百多平方米的二手房是每平方米六千多。刚签了合同不久房主就反悔了,因为房价上涨不卖了。这就是一些中国人,平日人模狗样的,满嘴都是仁义道德,但只要为了利益就可以不讲信用,不遵守合同约定。为此开始了漫长的官司道路,前后六次出入法院,最终我赢了!打官司几年就花了十多万,大家都懂的,中国官司是如何打的。为了利益人们总是违背道德和良心,失信的人失掉的是人格和尊严,永远被人指着脊梁骨骂。

北京房价高,出现了许多因房子而引发的官司,陕北人为自己的窑洞打官司的却不太多。利益让一些人变质,利益让人与人之间的关系变得越来越复杂。

起风的时候,树上的雪像游动的鱼,游向了远方和视野也够不着的高空。过去像一幅老照片,现在像播放中的电影,未来像水中朦胧的月。任何一样东西,你渴望拥有它,它就盛开。一旦你拥有它,它就凋谢。躺在床上忘记了今日是何年,喜欢一个人在寂静的空间里读书,喜欢虚度一个星光闪

柒　身为人母的磕磕绊绊

烁的夜晚。当第一缕熹微的柔和的晨光射进窗子的时候，我顿时觉得人生短促，悲欢离合算不了什么，苦难也无须萦怀。不再把自己看得平庸、凡俗、微不足道。几年的时间里我读了许多的名著，为了打发时间，为了消磨时光，为了弥补知识的缺乏。

一个风里来雨里去的陕北女人似乎几年里变成了一个富有情调的小资女人，环境能改变人的思想和行为。我不喜欢城市的拥堵和喧哗，不喜欢被污染了的天空。城市里五光十色，绚丽多姿。我像一只蜗牛，向着阳光明媚的角落缓慢移动。

有时我开着车行驶在高速路上，就像小时候赶着毛驴车走在黄土高坡蜿蜒起伏的黄土地上，漫无目的。眼前的景色被固定在生活的沟沟壑壑中。我拥有的时候，能做的便是不要忘怀。

我能吃苦的精神没有变，想享受生活的心也没有变。梦中山峦重叠，水流曲折，浮现又消失，消失又浮现。而我的天空风轻云淡，我的内心从容不迫。或许料峭的春风一早就为等待的彩蝶吹开了迎春的花。

如果我是灯塔水母,我也想重新活一次,绝不会是现在的样子。灯塔水母被人称为"长生不老的水母",更准确地说应该是"返老还童的水母"。灯塔水母的生命分为水螅体(幼年)和水母体(成年)两个阶段,它们分雄性和雌性,在一般的情况下,灯塔水母的一生应该是这样的:从懵懂无知的小孩成长为大人,然后在某个时候、某个地点与它的另一半一见钟情或者日久生情,然后一起生儿育女,最后走向生命的终点。大多数的灯塔水母都是这样过完它的一生的,然而它们中的有一些却不会这样,当灯塔水母的成年体受到了某些外界的刺激,如受伤、饥饿或失恋,它们就会觉得这辈子没有过爽,要重新再来一次。在这种情况下的灯塔水母就会放出大招——"返老还童",它们重新回到幼年的水螅体,把这辈子重头来过。但人是不能返老还童的,人生是一列没有返程的列车。

"妈!妈!我回来了!"虽然我知道儿子今天会回来,但还是抑制不住激动的心情。儿子是和他的战友一起回来探

柒 身为人母的磕磕绊绊

亲的,因为都住北京。他喜欢吃我做的菜,提前就打电话了,我早早就准备好了。儿子回家了,他走了两年了。他长高了,穿上军装是那么帅气,看到儿子,做母亲的心里抑制不住激动和高兴。虽然我知道他在部队表现不错,但还是想听他亲口聊聊在部队的实际情况和趣事。"妈!我还是给你念一段我们自己编写的顺口溜吧!"

空军战士,不一般,小伙个个好青年。

歼击机,强击击,保卫祖国是心愿。

当新兵,来训练,喂猪帮厨抢着干。

大锅菜,有肉片,狼吞虎咽一顿饭。

齐步走,向前看,抬头挺胸走直线。

训练场,勇当先,每次考核准过关。

学雷锋,做好事,饭前唱歌喊破天。

好战友,似弟兄,不分东西南北中。

想一想,说一说,当兵乐事特别多。

有姑娘,营前过,齐步正步都走错。

> 有家属，来探亲，全连都像结了婚。
>
> 睡不着，胡乱想，脱缰野马随便淌。
>
> 有三年，有五年，吃苦受累也有甜。
>
> 战友情，战友义，战友都是好兄弟！

我听了儿子读的顺口溜笑了，可以看出儿子挺喜欢部队生活的。儿子一当兵就感觉成熟了许多，有了大人样。

儿子和他的战友聊天，我就钻进厨房忙开了。一会儿他们俩也跑进厨房帮忙。第一道菜是麻辣猪手，我把准备好的三个猪手拿出来，一个猪手分六块，泡洗净，用水焯了十分钟；然后在锅里放了油，凉油下锅后，用小火，慢慢炒，炒到密集冒泡后，放入猪蹄，来回翻炒，下入辣椒、花椒、所有的炖肉料，翻炒出味道后，加酱油、料酒、少许醋，加水没过猪蹄，大火烧开，小火慢炖；快收干水分的时候，开大火，加盐微炖，最后关火放上香葱末调颜色。

第二道菜是白菜炖豆腐，炖白菜要留汤，豆腐要手掰，先油煎一下。白菜手撕，热锅放油炒，加调料后放豆腐，然

柒 身为人母的磕磕绊绊

后再加点虾皮、粉条和热水，炖五分钟就可以了。虽然我不喜欢吃白菜，但孩子喜欢吃。

第三道菜是洋芋擦擦。我们老家把土豆叫洋芋，管刨土豆丝的器具叫"礤子"，所以把这个菜叫洋芋擦擦。准备好东北黑土地产的土豆、淀粉、面粉。将土豆擦成丝，小葱切碎，生姜、大蒜瓣切成片，土豆丝里加入适量盐、香油，拌匀。加入淀粉和面粉，拌匀。加入黑胡椒粉、小葱拌匀，锅里放入适量菜籽油，等不冒泡的时候放入生姜、大蒜瓣炸香。去除生姜、大蒜瓣，放入拌匀的土豆丝，等完全定型后，翻一面中火煎。一边煎一边用锅铲按压，煎至两面金黄出锅。

我又做了泡椒藕片和清蒸鲈鱼两道菜，他们俩还包了些芹菜羊肉馅的小水饺。这些都是儿子最爱的，中午时分菜全做好了，看着两个孩子吃得美滋滋的，心里特别高兴。我们还喝了点儿张裕葡萄酒。做母亲的再忙再累，孩子吃美了，心里就有一种满足感。

好多年后我回忆起那天吃饭的情景，这是我和儿子吃过的最高兴的一次。我们像朋友一样聊天谈心，他向我说了许多心里话，他理解我的不易，明白了做母亲的良苦用心。他给我夹菜，为我倒水，给我敬酒。做母亲的心像客厅那盆君子兰一样绽放出橘红色的火焰。一种无以名状的幸福仿佛落在肩上的一只蜻蜓，我不敢动，生怕一动就会飞走。中午的阳光透过玻璃把柔和的光洒在客厅，这么温馨的氛围让我和儿子在几年后想起时都觉得不是一段回忆，而是刚刚要开始的一次午餐。喜鹊在冬日阳光的午后欢快地鸣叫，嬉戏打闹。这一刻永远留在我记忆的深处。

刘飞再回来的时候是他一年以后退伍，儿子经过两年的部队锻炼已成熟了许多，长成了一个标致的青年。在回家的一个月后他说他想自己创业，不能靠家里养活。他想和山西的战友开一家特色面馆。北方人喜欢吃面，而北京好的山西刀削面馆不多。我觉得孩子想干点事是好事，因此大力支持。他把面馆的地址选在了昌平府学路旁，北有中国政法大学，南有中国石油大学，临近国泰百货和阳光商厦。他经过调研走访，发现附近面馆不多。此地段商业繁华，又有两所高校的学生，应该是一个开面馆的理想之地。只要是正当的事业，

柒 身为人母的磕磕绊绊

应该让孩子试一试闯一闯，哪个人成就事业都要迈出第一步。刘飞和两个山西籍的战友一块干了起来，租了一个一百六十多平方米的饭店。每人出资六十万，重新装修了饭店，请了厨师，雇了服务员，先付了一部分房租。经过两个多月的忙碌努力，饭店开张了，张灯结彩，像模像样的。面馆起名为：居易食府。

饭店开张后生意特别火，每天净利润平均一万多元。以面食为主，也有其他，其中山西刀削面就有十几种，来饭店吃饭的人络绎不绝。孩子高兴我也高兴，我为儿子首战成功而喝彩。

女儿刘雨也上了人大附中，她漂亮懂事，学习勤奋。她为一家人的团圆而欢喜，为哥哥事业成功起步而高兴，为妈妈脸上透露出多年少有的喜悦而高兴。多年以后当别人问起妈妈在她心目中的样子，刘雨说："我的妈妈不像别人的妈妈，她不仅需要尽到母亲的职责，同时还要扮演一个父亲的角色。一个女人担负起了整个家族的重担，三姑六婆遇到大大小小的事都会找她，她好像总有着操不完的心，家里每个人的事

237

好像都需要她来解决。

"其实我多希望我的妈妈可以轻松点,在家里做一个柔软的小女人,但是现实让她不得不外出打拼,不得不像个男人一样东跑西跑。

"记得在一次饭局上,很多叔叔阿姨一起吃饭,别的阿姨可以说是端庄贤淑,出面说话的总是她们的丈夫,只有我的妈妈需要像个男人一样说着那些场面话,那时我的心里只有满满的心疼。

"她支撑起一个家无论多难多辛苦,从不在我们面前提起。她不想让我被别的孩子瞧不起,无论在物质上还是精神上,都尽最大可能提供给我最好的,绝不让我在条件上比别的孩子差,绝不让我比别的孩子缺少爱。我想她就是这样一个在外面扛起一片天,掩上门默默流泪的女人,但我很少看见她流泪,她是一个坚强的母亲。"

开饭店也不易,要和工商税务卫生监督等搞好关系,哪儿想的不周就会冒出事来。还得要管理好,买菜买肉进货渠道也很重要,先得自己去挑选,价格也能讲得便宜些。服务员态度要好，手脚要勤快，头脑要伶俐。厨师长要带好班，盈利好要奖励厨师长和每个干得好的厨师，他们才会把菜做得更好，又省料不浪费。任何一项事情都有大学问，开饭馆也不例外。

儿子身感做生意的人要有规划和设计，不能稀里糊涂。开饭店忙的时候老板吃不上饭，但也要精神抖擞照应好一切。看到儿子那么忙那么累，瞧在眼里疼在心上。母行千里儿不愁，儿在眼前母担忧。每个母亲都是操心的命，儿子在母亲的眼中永远是长不大的孩子，需要提醒、照看、操心。

跨入新世纪的北京每年都有新的变化，新的发展。北京要大亮相，为奥运会做准备。外来人口也急剧增长，生意也非常好做，进入了商业发展的黄金时期。

捌 从生意到结义

儿子刘飞以他对市场的认真和细致的调研，敏锐地感知到了人们对面食的需求。他的山西刀削面馆从一家扩展到有四家分店。海淀、顺义、石景山、东城四家分店的生意也红红火火。刀削面只是其中的一道重要主食，也引进了许多特色的家常菜，满足不同层次顾客的需求。这样一来饭店更是热闹非凡，有许多的客源。面的品种也有许多，有炒刀削面，有煮刀削面，有蒸刀削面。刀削面的卤也是多种多样的，有番茄酱、肉炸酱、羊肉汤、金针木耳鸡蛋打卤等，深受喜食面食者欢迎。

山西刀削面的卤配方尤为重要，如果配不好，根本无法吃出正宗地道的味道来，因此，配方一定要调配好了，特别是香料包的流程，一定要控制好了。香料在做前要去苦味留香味。刀削面的名字更是各异，如一面之缘、独当一面、网开一面、红光满面、两面三刀、面面俱到、天天见面、飞刀削面等。山西刀削面是一种山西的特色传统面食，因其风味独特，驰名全国。刀削面全凭刀削，因此得名。用刀削出的面叶，中厚边薄，棱锋分明，形似柳叶。入口外滑内筋，软而不黏，越嚼越香。山西刀削面同武汉热干面、北京炸酱面、河南烩面、四川担担面同称为五大面食名品，享有盛誉。

刀削面传统的操作方法是一手托面，一手拿刀，直接削到开水锅里。刀削面里手总结的制作刀削面的技术要诀是："刀不离面，面不离刀，胳膊挺直手端平，手眼一条线，一棱赶一棱，平刀时扁条，弯刀是三棱。"要说吃了刀削面是饱了口福，那么观看刀削面则饱了眼福。有顺口溜赞曰："一叶落锅一叶飘，一叶离面又出刀，银鱼落水翻白浪，柳叶乘风下树梢。"

两年后刘飞买了一辆路虎，别人都叫他小刘总。我不喜欢他太张扬了，告诉他要低调做人。他身边总是隔几个月就换一个女孩。我告诉他，谈恋爱要认真，切不可有玩弄的心态，否则对己对人都不好，不要因为挣点钱就自以为了不起，一定要把控自己。每个人年轻的时候都曾经意气风发，怀着崇高的理想走上了工作岗位。但这条道路注定永远不会平坦，有时甚至荆棘密布，令人迷茫彷徨，我们在低头找路的时候一定要时常仰望星空，不要忘记曾经的理想，"无论走得多远，都不要忘记为什么出发"。

刚开始他还听我讲，后来他嫌我唠叨，有意地躲着我。我心里就平静不下来，怕他骄傲怕他摔跤。我知道他已成年，有自己的想法有自己的主意有自己的选择，但是做母亲的永远不放心他单独走夜路。我记得他诞生在刘家河的小山村，他的出生让我心花怒放。因为生了儿子，我在刘家能抬得起头，有了点自尊。儿子从小很聪明，家庭的贫困、生活的艰辛、人生的磨难，让他小小的年龄就很成熟稳重。后来出现青春期叛逆，我没有处理好，他学习成绩下降，后来又辍学，没办法又当了兵。现在我不想让他发生任何差错。

晚上王朝阳约我出去坐坐谈点事。他宾馆底层还有两间空房，问我是否愿意租下。早先时候我和他说过想租个小门面，正好他那边有两间，我打算租下再转租出去，北京做早点的需要底层邻街的门面房，好往外转租。我们坐在万寿路他宾馆楼下的烤鸭店，一边品尝着烤鸭一边聊着，这家烤鸭店的烤鸭是果木炭火烤制。

朝阳很会照顾人，他用筷子挑一点甜面酱，抹在荷叶饼上，放几片烤鸭盖在上面，再放上几根葱条、黄瓜条，将荷叶饼卷起递给我。"我自己来吧！谢谢！"我不好意思地说道。"客气啥？我是你兄弟！"我只好接了过来。我吃了一口，确实是味道佳美。不仅色泽红润，味道醇厚，而且肉质肥而不腻，外脆里嫩。我进来的时候，吃饭的人就不少，烤鸭一入口，更证明这儿的烤鸭正宗。朝阳早打开了一瓶红酒醒着，他给我俩各倒了一些。"烤鸭就酒，越吃越有。"朝阳笑嘻嘻地说道。"希望应你吉言！"我端起酒杯，朝阳也端起酒杯，我们碰了碰杯子，杯子发出清亮的响声。红酒在杯中轻轻地荡漾着，我们各自喝了一口。他见我喝的口有点大，笑着说姐你喝红酒要慢慢地品。他说要将酒杯举起，杯口放在嘴唇之间,并压住下唇,头部稍向后仰,把酒吸入口中,轻轻搅动舌头,使酒均匀地分布在舌头表面,然后将葡萄酒控制在口腔前部,稍后咽下。每次品尝吸入的酒应在小半口左右。我按他的方法试了一下,有纯正的橡木香味和利口酒的独特香气,细腻典雅、醇和圆润。朝阳说这红酒是法国波尔多产的,他似乎很懂红酒。我真的不懂喝红酒的这些知识,在陕西我们喜欢喝西凤酒、太白酒、秦川大曲、杜康酒和米酒。还有老榆林,很久很久以前,在广袤的榆树林边,金马驹跑过的地方涌出了清凉甘甜的神泉。后来便有了榆林庄的女人、豆腐、老酒和唱不尽的信天游。榆林女子面如凝脂,灿若桃花,倾倒塞北江南。榆林老酒甘醇凛冽,沁人心脾,令人荡气回肠。西凤酒已有2600多年的历史,远在唐代就已列为珍品,是我国八大名酒之一。凤翔是民间传说中产凤凰的地方,唐朝以后,又是西府台的所在地,人称西府凤翔。酒遂因此而得名。

我问朝阳品红酒的前两个步骤是咋回事,朝阳说道:"第一步观色:把酒倒入无色葡萄酒杯中,举齐眼的高度观察酒的颜色，好的红葡萄酒呈宝石红。优质红葡萄酒澄清近乎透明，且越亮越好。次酒或加了其他东西的红葡萄酒，颜色不正，亮度很差。第二步是闻香，这是判定酒质优劣最明显可靠的方法，我们只需要闻一下便能辨别优劣。优质红葡萄酒香气较淡，表现为酒香和陈酿香，没有任何不愉快的气味。劣质葡萄酒闻起来都有一股不可消除的令人不悦的"馊味"，或是刺鼻的怪味。

我们俩喝着酒聊着酒，我觉得品红酒就像品一个人似的，朝阳说我越来越像个哲学家。朝阳说姐你要不开一家烤鸭店如何，我说我对餐饮是外行。朝阳说可以加盟一个店，比如全聚德、便宜坊、大董、大鸭梨、金百万、六合坊。我说你咋对烤鸭这么了解，他说他当初想开个烤鸭店，骑自行车跑遍了北京几乎所有有名的烤鸭店，向烤鸭的师傅细致地了解过挂炉烤鸭与焖炉烤鸭的特点。挂炉烤鸭特点：首先是烤炉和燃料不同，挂炉不安炉门，用枣木、梨木等果木为燃料明火烤制，因果木燃烧时，无烟、底火旺，燃烧时间长。其次是烤法不同，因为没有炉门，挂炉烤鸭在烤制时是可以随时查看和翻转的，鸭子入炉后，要用挑杆有规律地调换鸭子的位置，比如还要有"撩裆"的技术操作，以使鸭子受热均匀。因为挂炉烤制的方式火力强烈，鸭子皮下脂肪化掉，烤成的鸭子皮脆肉嫩。焖炉烤鸭特点：焖烤鸭子之前，先将秫秸等燃料放进炉内点燃，使炉膛升高一定温度，再将其灭掉，然后将鸭坯放在炉中铁罩上，全凭炉内炭火和烧热的炉壁焖烤而成。中间不能开炉门，也不能移动鸭子，一次放入，一次取出。这种方法的特点是鸭子"不见明火"，在烤的过程中，炉内的温度先高后低，温度自然下降，火力温而不烈，空气湿度大，因而鸭子受热均匀，油脂水分消耗少，皮和肉不脱离。烤好的鸭子成品呈枣红色，烤鸭表面没有杂质。外皮油亮酥脆，肉质洁白、细嫩，口味鲜美。成败的参考标准，是要求"鸭脯像刚出锅的馒头一样，很暄腾"。

不知不觉我俩喝了许多酒聊了许多话，我俩在一起总有聊不完的话，或许是人与人之间的缘分。朝阳是一位青年才俊，说起他的个人经历还有许多的故事。

两个星期后我约朝阳吃烤鱼，这次喝的是朋友送我的女儿红。在这秋末初冬的季节吃烤鱼,喝女儿红最合适不过了,不仅可御寒而且可以养生。说起女儿红这个名字,还有一个故事哩!

从前,绍兴有个裁缝师傅,娶了妻子就想要儿子。一天,发现他的妻子怀孕了。他高兴极了,兴冲冲地赶回家去,酿了几坛酒,准备得子时款待亲朋好友。不料,他妻子生了个女儿。当时,社会上的人都重男轻女,裁缝师傅也不例外,他气恼万分,就将几坛酒埋在后院桂花树底下了。光阴似箭,女儿长大成人,生得聪明伶俐,居然把裁缝的手艺都学得非常精通,还习得一手好绣花,裁缝店的生意也因此越来越旺。裁缝一看,生个女儿还真不错嘛!于是决定把她嫁给了自己最得意的徒弟,高高兴兴地给女儿办婚事。成亲之日摆酒请客,裁缝师傅喝酒喝得高兴,忽然想起了十几年前埋在桂花树底下的几坛酒,便挖出来待客。结果,一打开酒坛,香气扑鼻,色浓味醇,极为好喝。于是,大家就把这种酒叫"女儿红",又称"女儿酒"。

我从朝阳手里租了两间门面房,在报纸上做了一个小广告，两个星期后就转租出去了。一间租给了做包子的，一间租给了开火锅店的，转手一年我就能挣五十万。饮水不忘打井人，我特意请朝阳吃饭表示感谢。朝阳身材瘦小却很精干，这天穿着西装来的，打了一条天蓝色的领带，满脸的喜色和笑容。一笑他的眼睛就变得小了，笑里似乎总是带了点坏意和顽皮。朝阳来自鄂尔多斯的一个小村庄，母亲去世得早，父亲带着他，他上面有一个哥哥和姐姐。上了初二不到半年他就辍学了，回家后在地里干活儿，因为生得瘦小，没多大力气，也不是下地干农活儿的料。他就骑个自行车在村里转着收羊毛、羊皮，收猪毛、猪骨头。干了两年也没挣下多少钱。哥哥在北京打工，他也跟着来了北京。先在一家饭店里给打下手，洗个菜切个菜端个盘之类的活儿。看着他长得瘦小，师傅和同事们还不时地欺负一下他，总让他干最累的活儿。他不声不语地低头干活儿，从不挑剔。夜里工友们在一起打牌赌钱吵得他没法睡，他也忍着。两年的饭店工作锻炼了他坚强的意志和顽强拼搏的精神。两年后他又去了链家地产卖房子，他机灵聪明，又吃苦耐劳，和客户沟通得好。

捌　从生意到结义

一年下来他卖掉的房子最多，提成也最多。在链家干了三年，他自己也弄了一套房子。一个偶然的机会他认识了一位转业军人，是他生命中的贵人。这位大哥看着他能干，有做生意的潜力，就和他合作租了一栋楼开宾馆，宾馆的底层是临街的门面房。他把这些底店和二楼租出去就够了整栋楼的租金，上面几层开的宾馆就纯挣了。我就是租了他底层两间又转租出去的。宾馆经济实惠，又离 301 医院近，位于万寿路核心地带，每天都住得满满的。

室外秋风萧瑟，室内暖意融融，烤鱼飘香。我们吃着烤鱼品着女儿红。这发源于重庆巫溪县、发扬于万州的特色美食，在流传过程中，融合腌、烤、炖三种烹饪工艺，充分借鉴传统渝菜及重庆火锅用料特点，口味奇绝、营养丰富。杯中的女儿红呈琥珀色，透明澄澈，纯净可爱，使人赏心悦目。喝到嘴里是醇厚甘鲜，回味无穷。女儿红的味是六种味和谐地融合，甜味、酸味、苦味、辛味、鲜味、涩味，六味形成了女儿红酒不同寻常的"格"，一种引人入胜的，十分独特的风格。我们喝得很尽兴，我感觉双眼迷离。街头已是夜色朦胧，灯火璀璨。

第二天一睁眼，已是清晨六点，我睡在宾馆的床上。我已记不清昨晚喝了多少酒，不知道怎么进了宾馆，也不知道如何躺在了床上。自己什么时候脱了衣服，更是没有一点儿记忆了。

没事的时候我骑个自行车在北京的各个街头转悠，我寻着哪里有空的要往外出租的楼层和办公场所。半年后我租到了北大医院附近的一座办公楼，又把不同的楼层租给了有不同需求的人。他们有办英语培训班的，有开早智培训机构的，有开药店的，有开门市的……这样分租出去，很快我就能挣到钱，这也是一个商机。除了倒房子和转租之外，我还开了一个小额贷款公司，从一些老乡的手里以一分钱的利息贷入，又以二分钱的利息贷出。贷款虽然收入高，但是它是有风险的，需要自己把控和掌握并了解贷款人的实力和还款能力，更主要的是诚信，稍有不慎就后患无穷。

儿子刘飞在他面馆开得最红火的时候，突然洗手不干了。他和他爸爸要去澳门开赌场，我不同意，我觉得开赌场不靠谱。我们要做我们了解的熟悉的好把控的生意。刘飞从没去过澳门，根本不了解赌场。干自己一点儿都不了解的事我不放心。刘军这个人我了解，他胆大气盛，聪明自负。但他有致命的缺点。他挣了钱就开始挥霍无度，不留余地，不给自己留后路。刘飞跟着他爸我真的怕走上歧路。我们离婚后几乎没有什么来往，我从不关心他的好坏，他的死活已和我没有任何关系了。但是儿子决定了的事他不会轻言放弃的，这点和他爸一样。我好劝歹劝也没用，儿子大了我管不着了，他不听我的话了，他有了自己的想法。走时他向我借五百万，我真的担心，我不想借给他。他每天在我面前磨来磨去，甚至给我下跪。我心软了，我挣钱为了什么？最根本的还不是为了儿女。我最终还是妥协了，把钱借给了儿子。

以前我从没在意过澳门这个小地方。从此我开始关注澳门甚至澳门的天气预报，收集关于澳门赌场的资料。世界有四大赌城：澳门、摩纳哥城、大西洋城、拉斯维加斯。这四大城市以博彩业著称于全球，以博彩业为中心的庞大的旅游、购物、度假产业而著名，都是世界知名的度假胜地。

澳门是一个国际自由港，是世界人口密度最高的地区之一，也是世界四大赌城之一。著名的轻工业、旅游业、酒店业和娱乐场使澳门长盛不衰，成为全球最发达、富裕的地区之一。2006年澳门共有11家赌场，353张赌台，从业人员不到1万人。但它却开辟了澳门财政收入一半以上的来源。11个月，特区政府仅从博彩业这一块征得的税收就高达81亿澳门元。而作为澳门11家赌场的龙头老大——葡京赌场，高尔夫娱乐城更像一台印钞机，一个月的营业收入就高达近30亿澳门元，而每天进出葡京赌场的顾客平均3万人次之多，不论是顾客人数还是收入，都雄居世界所有赌场之首。

和世界四大赌城之一的美国拉斯维加斯相比，澳门以赌桌为主，占其营业额的95%，而拉斯维加斯以老虎机为主，占其营业额的70%。澳门博彩业收入已超过拉斯维加斯15.7亿元，成为全球最大的赌城。按收入和顾客人数，澳门是当之无愧地居世界四大赌城之首。

他们父子俩去了美国闻名世界的超级赌城拉斯维加斯参观考察。夜色已黑，翻过一个小山，通过一片干燥的不毛之

捌　从生意到结义

地后，忽然眼前一亮，在大地的边缘流光四起，一个金碧辉煌的不夜城就这样出现在地平线上……是的，这就是拉斯维加斯，一个在沙漠上崛起的不可思议的城市。全世界可能找不到比拉斯维加斯更有趣的城市了：从一个荒凉的沙漠腹地，摇身一变成为国际著名景点，汇聚全世界最有名的酒店、餐厅、商店，还有独一无二的表演节目，每年到访的游客超过4000万人次，75% 是回头客。游览、娱乐、购物、饮食，全都 24 小时不打烊，来这里的人们都是为了尽情地享乐。拉斯维加斯，绝对是一个名副其实的不夜城。

"没到过拉斯维加斯，就不算到过美国。"闻名世界的超级赌城拉斯维加斯，这座超现代化的大赌窟，平均每年接待世界各地的赌客达 2000 万人次。

后来他们又去了南非太阳城、韩国华克山庄、越南涂山赌场、马来西亚云顶山庄、德国巴登参观考察。这对父子准备好了，要大干一场，开赌场！

俊晖是我通过朝阳认识的，朝阳早上打电话说俊晖出事了。俊晖前天晚上因酒驾在西直门桥被查酒驾的交警带走了，听说被送到了西城区看守所。我给俊晖打电话总是关机。后来证实俊晖进了看守所,他会被拘留三个月。我和朝阳去了看守所,根本见不到俊晖,我给他带的几本书和两条烟不让送进去。大早上我俩就在附近的小店要了一碗热腾腾的豆腐脑和油条,聊起了俊晖。他是一个大智若愚的人,说话急了还有点结巴。平时穿着很正规,即使穿休闲的衣服也都是名牌的。头发稀疏向后背着,油光锃亮,没有一根白头发。不知从什么时候开始喜欢穿中式风格的衣服,春夏秋冬总是穿着得体的中式服装。见人总是一副笑呵呵的表情,仿佛打麻将和牌时不自觉地露出的笑容。原来脸刮得干干净净的,不留一根胡子,现在总是留个八字胡,下巴颏儿也留一撮胡子,显得格外引人注目,又有点儿文艺范儿。虽然只上了初中,但读了很多书。上知天文地理,下晓鸡毛蒜皮。朋友圈里都说他是个神人,爱喝个小酒,喜欢交个女朋友。朋友开玩笑说:"俊晖性别男,爱好女。"朋友圈里都说他上知天文,下知地理,中晓人和。明阴阳,懂八卦,晓奇门,知遁甲。最佩服的是他事业做得大,做的是高科技产业——神州导航。

捌　从生意到结义

他开豪车住别墅，平时为人低调、做事踏实。今天出了这事，让人觉得很不应该，喝了酒还开车，这行为让人觉得又很生气。明阴阳、懂八卦的人没算着半夜有查酒驾的，看来喝多了酒什么都会失灵。

其实他出事也不意外，以前他就有这种行为，总有一种侥幸心理。现在出了事，从另外一个角度来说是好事，是个很好的教训。说不好听的，万一有一天他撞死了人，或别人把他撞死，那就是大事了。司机一滴酒，亲人两行泪。一个人总是复杂的，俊晖有他聪明的一面，也有他糊涂的时候。早年他从部队退伍后留在了京城，住在昌平的村里，女朋友开小卖部，他推销药，跑药店跑医院。日子过得也很艰辛。困难的时候，一个星期也吃不到一丁点儿肉。母亲冬天从内蒙古老家给他带来半扇子猪肉，母亲回老家时他竟然买不起一张卧铺票。他向战友借钱，别人都怕他还不起。女朋友开了小卖部，他也挑最便宜的烟抽。一次女朋友租的房子发生了煤气泄漏，他冒着生命危险把女朋友救了出来送到医院。女朋友被他的真情打动，死心塌地地爱着跟着他。

今天出了这事，最伤心的就是他的媳妇儿。儿子问爸爸为什么不回家。她不能告诉儿子你爸坐监狱了。父母问他哪去了，他只好说公司有事出差了。三个月后春节前，俊晖出来了，他显得格外年轻，充满了活力。进去前他血脂、血压、尿酸、血糖都高，三个月后回来一体检都正常了，连多年的脂肪肝也消失了。这进去也不是没有一点儿好处的。吃得清淡，以运动打发时间。还读了十几本书，又长知识又锻炼了身体，一举两得。真是塞翁失马，因祸得福了！

北京的三月，天气刚变暖，街头公园到处可见"桃之夭夭，灼灼其华"的景象。正好这段时间我不忙，就约朝阳和俊晖还有卖保险的柱子一起坐坐。自从俊晖出来我还没请他吃过一次饭。这两个内蒙古人个子都不算高，可能是生他俩的那个年代生活条件都不太好，母亲奶水不足的缘故吧。

我们约在柳荫湖公园附近的一家火锅店相聚。内蒙古人爱吃牛羊肉，这个季节吃火锅再合适不过了。桃花盛开的季节里我们四个人走进了一家火锅店，老板是锡林浩特人，他说他店里的羊肉是正宗的草原羊。我们点了菜后就要了一瓶草原白。我发觉俊晖自从出来后保养得特别好，面色红润，特有精气神。我们问他怎保养的，他笑呵呵从包里拿出一小瓶药酒，他说每天晚上喝一点这个。见他手中一个扁平的小瓶里装着深色的酒液。他说在看守所里看了《黄帝内经》，觉得这本书写得很好，里面有许多养生的哲学。比如里面讲道：饮食有所节制，作息有一定规律，既不万事操劳，又避免过度的房事，所以能够形神俱旺，协调统一，活到天赋的自然年龄，超过百岁才离开人世。现在的人就不是这样了，把酒当水浆，滥饮无度，使反常的生活成为习惯，醉酒行房，因恣情纵欲而使一阴一精一竭绝，因满足嗜好而使真气耗散，不知谨慎地保持一精一气的充满，不善于统驭精神，而专求心志的一时之快，违逆人生乐趣，起居作息，毫无规律，所以到半百之年就衰老了。

我和朝阳不约而同地说确实是高，都向他伸出了大拇指。原来作息不规律的他，现在变成养生专家了。我们一边涮着火锅一边聊天。我说我们四个应该在一起做点事，不能在一起总是吃喝。俊晖想在呼市附近开个煤厂，问我们仨是否愿意一起干。我们都觉得现在在内蒙古做煤还不错，一下子就想到一起了，我们问俊晖开煤厂需要多少资金和如何运作。俊晖说可以和他在包头铁路和鄂尔多斯做煤的朋友一起干，我们觉得这事可行靠谱。

小胖柱子把话题转移了，他向俊晖问道："俊晖哥，我想听听你咋把事业做大的？我学着点儿，以后不用再求人买保险了！"俊晖说道："我这是瞎猫碰上死耗子——蒙的。""我又不向你借钱，你怕什么？""我也是经历了九九八十一难，才修成正果的。"我哈哈大笑起来，说："以前你说自己的前世是个小和尚，转身到今天就是弥补前世没做的事。最近没见你带女朋友呀？"俊晖一说起这，就兴趣大发。"姐，你还是快点找一个男朋友吧，要不别人以为咱俩有一腿。如果你真看上我，暗示一下，我好下手。"我笑着说："你的脸皮真薄，怕你不好意思。"

柱子急了说道："说正经的别打荤。"朝阳一个劲地抿着嘴笑。俊晖说道："卖保险现在可热门，拉两个大保单，一年就赚大了。柱子你听我瞎侃啥？""快说吧，别耍什么幺蛾子。"俊晖说:"我这半辈子总是被骗,在骗中长大的。早年开小卖部,一个当年退伍的战友来找我,在我那儿住了十来天,他吃住在我那儿,还把我的小卖部全给卖了。他向别人说小卖部是他开的,不打算开了,想把里面的东西便宜卖掉,别人信以为真,开车过来要拉东西走,才知是怎么回事!这是第一次被骗。还有一次是手机被朋友借走两天,人最后跑深圳了,让我去深圳取,要不打一千元的邮费。"我们说你交友不慎,为什么你交往的都是骗子呢?"是啊!为什么我身边的朋友总是惦记着我,兔子还不吃窝边草,朋友们总拿我练手。"朝阳说:"你长得一副被骗的模样。你骗过人吗?"俊晖说:"我骗也只能骗我老婆,挣的钱都在她手里了,我想多要钱她不给,我只能骗她我要干什么,不能说我请女孩子吃饭,买个包包吧?"我们被他的话逗乐了。"来!来!来!如此良辰美景,我们干一杯。"大家都举起了杯一饮而尽。一会儿一瓶草原白就没了,又要了一瓶。

俊晖又讲了他起步时如何把他经营的药推进医院的,如何找院长和分管的副院长、药房主任、各科的科主任等,最后如何又在这辉煌的过程中衰败和失落的。别的药商如何使用阴谋诡计暗算他，讲得人惊心动魄。柱子听得两眼发呆。俊晖又讲了他失败后流落街头，在马路边买了一份报纸，看到美国的车载导航系统，就和弟弟大庆借了五万元从美国买回原件做起导航。当时的出租车司机都不相信导航系统，就像过去人们不相信电话远隔千里能听到对方的声音一样。

我们确信任何人的成功都不可能是一帆风顺的，一个成功的人总有别人比不了的优点。就好比俊晖他就有不怕失败不怕鼻青脸肿的精神。我们也确信一个成功的男人背后有一个不离不弃的女人。俊晖事业发展的路上遇到许多坎坷，孩子出生时都买不起奶粉，但他的媳妇从不怪怨他，总说他一定会成功的。相信成功就会成功，这话是对的。

柱子想从俊晖身上学习点成功的经验。柱子是山西太原人，来北京后住地下室，白天睡觉，晚上出洞，给别人跑黑车，专送夜总会的小姐上下班，半夜饿了在街头吃一碗五元的水饺。自己挣不了多少钱，都给老板挣了。后来学理发开理发店，被足疗按摩店给挤垮了。再后来就去了保险公司卖起了保险。我们四个喝了三瓶草原白后，舌头开始变得有点僵硬。朝阳提议如此豪情如此良辰，不如四个人结拜兄弟。大家觉得这个提议太好了。"古有桃园三结义，今天我们四人就在这桃花盛开的三月结拜为兄弟。不为同年同月同日生，但求今后有难同当有福同享。"我们举杯共同说道。我最大，是大姐，俊晖千年老二，朝阳老三，柱子最小，为四弟。

柱子的媳妇小菜包，一个长相普通又胖乎乎的个子不高的善良而勤劳的山西小媳妇儿，她开一个小水果店，同时也卖些蔬菜，闲下来时总打电话询问开煤厂的情况。柱子把家里所有的积蓄都投资进去了，她有点儿担心。小菜包嘴很甜，总是姐长姐短地让我关照好柱子，柱子老实人也没做过生意。可以看出这对小夫妻感情很好，他们有着平凡而又超越平凡的感情，在这个城市里过着一个温暖而阳光的日子。我也理解小菜包的担心。

朝阳的媳妇贾美丽，人们喜欢叫她小名狐狸。狐狸是安徽人，为人处世比较精明，能说会道，也和她的职业有关，她是卖安利的，充满了职业情怀，相信未来。她能创造未来，不仅为自己，也为别人。她不管朝阳的事业，任其发展。她总是打电话让我去她公司听课，或是和安利的朋友一起做饭、聚会。萝卜青菜各有所爱，我们追求的目标不同，所以我委婉地拒绝了！朝阳与一位漂亮的空姐走得比较近，她能容忍这种暧昧。在她的游说和鼓吹下，空姐辞了职后被她招募在自己的麾下，成了她手下的招牌英雄，上了山和她一起打天下。空姐被"招安"，成了朋友茶余饭后的美谈。

  俊晖的媳妇是山东泰安人，她在家族里排行老五，公司里人称五哥。她有着泰山的雄伟，能压制俊晖的野心，却压不住他对漂亮女孩的猎奇心理。她有着一览众山小的视野，把公司上上下下里里外外打理得井井有条。她对俊晖在煤矿上的投资很谨慎，也很关注。时时和我探讨一下生意的事，我俩的话比较多。俊晖每次被骗都是不听她的意见，比如后来在老家倒玉米被骗，孩子上学找人被忽悠，海南旅游被玩等等。但俊晖是帅才，大事不糊涂、小事儿老犯晕的主。五哥是将才，干活儿行，冲锋陷阵行，大事的决断上就差了，需要俊晖来拍板。一个很奇怪的事是，每次俊晖被骗之后，

捌　从生意到结义

他公司的业务就有一次大的转机，每次被骗后就发一次财。难道他真懂易经晓八卦，看他小酒天天醉的样子，也觉得此人成不了大器。这或许就是传说中的大智若愚吧！

煤厂在一个风和日丽的上午在呼和浩特挂牌成立了。起名为戴状元蒙煤科技有限公司。俊晖是董事长，我是总经理，朝阳和柱子是公司的副经理。煤从鄂尔多斯和薛家湾运来，在煤厂分成不同层次和种类的煤，再卖出去。当年的煤炭连续下跌，价格上不去，几乎挣不到什么钱，真是倒煤容易挣钱难。

玖 向死而生

儿子和他爸去了澳门,这一走就是一年,他总是报喜不报忧。我真的不知道他在那边过得是好还是坏,赌场是挣还是赔,自己选择的路是如意还是不如意。做母亲的总有一种无名的牵挂。儿走千里母担忧,母走千里儿不愁。因为刘军和他在一起,我也不便去看。我不想和刘军接触,也不想触碰往日的伤痛,也不想让儿子夹在中间为难。

我根本不知道他们在那边的生活细节和儿子的心理变化,我在这边兢兢业业地做着自己的生意。我总是抱着向好的心态,往好的方面想,想着儿子出去是个锻炼,到外面见识见识是好事,哪知完全是另一种情况。一年半以后儿子从澳门回来,一无所有地回来了,狼狈不堪地回来了,垂头丧气地

玖 向死而生

回来了，像一个战场上打了败仗的士兵。他向我哭诉，向我道歉，说把我的五百万都赔光了，也赔光了他的积蓄。更主要的是他把所有的希望和梦想也赔光了。我也没有任何办法，责怪他没有任何意义。我只能对儿子说："男人顶天立地，只要有一口气在，就不要服输，跌倒了再爬起来，继续努力。"

后来我才知道，刚开始到澳门，他们还做得顺风顺水。挣了钱，刘军自己也开始去赌。这一赌不要紧，把自己挣的钱又赔进去了。在那边没人约束，他过着花天酒地的日子，儿子也跟着渐渐地学坏了。在他们的心目中挣钱就是为了享受，为了花天酒地。在澳门，他们吃喝玩乐、嫖赌吸毒。

我有时想，我自己一个人活，肯定活得挺好，不敢说精彩，最起码我活得有尊严。我有朋友，有自己的生意。谁知道前半生毁在了一个男人的手里，后半生又要毁在另一个男人的手里，而且他们还是父子。儿子还是不懂做母亲的心，我的一分一毛都是用血汗换来的，不是天上掉馅饼。不是我心疼钱，是我用钱换不来一分的好。我们既渴望爱，有时候却又近乎自毁地浪掷手中的爱。谁的话也不能全信，即使是上帝说的。你要亲自去验证。

　　我从来没有自己一个人喝过酒,这一次我一个人坐在酒吧里,喝着酒,喝着一种无奈。我无法向外人道说,只有自己和自己对话,吐一吐心中的不快。酒真的是好朋友,它理解我。我喝完一杯,又给自己倒了一杯,酒溢了出来,就像我的心情从胸口流淌出来。我又自己给自己点着一支烟,烟从嘴里吐出来,弥散在我的眼前。我一边喝着,一边听歌手弹着吉他,唱着刀郎的歌《冲动的惩罚》:

　　　　那夜我喝醉了拉着你的手
　　　　胡乱地说话
　　　　只顾着自己心中压抑的想法
　　　　狂乱地表达
　　　　我迷醉的眼睛已看不清你表情
　　　　忘记了你当时会有怎样的反应

　　此刻,歌手的"烟锅巴嗓音"打动了我。有种江湖味、

玖 向死而生

老烟味,粗粝、苍凉,如北风割喉,阳刚味十足。(唱歌的是歌手,不是刀郎)

洋酒混合着歌声,我的内心泛起了淡淡的忧伤和生命被透支的压抑感。我不知喝到多晚,不知怎样打上车回到了家中。第二天我头疼欲裂,下不了床。

两天前我听到儿子出事了,被公安带走了,具体情况我也不清楚,他爸知道事情的原委,但他不和我说,我再问就挂断了电话。听说属于刑事犯罪案件,必须经过侦查、审查起诉、审判三个阶段,也就是公安、检察院、法院三个阶段。这一等就是半年多,半年就像过了十年,如身在烈火中般煎熬。我无心做任何事,大脑空空的感觉,不知自己生活在哪里。有时又感觉大脑里被塞得满满的,像注满了水银,很沉很重。有时我会傻傻地望着天空,头顶的那片天空仍然是那样深邃与神秘,仍然是那样广袤与浩渺。我像尘埃眼中的尘埃那样渺小,那样脆弱、孤独、无力。我甚至想一阵风就会把我吹到另一个无边苍茫的星球。我们这个星系也不过是宇宙间的一个小小的匆匆的过客,我们的生命不过是在宇宙的演进中极其偶然中的一个偶然，这个生命的过程也不过是短短的一瞬，宇宙本身的规律与法则，人类永远无法改变，这正如地球与太阳也无法改变一样。也许人类唯一能改变的是人类自己建立的那个道德体系，而这个道德体系不过是强者对弱者的一个美好的谎言，于是我又想起了康德老人的那句话：世界上只有两样东西让我敬畏，一个是我头顶的灿烂星空，另一个是我心中永恒的道德行为准则。

家里出了这事是瞒不住的，在老家和朋友中都传遍了。家丑不可外扬，却扬得全世界都知道似的，不可回避又不可道说。谁触犯了法律谁就会受到法律的制裁！儿子出事后，我把家族的事情前前后后地想了一遍，把自己的经历前前后后地想了一遍，把儿子的成长前前后后地想了一遍。想了许多也没想到会出这事，拓家和刘家我所知晓的还没有出现过类似的事件。该来的谁也挡不住，这或许就是宿命。

上天让我承担的我都能承担，但不让我承担的，我代替不了谁。我该怎么办？又能怎么办？有些事不是眼泪和酒精能解决的。即使我眼泪流成太平洋，即使我一次喝进一湖的

玖 向死而生

酒，也解决不了问题，也化不掉心中的不快。抽刀断水水更流，举杯消愁愁更愁。

难道刘家真的是黄鼠狼下田鼠，一窝不如一窝？凤凰下鸡，一代不如一代？是老天的不公，还是我选择的错误，这一切都让我遭逢上了。躲不掉，跑不了。在儿子进去八个月零三天的时候判决下来了。刘飞犯强奸罪，判有期徒刑九年。刹那间我被压在五指山下，无语，无泪，无星了！

刘飞和他的六个朋友，一天晚上喝完酒后去了歌厅，在歌厅他们叫了姑娘陪酒唱歌。唱完歌后他们其中四个人带了四个姑娘去了宾馆开房，刘飞在醉酒后强行和一个女孩发生了关系，事后这女孩向他索要十万元。他不给，女孩报了警。有人说是暗害，有人说酒后无德。不管怎样，事已至此，必须接受法律的惩罚！

"法律，在它支配地球上所有人民的场合，就是人类的理性。"

在刘飞被判的三个月后，刘军一次深夜酒后过马路出了车祸，被送到医院抢救，算是保住了命，但是一条腿粉碎性骨折，听说以后就是出院了，走路也瘸了。女儿刘雨去医院看望了他。刘军属龙，而且是条青龙，不知是不是遇到克他命的白虎了。

半年以后我终于接受了刘飞进去的现实。这次事件给了我致命的打击，没有任何事能让我如此难过。人最伤心的莫过于子女带给父母的伤痛，子女的事业不如意，婚姻不幸，生活中不幸的遭遇、挫折或病痛。所有这些事情都和父母的心连在一起，痛苦会转嫁到父母身上。我不能怪怨命运的不佳，怪就怪自己教子无方。我总忍不住去探讨悲剧后的成因，父母有责任，个人更有责任。此时此刻只能总结人生，剖析错误的根源。没有反思的人生是没有价值的人生。希望他在里面认真接受改造，以后重新做人。

后来我去他改造的监狱看了他。我见了他，我们抱头痛哭，他说："妈妈我错了，真的错了！我不该触犯法律，妈妈我对不起您，让您伤心了！我给家族蒙上了羞辱，给自己的人生增添了不光彩的一页。我悔恨啊！"此刻我满腹的话无从说起，无从表达。我的泪水往肚子里咽，是那么苦涩，那么酸楚。儿子也是五味杂陈，心如刀割，内心深处充满了后悔和愧疚，自责与担忧，我的心里也充满了太多的压抑和委屈，一时情绪失控。

人生最大的悲剧莫过于失去自由；人生最大的痛苦莫过于失去和亲人的相聚；人生最大的悲哀莫过于冲动的惩罚，自己的最好年华在监狱中度过。

我不知道自己是如何走出监狱的大门的，我的腿仿佛不是长在自己的身上。它想迈向哪个方向就迈向哪个方向。我的思想也不在我的大脑里，不由我所控，仿佛失去线的风筝漫天随意飞舞。九年啊！3285天，78840个小时，漫长的日子我等待着你啊！我的儿，浪子回头金不换。

七月中旬的一天傍晚，北京昌平郊外上空乌云密布，闪电不时划过长空，大雨如注，并夹杂着隆隆雷声。突然，一片巨大的火光在一家住户的木屋房顶爆起，同时发出一声巨响。不幸的事情发生了。在东屋屋顶被雷电击成一个直径约四十厘米的窟窿的同时，一位中年男子在相隔两间屋的西屋倒地身亡。经实地调查，遭受雷击的住房四周没有较高的建筑，也无高大树木。房屋采用钢筋水泥预制构件大梁和水泥预结构，中有一根大梁横贯四间房屋。此事第二天就上了报纸，被传得沸沸扬扬。被雷击身亡的男子名叫刘军。虽然人们不再相信"雷劈恶人"的邪说，但是，就此事故来说，雷电怎么会击穿房屋？更令人不解的是，雷击东屋，为何人死西屋？

不论死因怎样令人费解，但刘军确确实实死了，死在他郊外的房子里。儿子刘飞在狱中改造的一年零七个月后刘军走了，走得不是寂寞无声，走得是轰轰烈烈。惊动了雷公，惊动了村民。我俩上半辈子有解不开的恩恩怨怨，今天我们之间的纠葛就此终结了。幸福的家庭是相似的，不幸的家庭各有各的不同。我的不幸或是他的不幸，是如此的无奈和心酸！男怕入错行，女怕嫁错郎。不幸的婚姻伤害确实很大，不过对我来说也是一种成长，走出不幸的婚姻让我很快振作起来。不要把时间浪费到不值得的人身上。

刘军的一生在别人眼里是什么样的我不大清楚，在我心中他"生得龌龊，死得惊天"。在儿女的心中他是个什么样的

玖 向死而生

人，孩子们自有结论，我也不便问。人活一张脸，树活一张皮。我现在是静坐常思己过，闲谈莫论人非。民间谚语有：人死留名，雁过留声。

经历过这么多的事，我渐渐地明白许多的事情真的是谋事在人，成事在天。命运在我的心中有新的诠释，命似乎是上天给予人生的自然规律，运是我们追求美好人生理想的过程。《易经》上说：大话易失信，大欲易失命。阴极成阳，阳极成阴！

时间是最好的疗伤药。随着时间的流逝，我的心情渐渐地平静了。我和女儿过着平淡无奇的日子。平淡最美，清欢最真。走在南锣鼓巷，我看着人来人往。坐在什刹海的酒吧，我品着红酒，欣赏着夜色。人不论遭遇什么，活着就是最大的真理。

蝉一生的头两三年，或许更长时间，是在地下度过的。这段时间里，蝉的蛹靠吸食树木根部的液体为生。缓慢地生长几年后，蝉爬出地面，凭着生存的本能，向树上攀缘。

夜幕降临，蝉儿紧紧扒着树，开始脱皮羽化之路，从一道黑色的裂缝开始。它要从壳里挣扎着出来,才能展翅,才能腾飞。这条路痛苦又漫长,却又非走不可。它必须自己挣扎着出来,才能真正腾飞。

所有的蜕变都在一夜之间完成。一边是生的飞跃,一边是死的毁灭。正常的蝉儿蜕壳需要一个小时,当蝉的上半身获得自由以后,它会倒挂着,利用还很柔软的双翼上的体液管的压力,使其展开。当液体被抽回蝉体内时,展开的双翼就已经变硬了。如果一只蝉在双翼展开的过程中受到了干扰,那这只蝉将终生残疾,也许根本无法飞行。

蝉经历了这么多的苦难,也只能在地面活九十天左右。为了这个短暂的一生,为了来世上一次。我在电视里看到蝉蜕变的过程,泪流满面。我自己不就是一只金蝉吗?经历那么多磨难与不幸、挫折与坎坷、伤痛与泪水后,我开始慢慢地淡忘过去,领悟人生。

我见到了母亲,她满头白发中竟然长出一些黑发,让我觉得惊讶。另外,母亲的身体变得越来越小。年轻时的母亲是大高个儿,老了一圈圈地按比例缩小,似乎在返老还童。

但耳不聋眼不花，吐字清晰。

母亲读书不多，却把手中一本佛经翻了一遍又一遍，直到把最后一页纸也翻破了。母亲在繁杂纷芜的人生中参透了禅机。村里的古树也许站得太久了，偷偷地把影子钻进了母亲沉静的白发中，倾听一场禅意的对白。

"闺女，人这一辈子就是命，只有活到最后才是给自己活的。人在年轻时候就像只老牛，什么也由不得自己，听命于别人，忍辱负重在前行的路上；中年的时候就像头大象，能做主自己的事了，主动负起肩上的责任，奋勇向前；年老的时候就像只猴子，应为自己活在当下，享受现在。"

"翎儿，我们拓跋氏人都是不服输的，不屈服命运的。"

"是爸爸吗？这么长时间没见到你了，我好想你啊！你好吗？你还是老样子，胡子也没刮，我有好多的话想对你说。

"爸爸，你说话啊，你咋躲在草垛里，你出来和我说话呀。

"我拉你出来，爸爸。"

"翎儿，你别过来，千万不要过来，我现在只能露出头和你说话,出来风就会把我带走。我只能和你说半小时的话,我还有别的事。"

"好吧,爸爸,你好吗?我想你啊。"

"孩子,我挺好的,不用挂念,你大姐和你二哥常来看我,还有你姐夫,但你家那口子没来过。我想他是不好意思见我。你大哥说要来看我,你妈还得两年。"

"妈,您和谁在说话?能用普通话讲吗?你们说得快,我有些地方听不懂。"

"我在和你姥爷说话呢。你不是在改造吗?咋跑这来了。"

"姥爷不是早去世了,他咋能和你说话?"

"儿子,白天我们在不同世界,夜晚我们会在同一个世界见面。黑暗和光明本是镜子的两面,阴和阳也是世界的两面。"

"妈妈,我明白了,丑与美,善与恶,也是人的两面,生与死也是生命的两面。"

"爸爸,你看起来还是老样子,为什么不穿一身新衣服,你穿的衣服,现在没人穿了,你也不刮胡子。我给你买身新

玖　向死而生

衣服吧，买一个刮胡刀吧。"

"不用你买，我习惯了，我也有钱，你大哥在清明和七月十五送给我好多，我花都花不完，有时他带着一群孩子来。"

"爸爸，那是咱们拓家的子孙啊！"

"哦，都那么大了，我一个也不认识。老糊涂了，老糊涂了。你刚才和谁说话呢？"

"你外孙，我儿子。你是没见过他的。"

"没见我也知道他，告诉他：太柔则靡，太刚则折。"

"好的爸爸，我告诉他。现在咱们拓家人丁兴旺，大姐拓凤龙凤胎，取名咚咚和叮叮，还有一小儿子取名张磊。

"大哥拓海一个女孩叫萌萌，男孩老大拓聪，老二拓敏，老三拓凯。

"二哥拓江老大男孩取名虎子，黑不溜秋的老二男孩叫蛋蛋，两个女孩，一个取名毛毛，一个取名豆豆。我家儿子叫刘飞，女儿叫刘雨，现在都大了，我也好久没见这群孩子了。"

"嗯，黑蛋，黑蛋他血液里流的不是拓跋氏族的血。"

"爸爸,你什么都知道啊!"

"你妈当初是征求过我的意见的,不能让拓家的男人都短命。"

黑蛋当了兵,又从部队考上了西安的一所军医大学,他选择学医不是无缘无故的,小的时候他在河里耍水时溺水,被一位老人用烟杆吹屁股救活后,就对医学埋下了深深的好奇之心。几年后他被保送上了本校的研究生。黑蛋的导师是心内科的专家,一次闲聊中黑蛋和导师说了拓跋氏的"诅咒"。导师很感兴趣,假期带了几个学生和黑蛋回到了拓家沟,走访几十户拓姓家族的人员,并给他们抽了血带回西安研究,这位导师想揭开"拓跋氏头顶的诅咒"之谜。经过一年的研究,他发现这是一种罕见的遗传性心肌病。发病年龄一般是四十五岁左右,好发于夏秋傍晚时分,一天的劳累之后。夏秋也是当地村民最繁忙的季节。因为少见,当前国内医疗也没有特别好的治疗方法。不过导师也在查找国外文献,积极研究一种有效的治疗方法。但也发现了黑蛋不属于拓跋氏血脉,黑蛋蒙了,他不相信这是事实。回去问母亲,母亲告诉

玖　向死而生

了他事实的真相。

看到了黑蛋就想到了二哥，二哥有一道杀人眉，不言而信，不怒自威，他刚劲干练，疾恶如仇，目光犀利，有狼性，朋友称他为二狼。而黑蛋身上有二嫂身上的文雅气质，也有二哥一样的干练和自信。更有一种军人的忠诚和信仰，还有一种医生的钻研精神和救世情怀。他身上有一种红高粱的色彩和阳光的味道。

当年二哥拓江和二嫂王云萍生下虎子后，母亲就决定换血，想让云萍和外姓男子生一个儿子，不能让拓跋氏男人个个短命。二嫂和二哥当然不能接受了，经过全家的劝说和母亲的哀求，更为了拓跋氏的血脉流得更长久，为了家族的兴旺，两人勉强答应了。

找一个什么样的男人更合适呢？换一个优良的种。经过千方寻找，选择了二嫂的初中同学，他还没结婚，上学时追求过王云萍。对方也发誓为此事保密。事成后还付了二百元的保密费和付身费。算好了日子在拓家的窑洞里成功接种。但这也为他们的婚姻投下了不良的阴影。后来就有了二哥出轨王丽事，也有了二嫂和她男同学的藕断丝连。

　　人生与岁月一样言不由衷，岁月也与人生一样说来话长。性格决定选择，选择决定命运，命运决定人生。人生的真相不能被揭开，揭开了，如锅上爬满了密密麻麻的蚂蚁。

　　大哥拓海在五十四岁那年的夏天去老丈人家地里帮忙时，下午突然发病倒在了地里。一个人的死外人看来是平常之事，但对家人来说带来的是无限的悲痛。七老八十的死是一种白喜事，这个年龄走人们能接受，四五十的死还是早了点，人们还是有点惋惜。那天他老丈人赶着毛驴车把拓海拉回了拓家沟。太阳落山之前大哥和毛驴一起进了村。

　　拓家的人要在村里安鼓，守灵七日后入土。大嫂杨秋月还请了唱戏的，在村里唱戏三天。大哥生前爱唱戏也爱听戏。

　　大嫂年轻时体态丰满，一弯新月眉，一双秋月眼，小巧精致的鼻子恰到好处地立在中央。平展的小耳朵的耳垂吊着两个银色的圆耳环。说话时喜欢盯着对方的眼睛，她是一个外柔内刚的女人。说话温柔却做事果断，从不拖泥带水。她有过敏性鼻炎，每到春秋两季就见她总是打喷嚏流鼻涕。现在她身体显得臃肿,两眼疲倦,像是没睡醒,眼袋突出。她胸部呈一个倒写的 M 形,没了当初的丰满挺拔。髋部松松垮垮,两腿走路还向外撇。

拓家的孩子们也回来了,大嫂要把葬礼办得风风光光。棺材买的是县里最好的,花圈摆满了院子。请了十班吹鼓手的,当地不够请外地的,白天黑夜轮流吹,不停息。其中一位族人转头对另一位小声道:"这还没见过哩。"另一位抿抿嘴:"没见过!办得真好!"外人听着唢呐声,如听着夏日里早谢的山丹丹花落的声响,家人听着如浓云化雨,充满了阴冷和凄凉。在村里安排了三个饭店才安排完前来送行的亲朋好友。母亲默默地在一角流泪,犹如受伤的老羊,白发人送黑发人已不是第一次了。

埋葬那天,刮起了风,是风把大哥带走了。在大地上,在天与地之间,在日与月之间,风又是多么平常!说来就来,说走就走。入土了,人散了,潮退一般,沙滩恢复了平静,生活像大海一样继续迎接每天的日出日落。

但我大脑里挥之不去的是大哥的声音,长兄如父,长嫂如母。大哥的口头禅是：我说。每说一句前加一个词：我说。说话时又爱皱眉。他聪明手巧，他自己能做一个会飞的木马，孩子们当玩具去玩。他有一双薄而透明的大耳朵，两道眉连在一起，两眼小而间距大，能眼观六路耳听八方。他喜欢下棋，能一气儿下三四盘棋，而且赢的时候多输的时候少。他患有湿疹，大夫不让他喝酒，他不听劝，照喝不误。

大哥走了，现在四个兄妹中只有我一人了，我不恐惧死亡，但是我还有未了结的事，我得把母亲送走，等儿子出狱把儿子接回家。不知什么时候起，我能闻到死的芳香和生的苦味。死亡的钟声在我身后响了几下后，我猛地意识到生命随时会戛然而止，我必须努力地生活，完成应尽的责任。生命在天堂、人间、地狱之间游荡，思想在过去、现在、未来之间穿梭。

拓跋氏头顶的诅咒像一片燃烧的罂粟花，她的艳丽诱惑着人们的大脑。

又一夜，月光汹涌地向我袭来。一种思绪如地上的烟草、人间的风絮和天上的梅雨交汇融合后蔓延开来。另一种思绪

玖　向死而生

漫过记忆的堤岸，瞬间溢满了大脑。

清冷的黑暗中，脸颊被一瓣掉下的泪珠打痛。黑夜的碎片，纷纷扬扬，砸向了我。

孤独像千山，像万径，像孤舟，像寒雪。

一丝寒意在此刻盛开。

有时心情像西岭的雪、东吴的船。有时似黄鹂翠柳，白鹭青天，荒漠泛绿。

有时又觉得人生苦短。繁华朝起，慨暮不存。晨耀其华，夕已丧之。

我独坐在时间的一隅，黑夜漫过了梦境。在梦境深处，尘世的喧哗已遥远，没有一处净土可以收留岁月的浮华。

月光碎得满地乱跳，清晰的声音，潺潺地流过心头，然后又向远方隐隐约约地流去。

岁月是一位不愿退却的水手，在浪涛滚滚中驶向东方，寻找黎明的太阳。

刘军走后，他的妻子收拾遗物时，有一个日记本，断断续续地记了一些日记，还有几封未寄出的信，收件人是刘飞，他写给儿子的。他的妻子让人把笔记本和信捎给了我。从他的日记里得知他想和儿子刘飞说一些心里话，怕儿子不接受或不理解，所以信没有寄出去。他说他一生罪孽深重，最对不起俩孩子和我，儿子走到这步主要是由他造成的，他想来世补偿。信封里还有一张建行的卡，信里说是十万元钱，并写了密码。希望儿子好好改造，重新做人。他说他不奢望能得到我的原谅。人已死，恩怨已结。我想下次去看儿子时把信带给他。

  他在有许多错别字的日记里记录了他做的一些事和想法。随着年龄的增长和阅历的增加，他开始反省自己，开始自责，他说一生都是欲望在统治着他，他一直在堕落。他没有脸和儿子闺女说这一切。他常常在噩梦中惊醒，受到良心的谴责，他无法原谅自己的过错。他也为山区穷困的孩子资助过十几万，他后来没有生育，身边也没有几个亲人。他的妻子对他忽冷忽热的，他被愧疚自责的阴影所缠绕。面对曾经的错误，心灵上的愧疚和折磨已经使他在赎罪道路上跨出了一步。人的大脑里有两只狮子，一只叫善良，一只叫邪恶，一般是一

玖 向死而生

只醒一只睡。有的人唤醒的是善良的狮子,有的人唤醒的是邪恶的狮子。

想不到一些地方他写得纸短情长。我们之间的沟太深了,而人与人心灵上一旦产生了伤害和隔阂,很难复原,破碎的瓶子修补好了也有伤痕。

过去的恩恩怨怨我也不想再提起,说多了都是眼泪。经过这么多生生死死,一条河流在我心里和生活里缓缓地流着,不再波澜四起。

生活就这么过着,没有惊喜也无意外,直到两年后六月的一天,二嫂打来电话说母亲摔断了腿住进了医院,我匆忙地开车回到了老家,见到了母亲。经过手术,母亲看上去没什么大碍,住几天院就可以回家养着了。就在出院前一天母亲感觉胸闷,没有抢救过来,母亲走了。大夫说可能是肺栓塞引起的。母亲临终是安静清醒的,仍不放心我这六零后的女儿,叮嘱今后如何生活,仔细地交代家中每一件事,妈的衣服在哪个箱子,第几层,在家里什么位置放的什么重要东西,都交代得清清楚楚……母亲走时穿的寿服,也是妈妈自己一针一线给自己缝制好的,一切后事都安排得妥妥当当有条不紊,没让我们儿女操一点心。

母亲走了,夜里下了一场雨,门前的花一夜之间就都凋落了,母亲带着花香走了。母亲和父亲合葬在了一起,母亲生前就说想父亲了,想早点和他团聚,那边还有大哥、大姐和二哥。他们的坟在山上,向阳而立,小小的黄花开满了山坡,坟前绿草茵茵。办完了母亲的丧事,我回到了北京。

那段时间我天天想起母亲,母亲的死让我想起了我的生。母亲活了她该活的岁数,借此我也多尽了几年的孝道以慰藉我被生活的海水拍打所烦扰的心。

我也不知道自己能活多久,是谁无情地让我活到了最后,我只能眼睁睁看着自己的家人一个接一个去世;是谁让我的人生逆水而行,通过一段段轮回与磨难,像幼小的鲑鱼,游历完世界,才能返回原来那条小溪。

我有两个自己,梦境中一个,现实里一个。就像水中的月亮,天上的太阳。又像我的名字一样,小名翎是想要飞翔,

玖 向死而生

大名丽颖是美丽聪慧。梦里的自己有对美好事物的追求，现实里的自己有对残酷真相的接纳。难道人的一生就像路边的狗尾巴草一样发芽、成长、开花、结籽……循环往复？

时间飞逝，转眼九年而过，女儿刘雨博士毕业了，刘飞的刑期马上满了，我一分一秒地数着，一分一秒地等待着。儿子出来后如何面对这个新世界，如何开拓他的新人生，我又跌入思考的深渊。孩子，我们回家！即使世界抛弃了你，还有妈在。

晚上我一时难以入眠，我看见女儿的房间也一直亮着灯。刘雨也睡不着，想着明天和哥哥见面了，一家人很快可以团聚了，不由得兴奋起来，同时也想起了过去。提起过去，仿佛又被过去给追上了，勒住了，勒得喘不过气。

九月十一日的早晨，周六，我五点起床了，精心地洗漱化妆，我要以最好的面貌和心情去接儿子。"孩子，妈妈接你来了。"我和女儿出发了，车行驶在笔直的道路上，路边的鸟儿在叫，树的叶子在笑，风儿在高空打着唿哨，东方壮丽的日出照亮了我前行的道路。

儿子个子长多高了？他今天穿什么衣服？他刮胡子了吗？他理发了吗？他吃早饭了？回家他想吃点什么呢？他昨晚睡好了吗？路是那么宽敞，但又是那么漫长，太阳是那么明亮又是那么炎热，心情是那么美好又是那么悲伤。"孩子你是什么心情？你看看妈妈还是不是和原来一样年轻漂亮？"车子快乐地行驶在高速公路上，前方天空中的云你追我赶，一群鸽子从远方飞过。女儿默默无语，我不知道她在想什么。

就在昨晚，刘飞彻夜难眠，不由得回想起这十三年来度过的每一天，心绪难平又感慨万端，眼泪从眼眶汹涌而出。过去了的生活像电影回放。

刘飞就这样想着，不知什么时候，睡意蒙眬，接着沉沉地睡去，他等待着母亲拓翎接他回家。

天空中飘动着没穿风衣的云，路边开着没化妆的花。花香击穿了青翠的露水，四散而逃。鸟的叫声，迷失在时空深处。女儿放着音乐，叮咚的音乐敲碎一路的清寂。

上天没有辜负我，给我留下了一儿一女，这是我生活的全部，这是我和世界的所有联系。

玖　向死而生

　　跟你说一下人生吧，我一直试图寻找某种人生的真谛，可总是徒劳的。你或许能从我的讲述中发现一些有益的东西。如果可以给你一些有益的话。

篇外

刘雨自述

家庭对我影响太深了,孩子就是父母的影子,父母的不和谐都映射在我幼小的心灵中。我心疼妈妈,妈妈也爱我,她和我聊天,抚慰我,怕他们的事对我造成不良影响。而我常常想为什么我不像别的同龄女孩一样是父亲的宝贝、珍珠或天使。我怀疑我不是他亲生的,不爱我为什么还要生我。父亲重男轻女,哥哥才是他的心头肉。我嫉妒哥哥,希望变成哥哥。父亲跟我和跟哥哥说话的口气是不同的,叫我死丫头片子,叫哥哥大宝。他给哥哥买玩具,我只能玩哥哥剩下的。哥哥喜欢和男孩子耍,不喜欢我缠着他。但哥哥是爱我的，有别的小朋友欺负我，他一定会帮我打到对方哭为止。

在外人眼中我是一个高智商的女孩，却不知我是一只抑郁的猴子。小时候外表看我很正常，其实我内心怪异孤僻，总是和别的孩子玩不到一起。他们喜欢玩的游戏我不喜欢，我喜欢一个人傻傻地幻想，喜欢封闭自己。独自一人在后院玩时，我喜欢按瘪一只只乱跑的蚂蚁。我喜欢自己跟自己玩手指游戏，每根手指扮演不同角色，两只手就能演出一部剧来。但是，总会有的一个故事情节，就是其中一两根手指头会被自己用橡皮筋一圈一圈紧紧缠绕，直到出现很深的勒痕或者青紫了才作罢。

爸爸喝醉或犯了毒瘾后常常暴起，用巴掌、拳头、筷子、苍蝇拍、晾衣撑、木棒等朝我一顿乱打，嘴里咆哮着辱骂的字眼。妈妈和他打闹，事后又安慰我怕我受伤。"有妈在，他就吃不了你。"哥哥看到我哭，就把他喜欢的玩具拿给我玩，还有藏起来的巧克力奶糖给我吃。

小时候，我恨爸爸，又害怕他，梦里我变成了小老鼠，趁他熟睡时撕咬他的脸、鼻子、耳朵。我想看看他只剩一只耳朵没有鼻子的样子。

一次夏夜暴雨停电,因为找蜡烛复习功课而吵醒了父亲并被他骂出家门后,我踩着湿漉漉的拖鞋,带着浑身的委屈,跑出了家,在隔壁的屋檐下躲雨,摁死了在身边飞舞又停在胳膊上的一只只野蚊子。

一次寒假时被爸爸辱骂,我实在忍受不住,扑到妈妈的怀里放声痛哭,妈妈叹了一口气:"就这么一个女娃,你还这样,以后怎么办。疼还来不及,哪有天天打的。"随后拍拍我,示意我离开。

我和爸爸的相处中总会有一种担心:是不是哪句话又说错了?是不是我哪里又做得不好?不知道怎么样做才是对的,才不会挨骂。

大了点后,我尝试接纳爸爸,跟他心平气和地对话。然而每次回家,要么是父母吵架,要么是他骂别人。待不到两三天,和平的心态被击打得溃不成军,内心再度充满压抑和无望。我不得不承认,其实自己没有那么强大,远离才是最好的和解。

篇外

爸爸对女性的歧视，时常表现于他的言行和生活之中。他认为女人应该是完全顺服的，不声不响，没有任何多余的动作——像当年的妈妈一样。

小时候我被动受着暴力，长大后的我主动制造起了暴力。我专挑男孩子打，觉得他们是强劲的生命体，而女孩子都应当被保护。挑战强者才能证明自己的强大。我曾经拿石头把同学大明的门牙给砸掉，大明的口中沾满了鲜血，此后再也没来我家玩过。

中学恋爱以后，我不自觉地把男方当作奴隶，借助男方夸张的表达和极度的耐性来拯救安全感，以尊卑关系来获取身份认同。我每天都说"分手"，只为看到对方苦苦哀求的模样。我玩味地拍打着男友的脸颊，让男友做出他本不愿意做的事，以此证明他对自己的顺服。仿佛这样，自己就能掌控爱的权力，就能以爱的名义为所欲为。

青春期，我用极端的方式表达内心的叛逆，尝试过割腕。用碎玻璃、水果刀、直尺等器材，渐渐地掌握了不疼、流血多、伤口浅的方法。毕竟我不是真的想死，那只是一场表演——去割腕只是想把热烈又黯淡的血迹展示给重视我的人。这样班主任会找到家长劝导。

高二那年，为了惩罚自己没办法认真学习，直接就跪在冰凉的地上，或者用缝纫机做学习桌，把脚绑在缝纫机腿上，目的是让自己专心学习。这些会不会也是属于自伤呢？

那时的我，既瞧不起自己，也瞧不上别人；既厌恶自己，也厌恶别人。我想把曾受到的一切伤害都回馈出去，想让别人也尝尝卑微和暴力的滋味。

那时的我，和爸爸没有区别，只能伤害到爱自己的人。心怀恐惧，便尝试以恐惧来制服他人。不愿意承认罪行，因为那些沉重的负罪感将压弯自己的头颅。

我后来逐渐认清自己的错误。重要的不是过去的父亲，而是悔改。如果我不悔改，和爸爸又有什么不同呢？认清自己的罪孽，才有可能获得爱的能力。

我打着"爱"的名义去管制和苛责男友，只是占有欲在作祟，只是不够自信能和他并肩站在一起。我打着"爱"的名义给父亲打电话到彼此尴尬，只是不想被指责"不孝"。

篇外

改变我的是一场病和一场旅行。

大二那年,我偶尔会出现幻觉,全身无力,听不懂别人说话,也无法作答。想到妈妈之前出现过神经方面的问题我赶紧去北京一家有名的三甲医院神经内科看了专家。这位医生比照片上看起来年老些、瘦些,头也没有那么大。

大夫问我:"幻觉是什么样?"

"不记得。"

"每次出现幻觉时跟情绪有没有关系?"

"没有。"

"平时头疼吗?"

"不疼。"

他一边在病历上写着症状,症状的步骤,持续时间和频率,最近发生的次数和时间,最早的一次和最重的一次,还有其他可能构成的病因往事:从初中起失眠。即使再困,也经常到凌晨三点才能睡着。睡不着时大脑特别清醒,但偶尔胀痛。还有就是从小父亲常打我,有时还会拿棍子打头。上初中时有次被同学拿重书包砸头,当时觉得脑袋嗡嗡响,回家躺一晚上好了。

大夫建议做核磁共振检查一番，说："如果生理上没问题，那可能就是心理上的问题了。"我笑着点头说"好呀"，大夫哭笑不得："难道是心理问题你就开心了？"

核磁共振约在了两周后，那天，我满怀期待地走向核磁共振室。毕竟这是人生中第一次扫描脑部，好奇心让人两眼放光。苏格拉底怂恿人"认识你自己"，但那个年代的技术可没办法帮他认识自己的大脑。

在小心地摘下发夹和身上的金属物后，我躺进了那个机器的圆筒里，一位女医生将我传输进去。机器开启，四周响起了有序的咕咚咕咚的敲击声，有点可爱，又有些吵，持续了十分钟左右。

做完脑核磁后两天后我取到了报告。当看到检测结果上写着"左颞叶良性病变"时，我还是比较欣慰的，就说是生理问题而不是心理问题嘛，大夫输了！

再查左颞叶病变是啥，哎哟，可不就是我的症状嘛——听不懂人说话、不晓得怎么回答，短时内失去了语言的能力。

放下手机,我隐隐有些生气。这种病变无非是先天遗传或后天暴力导致的,无论是哪一种,没有人会为它负责。

我挂了神经外科孙辉主任的号,让他看看检查结果,打算听完他的治疗方案就改去全国最好的燕京医院。

孙主任端详着胶片,首先是一句"不需要手术",让我如释重负。

"有没有受过外力打击?"

"小时候经常有。"

"有没有抽搐?"

"没有。"

"平时有没有头疼?"

"没有。"

"眼珠子上下左右转一圈。"我转动着眼珠。

在一堆问答之后,孙主任又道:"这上面只有很小的阴影,不能确诊为脑血管畸形。建议你看神经内科。"

我的脑袋里挂满问号,道:"我之前看的就是神经内科。"

孙主任又看了一会儿胶片,道:"如果要确诊,需要做深层的造影检查,在介入科。但你的症状不像,还是建议看内科。"

之后我挂了燕京医院的神经外科。神外医生打开胶片,很快就挑出其中关键性的一张,对着亮光看起来。我述说起自己的看病史……

"海绵状血管瘤。"医生说道。

我惊讶又好奇:"您怎么看出来的?"

医生戳着其中一个头像道:"这不就是么?"

"确定是海绵状血管瘤?"

"确定。"

"需要做手术吗?"

"不一定。但症状不是影响了你的生活吗?你住院检测以后会有医生来诊断,看看要不要手术。"

一月二十五日,我住进了医院。

次日早晨,医生们查房。主治医生申园认为我是知觉障碍,由于记忆提取有误而导致的一种体验性症状,即记忆跑到了另一个空间里。

篇外

"你小时候头部受过撞击吗?"

"我爸会拿棍子打我,经常打到头。"

"他怎么打?"

"他一旦发火就眼睛发红、头脑不清,会随手抓起个东西就乱打。我妈说,如果他手边有刀,就会直接拿刀了。"

"你妈打你吗?"

"打,不过她打我都是有理由的,比如我数学题不会写,她会甩耳光。"

医生们面面相觑。

主治医师吕文建议开颅,只有这样才能彻底切除病灶,但是海马体可能会受损,导致记忆力下降。

二月二日,让我做头部的核磁增强。

二月七日,让我做脑磁图。

脑磁室里非常冷,医生给我盖上被子。我睡睡醒醒,一小时后完成检测。

二月九日上午,PET-CT检测。到达检测点,检测程序开始。先是注入造影剂、检测血糖。再是喝水、排尿。

几十分钟后，医生喊我进检测室。

这场检测很快就完成了。

当天下午，谭医生找到了我，说我的检测已全部完成，可以先出院，等二月十四日再回住院部进行专家评估。

二月十四日上午，我回到燕京医院，取出 MR 胶片、脑磁图和 PET-CT 的报告单，来到住院部等专家们的评估意见。

"你是海绵状血管畸形，渗血影响了周围脑组织，得扩大切。但你的内侧结构——海马，我们想保留下来。"

我一阵诧异，这怎么突然变成铁板钉钉的开颅计划了？镇定地问道："我能问几个问题吗？"

大夫："嗯，你说。"

"这是先天还是后天导致的？"

大夫："后天。"

"手术是切左颞叶还是血管瘤？"

"血管瘤以及周围渗血侵犯的脑组织都得切掉。"

"最早什么时候能做手术？"

大夫："不好说，可能得过两三周。"

"做完大概多长时间能恢复正常生活?"

"如果没有太大的并发症,一个多月差不多了。"

"如果打算两年后再切,怎么联系你们?"

"不建议两年后,因为症状每次发作都会导致海马缺氧,以后还可能导致海马萎缩,到时没准海马就得切。"

"啊?"

大夫:"我们碰到过个别的有这种情况,但不一定都会这样。"

"如果不切,可以先吃药试试吗?"

大夫:"可以,但风险自负。"

"海马体萎缩有百分之多少的可能性?"

大夫:"这个不确定。"

"如果海马萎缩,那记忆就一下子不行了?"

大夫:"也不是一下子不行,慢慢地不行。"

"到四五十岁?"

大夫:"不好说。"

"手术成功的概率是多少?"

大夫:"百分之八十。"

我头脑空白,似乎被带入了一个必须开颅的境地,于是先请大夫开了住院证。我迷茫地走到南门,不知道该向谁诉苦。

回到家,我理了理头绪,自己现在遇到了一道选择题:

A. 开颅手术,有20%的可能性会导致偏瘫、记忆力下降等并发症,甚至可能死亡。

B. 啥都不做,每年发作两三次,以后有可能会记忆力下降。

C. 吃药抑制且根除症状,从而也不会损伤海马体。

我有必要冒着开颅手术的风险去对抗只是"有可能"发生的海马体缺氧(记忆力下降)吗?

看病的过程是我人生的觉醒的时刻。这以后我明白了人应向死而生,如《存在与时间》中所言:珍惜生命中的每分每秒,焕发出生命的积极进取意识和内在活力。通过提高生命中每分每秒的质量和长度,来提高生命的效度和目标的密度,只有这样生命的意义和价值才能在有限的时间内展现出无限的可能性。当你无限接近死亡时,才能深切体会生的意义。在每个人的内心,都深植了一个叫"敦刻尔克"的海滩,那里,虽有绝望,却终能一片生机。

看病告一段落,妈妈趁着暑假带我去散了散心。

我们去了云南临沧,在那待了一个月。在临沧,我认识了一个女孩晓晓,年龄和我相仿。我们聊了很多,她每天拉着我和我妈到处走走看看。晓晓一点点讲起她小时候的事,她爱说我也爱听。她说她上过三年小学,那三年里还都得背着弟弟上学,父亲残疾,上小学的学杂费六十八块钱都欠学校半年,放学了背柴背猪草,干农活,八岁就煮饭。小时候最饿肉,一个多月才吃一次,肉也都是肥的。不上学之后,就跟爸妈到大山上干农活,住了一个多月,一个多月也不洗澡。喝水就是天上的雨水。她的爸爸三年前死了,肺癌晚期。

十四岁的时候,她想去理发店打工,求着老板娘留下她。但是老板娘因为她年纪太小,怕被说用童工,一直不敢用。晓晓硬是在理发店门口守着坐着。老板娘磨不过她,就跟她说,劳动局过来查的时候,你就说你是我家妹妹,在这边上学。这样,她在理发店待了一年多,学会了理发。

学会了理发,她就有了一点点思想,就跑到另外一家去了,后来她遇到了她的先生大石。听她的描述,我觉得我和她相仿的不只有年龄,还有经历。

我问她大石是干什么的,她说是一个临时工,在一家超市打工。喝了酒脾气特别大,一喝酒就打人。既打她,也打他们的儿子。儿子小号六岁了,心里已经有一点阴影了。他看了很多次爸爸打她,把她踩在脚下。每次被打完,她就把头发重新梳一下,把被打出血的地方擦干净,把儿子抱起来,哄哄他,妈妈没事儿,啥事儿都没有。

就这样,晓晓还是不愿离婚,离了就没家了,更何况儿子还这么小。

那一个月里,她带着我们去了很多山峰,包括临沧最高的山峰。到了最高处,山间云雾缭绕,非常美。晓晓说她是一棵无根的野草,春风吹又生,只要肯努力肯吃苦什么事都不是事。

她的经历对我触动太大了,好像电击一般。

篇外

也许人生就像村上春树《海边的卡夫卡》里写的那样："暴风雨结束后，你不会记得自己是怎样活下来的，你甚至不确定暴风雨真的结束了。但有一件事是确定的：当你穿过了暴风雨，你早已不再是原来那个人。"

读研的时候，我幸运地遇到了一些会表达"爱"的朋友，其中影响我最大的是会敬。

研究生入学，我在宿舍第一次见到了会敬，她看上去那么温柔、沉静，脸上挂着淡淡的微笑，说起话来慢慢的，这感觉我既陌生又向往。我习惯性地包裹着自己，跟她打了招呼。虽说我们宿舍几个年龄相仿，但会敬总是会主动照顾我们，像个温暖的大姐姐。跟她在一起的时候，我仿佛呼吸到了安稳，这种安稳让我的满身戾气也安分起来。我甚至有些羡慕会敬，羡慕她春风化雨背后五彩斑斓的童年。相处久了，我才知道，会敬是个苦孩子。她在南方农村长大，那里也飘满了重男轻女的风气。会敬是家里的长姐，自然承担起了照顾弟弟们的责任。家里人觉得女孩子读书不要紧，找个好人嫁了才是正道。好在会敬天生是读书的苗子，家务之外，学习一天也没落下,硬是凭着自己的奖学金,读到了高中毕业。后来念大学读研究生,她也都是靠奖学金和打工。一样是被忽视的女孩,为什么她如此平静?面对过去,是不是还有除了暴力和叛逆之外的解答?会敬在苦和累中不会自怨自艾,更不会迁怒于人,却不吝啬分享甘甜,并且在不知不觉中感染和她相处的人。和会敬相处久了,我都感觉自己从一座山变成了一朵干净的云——轻飘飘的,不再沉重,可以去遮住夏天的骄阳,给稻谷带来一阵喜雨。

后来,我又遇见了很多散发着"爱"的气息的人——波茹、灿星,以及一些爱我的朋友——何怡等。爱对于他们来说,不仅是一种感知,一种行动,更是情感自然而然的流露。"流出"来的爱和"表现"出的爱,不大相同。或许只有行动的那一刻,只有内心充盈着爱,心中流露出来的爱才成了真爱。满身戾气的我在他们的爱中被重塑,脱去了旧品格,穿上了新品格。

二十五岁以后,我越来越爱自己——会为自己买喜欢的裙子和首饰,会更加关注自己的真实想法,会听一听内心的声音，也会逐渐接纳自己的不完美。学习从前好奇却没有机会接触的知识和技能，坚定地选择自己想走的道路，放弃别人怂恿自己却毫不心仪的工作，努力创造出一个自己欣赏的自我。

真正爱自己以后，我才真正谅解了过去，接纳了即便是血缘关系也会存有距离。只有爱才能播种出爱的稻谷，只有信任才能结出信任的果实。

刘飞自述

在看守所里我被关押了八个多月，初进去的时候比较烦躁，老想哭，像脆弱的瓷器，晚上睡不着，对抗调查，不服从管理，我忍受不了孤独及环境的变化。一个星期左右，我就适应了点儿，心态平和了一些，我会先观察管教人员的工作及心情，然后向他们提一些合理的小要求。大概过了一个月，我进入一段烦躁期，心情比较低落，胸口像塞了团棉花，欲哭无泪，欲吼无声，憋得难受。这里太热了，我被烤得像一只烧鸡，外焦里嫩。一个原因是受案件调查进度影响，另一个原因是留置时间超过了我的心理预期。再之后我就进入平淡期了，整个人呆呆的，目光呆滞，满满的哀伤，沥青一样黏稠的哀伤。我想可能我的案件调查得差不多，进入收尾工作了吧。度过了那种无望期，我感觉没有办法，只能默默接受。当管教民警告诉我很快能离开的时候，我心情变好了点，话也多了起来，身上有了活力。我进来之后思念我的家人，那里生活单调，每天做的事情只能是思考。我每天会思考很多事情，那里感觉度日如年，思绪比较乱，烦躁又无奈。在看守所里前途未卜，那种对未来不确定的恐惧才是最折磨人的。八个月后的一天，法院开庭审理，法官当面宣判，我被判九年有期徒刑，我就这样被带入了某监狱。被判刑之后，我反而有一种轻松感，因为这件事情就相对有了一个定论。

  从看守所开往监狱的路上我就想监狱到底长什么样，有多大，在什么位置，里面的人多不多，都是怎么相处的，民警打不打人，监狱里面吃的都是什么，每天是怎么吃饭的。劳动累不累，每天干什么。

篇外

真正进了监狱的大门，原来监狱是这样的，很干净，很整洁，这里很安静，感觉很规范很严肃。惊叹的是监狱的大，一眼看过去这里的建筑，一栋一栋；地面上看不到一点垃圾，电网和围墙都是四方四正的，看不到头。期待、恐惧、未知、害怕的心理瞬间产生了。整个人的神经始终处于绷紧状态，高度紧张。

进来的第一天接待我的是郭警官，他个子不高，戴一副眼镜，文质彬彬，说话和蔼可亲，带一副南方口音，对我就像接待一个大学放假归来的弟弟一样。他不是我想象中的狱警那种高大严肃的形象，一下子我心里的畏惧和恐慌减轻了许多。

从看守所押到监狱之后，统一先要体检，看看你有没有一些基础性疾病或者传染类疾病等，身上如果有刀疤、文身等身体特征都是要详细记录的。一是入监后对是否会出现新的身体表面特征作为验证的依据；二是怕日后出监以后，找各种理由说自己在里面受过伤而向监狱方面"找说法"。

入监后我首先接受监狱中的入监教育，新来的在入监监区接受三个月的入监教育学习。有背诵行为规范、整理内务（叠被子、室内包干卫生等）、队列训练和一些简单的生产线培训等。监狱会根据罪犯的表现来决定能否正常分配到生产监区，表现不好需延期半个月到一个月，对平时出现的刺头，也会有相对应的管理措施，限制活动范围、戴镣、坐束缚椅甚至关禁闭。

刚到新犯监区，郭警官就让我填写了父母的电话，他说平时每月有五分钟的亲情电话，除此之外每月有一次和父母半个小时的会见。郭警官问我和父母、妹妹关系如何，我如实回答了，还可以，没有什么大的矛盾。郭警官从职业的角度考虑，这个时候家庭的作用很重要，会影响我后续的改造生涯。

我们一日三餐，早餐有包子，刀切，米饭配榨菜、下饭菜，中午和晚上一般是一个蔬菜，偶尔有荤菜。以组、室为单位一起就餐。我们早上六点起床，一名民警在我们起床前（早上五点半开始）进入生活区进行现场巡查，另一名坐在监控平台进行视频巡查，起床加整理内务时间半小时左右，六点半按组出室门，在大厅集合，清点人数后下楼吃早饭，按室就坐，分菜打饭，三餐吃饭前要唱改造歌曲，之后有序就餐，时间二十到三十分钟。在就餐时间段，一名民警检查室内卫生，一天一个重点，不达标的进行登记，到月底汇总，在生活卫生分数上予以扣减。早餐结束后，四名民警成U字形分布，带队出工，进入生产区劳动。到生产区之后，清点人数，有序开展当天劳动安排。在此期间，服药人员依次到民警处服药，遵循伸手、抬头、张嘴、吐舌的步骤服药，防止有些精神类罪犯假装服药，收工时间为傍晚五点或五点半，劳动时间一般在八个小时，中间有各组休息上厕所喝水、上下午各一次做操，民警需要整点持扫码机清点人数（一人一个编码），确保人数准确。收工后，回生活区吃晚饭，时间半小时，就餐完毕有序上楼，回室休息。六点半，当天卫生不达标人员、欠产人员、违规违纪人员到大厅参加静坐学习，其余人员七点收看《新闻联播》，七点半所有人有序在室内洗漱，其间给我们播放一些电影或者综艺。晚间，条件允许，给我们拨打亲情电话，民警必须在现场听，结束后他们还要在系统上回放复听。八点半点名,熄灯睡觉,并将各室门上锁。一名民警需要在监控平台坐到九点才能离开。郭警官整天和我们在一起,以前没有疫情,是上两天休一两天,但很多时候因为开会、搞活动,休息天就搭进去了。他说他和我们一起的时间比和媳妇在一起的时候多。时间久了我想他们心里也有许多困扰,尤其是家庭矛盾。他说有时在"里面"上班,家里老人要住院看病就照顾不了。"我老婆确实辛苦,因为我儿子有特应性皮炎,晚上睡不好,闹腾。当时因为特殊任务我进去上班,儿子一岁不到,出来的时候他都不认识我了。回家后我只能多陪陪孩子和老婆,多干点家务补偿一下。节日多给老婆买点礼物,哄哄她。她是伟大的,军功章有她的一半。监狱民警的家属都希望自家民警能恢复到正常人生活,而不是一走就是十天半个月甚至一个月。"

　　一场牢狱之灾,对那时二十二岁的我来说,心理承受的压力、落差是很大的。我不知道该如何形容这种心理。负责管理我的郭警官,我在日后的交往中发现他在这个中间扮演的是管教、家人、朋友的角色。一是他本职所在,秉承惩罚和教育相结合的原则,磨平我在外面的不良行为和习惯,做到令行禁止。二是鼓励激励我,发现我的爱好、特长等,让我发挥自身的优势,后来他又告诉我监狱里可以参加自学考试,可以考证,比如营养师、会计师等,这些到了社会上都是认可的证书。他鼓励我去试试,让自己的刑期变学期。在他的教诲和帮助下我从之前的抵触、低落的情绪,慢慢变为平常心,抵达了平静,接受了现实。三是他开导我和我谈心,阴霾密布的心空,亮起一道霞光。在日常改造、家庭关系出现问题时,他都会谈话教育,帮助修复家庭关系。他像一位兄长一样和我们说也和我们家人说任何改造都脱离不了亲情。亲情的注入会迸发我们内心积极向上的改造动力,从而争取减刑、假释,早日和家人团聚,弥补做子女的亏欠。

刚进来的第一年,我情绪不稳定,有时感到懊悔、绝望、无奈、痛苦、沮丧。每天看见的似乎只有围墙和电网再就是劳动。我感觉人生跌入了谷底,郭警官敏锐地发现了我的心理负担和阴影。为我进行心理疏导,他像一束希望的光照向我,他说只有改变自己才能迎来新的人生。我把心中的压抑像倒垃圾似的甩给了郭警官。他的教导让我又重新看到了光明。进来不久我就熟悉了这里的一些规章制度。

除了教育学习外,我们还要日常改造,我分入生产监区后,在监区的新犯组进行了半个月的再教育,教育内容包括所在监区的规章制度,劳动技能培训就是生产加工培训(每个监区都有自己的一套规定)。新犯组由组长负责管理我们,将日常表现汇报给民警。

分到生产监区,需要参加技能培训,上手操作。先从最基本的踩直线方块开始。就和开手动挡汽车踩离合器一样,轻重缓急要学会控制。我们这里是5+1+1的模式。5天劳动,1天学习,1天休息。法定节假日会根据国家的放假安排,进行休息。下棋,看书,看电视,户外放风。一般像我这样的长刑期的从事的是服装加工,简单来说就是踩缝纫机。每个月有劳动报酬,多的七八百,少的几十元。我们赚的钱可以用于每月消费,有购买清单自己选,然后由合作的超市送来。

男犯在男子监狱,女犯在女子监狱,监舍内基本都是上下铺,空间不大,但还是很整洁的,蓝帆布床铺。一般十二个人一间，三个或四个人一组互相监督。

监狱是有联号包夹制度，一般是三个人，有时是四个人，要求我们相互管理，相互约束的，联号就是根据床铺来分配。床铺分1—12号，比如123号为联号，456号为联号。入监之后，有心理问题的，民警会在联号上进行布置，要求有情况第一时间向民警汇报。比如在室内发生打架，他的联号是否有及时制止的。有点类似于连坐。每个月有联号分的，如果当月他的联号有打架行为，你在旁边没去制止，这个分数就没有了。一般是扣分处理，相应的处遇都会减少。比如当月电话取消，开账额度就是买东西的额度会减少等。那些性质确实恶劣的，会给他戴镣十五天处理。

监狱一般不按刑期和犯罪类型分宿舍的，一般需要重点关注的罪犯或者有精神疾病类的会调整。比如多次打架，打架后经教育仍扬言要报复同犯的。脚镣，晚上睡觉是解开的，白天戴上。监狱主要是防脱逃和自伤自残，狱警这方面的压力不小。

平时的管理中，大部分罪犯都是蛮自觉的，偶尔会有一些刺头，比较难搞。一个民警会负责1—2个室的罪犯。郭警官负责批阅我们室每周的改造日记，每月的亲情电话拨打和复听，日常的谈话教育。

在这里可以给家人打电话，基本一个月一次，可以拿积分来兑换电话，最多一个月可以打三个。我每月给我妈打一次电话，告诉她我这里的情况让她安心。每年中秋节前和春节前她来看我，慢慢我妈的心情也好起来了。我和她聊这里的详细生活和改造情况，还有我的进步。郭警官也多次向我妈表扬我，从她脸上和嘴角透露的一丝笑容可以看出，她的忧虑和担心没那么重了。我告诉她这里不是外面人传说的如何黑暗，吃不饱，劳动任务繁重，罪犯经常被狱警、同改打，等等。我也给我爸打电话，只是频率不如我妈的多，虽然他和我妈离婚了，但他还是我爸，我知道他和我妈的矛盾不可调和。但作为他们的儿子，我希望他俩都各自安好各自幸福。家家有本难念的经，我只能祝福他也祝福她。

在这里改造生活工作，我慢慢地树立起了对生活的信心，自卑、愧疚、自责和后悔的复杂心情过去像一块巨石压在自己心间。现在压力逐渐转化为一种动力,一种改造自己的动力,自己进步越大,过去错误给自己带来的压力就越小。我在一本书里看到一位名人说过的话:人一旦迷醉于自身的软弱,便会一味软弱下去,会在众人的目光下倒在街头,倒在地上,倒在比地面更低的地方。所以我要在跌倒的地方爬起,打败自己的是自己内心的自卑,我不想让自卑打倒自己。

我被分到生产监区后,先学习基础的缝纫操作,合格之后就安排我做衣服上的相应的工序:上拉链,做门襟,踩下摆等。厂里按难易程度来定相应工序的任务量,任务逐周递增,直至满任务。每天统计当天的完成数额,到月底计算劳动分数,超额完成部分在劳动基础分之上相应增加,相反,未完成百分百任务的,需相应扣减基础分。根据人员流动性,厂里会有工序的调整,不一定都是从头到尾从事某一道工序。我认真地劳动和改造,工作两年后厂里挑选我做生产巡检(负责本线操作工加工产品质量的检查),过了两年我做了后道总检(对整个车间的成品进行全面检查),第六年因为老犯刑释,我被安排当了生产线小组长(负责本线生产流水线顺畅运行,统计线内人员劳动产量），第七年可能因为我平时表现不错，经过层层筛选，被监区领导挑选为生产大组长（负责整个车间的生产安排，流水线人员调整、负责汇总登记各线劳动产量，月底汇总各操作工劳动完成百分比）协助民警管理车间的生产劳动。

我通过几年的学习考下国家二级厨师证等级证书。我想做一个西式烹调师。我喜欢做意大利海鲜比萨，法式红酒烩鸡扒，英式鸡丁沙拉，俄式菜肴的什锦冷盘、酸黄瓜汤，德式的鲜蘑汤，墨西哥辣沙司鸡脯等，我最拿手的是法式菜"海鲜汤""鹅肝冻""黄汁烤海鲜""法式煮牛肉""清煎小牛排""烤牛外脊""马赛鱼羹""巴黎龙虾""红酒山鸡""沙福罗鸡"。

我想出去以后开一个西式餐厅。我喜欢吃也喜欢做，我在烹饪方面似乎有天赋，一学就会。我姥姥会做饭，我妈会做饭，也许我遗传了她们会做饭的基因。人的智力是由基因决定的，我们后天的努力是扬长避短。知识是没有力量的，但它可以化为智慧，智慧是有力量的。

和我一个组的小广东是因走私石油和汽车进来的。一口广普，个儿不高话多，两个黑眼珠滴溜转。他最爱谈的是他过去的女朋友惠娜，每年都有新故事，我怀疑是他自己编的。他最爱看杂志上美女的图片，他还会保存着。他会根据嘴唇、胸部、屁股等部位分析女性的性欲强弱，还会用函数曲线图描绘出来。我看见他的被罩上常常画上了"世界地图"，旧的未洗新的又来。

我也想起过去的女朋友若兰，她的笑靥常常在我梦里出现，我好久不知道她的近况了。听说孩子都上小学了。这也并不影响我想她，梦里见到的都是她的过去。夜里想着想着我就兴奋起来，全身肌肉紧张，肛门收缩，感觉自己瞳孔缩小，心跳加快，血压上升。她的笑诱发我去自慰，发泄引起的性冲动。几乎每周我会打一次"飞机"，有时两次。

前三年我觉得过得很慢，是适应和心理调整的过程。不是说适应就能适应了的，心理不是一下子就能调整好的。刚开始对监狱环境的不适与恐惧，尤其是同室的犯人对我的歧视和憎恶，因为我是强奸犯。进而产生焦虑和恐惧的情绪。

导致初入时的烦躁不安，愁闷不语，整天忧心忡忡，夜晚噩梦连连，白天疲惫不堪。心情紧张恐惧，神经高度绷紧，心理压力大，夜不能寐。郭警官总是对我说："要从悲叹与绝望中产生对人生的挑战，以勇敢迈向意志。没有系好人生第一粒扣子，现在开始重来。"

刚分流到劳动监区不适应生产的节奏，恐惧劳动，害怕劳动。闭上眼睛满脑子都是缝纫机，一想到第二天出工，就害怕，拿着布料，手心冒汗，手发抖，背后还有人无形之中观察。等了解了监狱里的生活，也对劳动改造慢慢开始上手了，心理上的压力降低很多，心理防线也慢慢放下，交到两个同室的狱友，郁闷与焦虑有了排解之处，心情平静了，心理状态进入稳定期。慢慢开始想着怎么才能表现好拿分然后减刑，早日出去跟家人团聚。

我喜欢妹妹的声音，听她说话，听她说上学的事，开心的也好，不开心的也好，我都爱听。她的初恋，她的理想，她的烦恼，她都和我说。亲情温暖，亲情明亮，亲情如蜜。亲情给我改造的生活注入了新动力，激发了我对改造生活的信心，在这个漫长的改造岁月里亲情可抵无奈的寂寞和心底的软弱。

简单的重复的改造生活一天天地过去，而外面发生的一切我又看不到摸不着。这些年我听到了太多的死亡，二舅、大姨、大姨夫、大舅、姥姥，还有爷爷、奶奶、爸爸。我不知道我对这个家族造成了多大的伤害，我不知道他们如何看待我，我在这个家族是否有一席之地。我回去后我又能见到谁？谁又能认识我？似乎有一条汹涌的河从我面前流过，他们站在对岸望着我，我望着对岸。我在监狱里，读到一本书，里面提到了存在主义大师对人生的总结：萨特说人生是恶心、加缪说人生是荒谬、海德格尔说人生是烦。自己的过去就是烦、恶心、荒诞。每次家族里死人的那刻，我在监狱里都能感知到，不知为什么在死亡到来时我有一种神奇的感知力，刚开始以为是凑巧，后来每一次的出现就知道不再是凑巧了。然而却不能提前预知。不是我铁石心肠，我对死亡已经没有了悲伤，即使是最亲的人走了，像是必然要报到的钟声敲响一样。谁都一样要走的。

我对人生和社会的一些思考，在生活中找不到的答案，我就从书中找。这本书里还有这么一段话让我沉思良久。学生问："什么是文明的最初标志？鱼钩？陶罐？骨头做的箭镞？还是石头打磨的斧头？"人类学之母玛格丽特·米德回答："不是，都不是。折断后愈合的股骨，是文明的最初标志。"为什么这么说呢？米德解释："在动物界，股骨折断，就意味着死亡。因为，无法到河边喝水，无法狩猎，无法逃避风险，很快就会成为其他野兽的口中食，没有足够的时间活到骨头愈合。折断后愈合的股骨，说明有人替他包扎，有人把他带到安全的地方，有人长时间照顾他。让自己活下来，是动物的本能；帮助他人活下来，这是人类文明的起点。"

这是不是超出了一个狱中人思考的范围，思考得太深奥太哲学了，脱离了现实生活。我受妹妹的影响，读了许多哲学书。从这一点上看，她带我进步。我爱这个可爱的智商出众的妹妹，妹妹也爱我这个曾给她蒙羞的哥哥。

小时候一看到地上跑着的蚂蚁，我就蹲下认真地抓蚂蚁，我喜欢把一个个蚂蚁压到舌头下，喜欢咀嚼蚂蚁，喜欢那种

篇外

黑色的香味。

小时候看到药店我就幻想着进去买一种甜甜的吃后可以迅速长大的药丸和一种喝下可以隐身的糖浆或是什么能让人飞翔的药片。妈妈管制得我越严，我脑中奇妙的幻想越多。

上初中有一段时间特叛逆，我喜欢夏日的夜里在雨中裸奔，我喜欢那被雨浇的感受。喜欢被雨浇后受凉发烧的痛苦。我学着上午用左鼻孔呼吸，下午用右鼻孔呼吸。有一天我竟然把刀片吞入肚子里，把我妈吓得半死，最后去了医院。有一次趁女朋友不注意，我把她的辫子剪掉了绑在她家的狗尾巴上，从此她就老躲着我。我的胡闹任性妄为没少让我妈操心。从小我就不是那省油的灯，骨子里有一种不安分的基因。一次我妈给我二姈打电话让我听到了。我听到我妈说："每天我盯他学习脑仁都疼，好说歹说就不听，就想玩游戏。作业总是写不完。写作业每天写到十一点，也和他写作业效率低有关，总是磨磨叽叽的。下午四点半一下课老师就不管了，有的老师作业都不判，让自己对答案。我每天晚上判作业加讲评，周围的妈妈基本都这样，恨不得替孩子去考了。妈妈们特别热衷于给孩子报班，基本都上着课外班。唉，没办法，孩子学习上母亲付出的多些，都希望孩子上个好高中，上了高中就不用这么盯了，大了也自觉点儿了。主要就是初中这两年。只要有收获，我花点钱儿也认了，感觉上课外班节奏快，内容多，他消化不了。他又玩游戏容易陷进去难以自拔，玩游戏的时候就失聪了，叫他也听不到，像变了一个人，所以我就见不得他玩游戏。玩游戏可专注了，比学习专注多了，学习能这么投入就好了。游戏是个陷阱和吸毒一样。不让他玩又和你拼命。

"还学会顶嘴，你说多了他还向你吼，我老被气哭，打他又舍不得。打只能管当天，药效不到二十四小时。打也不记，一会儿就主动求和，低三下四、撒娇耍赖，但老毛病该犯还犯。所以我也不打他了，没用，还弄得自己又生气又后悔。又怕孩子以后回忆起来只记得你打过他。有时气得不想管他了，都想放弃了。说不管都是气话，说过不下八十遍了还管着呢。我们过去没这样过，没有什么叛逆期，从来没有过。可能我们小时候太封闭了，根本没什么自己的思想，家长说啥都认为是对的。现在的孩子像鸡蛋都放一个篮子里,小心翼翼的。"后面好像又想请教"训狮经验",她发现了我,就转别的话题了。

我疯狂地在青春的道路上飞奔,最后我摔倒了,摔得遍体鳞伤。过去我用力地爱着若兰,而若兰有一搭没一搭地回应。爱情有时像打掼蛋,当你把所有的牌打光了,才发现对方还没发力。尽管这样我也只爱若兰一个,我不像妹妹刘雨,交一个男朋友,像吃一道菜,吃完了一道换另一道,从不吃回头草。她也从没有真正爱过一个人,而追求她的那些男的却为她疯狂。她喜欢吃各种甜品,于是男朋友学会了做戚风蛋糕、奶油蛋糕卷、肉松面包卷、外交官奶油馅冰面包、奶黄馅早餐包、外交官奶油馅酥皮泡芙、奶油千层蛋糕、草莓炸弹蛋糕、肉松手撕面包、肠仔包、烤牛奶、柠檬酱夹心马卡龙、奥利奥铜锣烧、豆沙馅和果子。一个男的为她坚持六十天减肥,一天减一斤最后减了六十斤,遇到大风天还得抱电线杆儿。她故意不接别人的电话,让对方一天呼了上千次。得知若兰生病的时候,我会毅然决然放下手头的一切跑来照顾她。看到她跟别人发生争吵的时候，我会马上跑过来把她护在身后。第一次跟她见面，她的好朋友请客，去了之后发现，她的好哥们也是我的朋友，她太逗了，一顿饭下来感觉要笑趴了，这种好玩儿的经历太难得了，我就这样爱上了她。她从不表态，见面聊天也还挺热情的，就是不主动给我打电话。怕她工作忙，我也不好意思问。都说男追女隔座山，女追男隔层纱，是不是我太主动了。那……我就冷她一个月再说，一个月她还是不主动联系我。欲擒故纵、以退为进、以守为攻的方法不灵。我还得主动追求，就觉得再没有比她更让我心动的女神了。发现我再找其他人谈，就是丢不下对她的念想——虽然手都没牵过。情不知所起，一往而深。在喜欢的人那里，总会担心自己不够好。我总想表现出自己优秀的一面。后来慢慢地她和我交往了。我们去看电影，坐在最后面，放电影时，我无心看，就拉她的手亲吻她。我们去簋街吃小龙虾喝扎啤，深夜我们牵手走在寂静的小路上。年轻的时候追求的或许是火焰一样短暂的热烈，不去奢望星光一样温柔的永恒。

篇外

一个周末,郭警官给我们放了一段视频:三个骑马人行进中,看到了一匹深陷淤泥中的马。看出来,那匹马拼命挣扎过,已经筋疲力尽了,结果是在泥潭中越陷越深,几乎不能动弹,马主人在做过施救努力后早已失望地走了,泥潭中的马神情沮丧到了极点,眼里完全是坐以待毙的绝望。不论是人,还是马,都是生命,何况草原上的马与人亲同手足、相依为命,三人围着马转来转去,但徒手施救无可奈何。其中一人,提出拯救办法——赶来马群。马群赶来了,在吆喝声中,围着泥潭和泥潭中的马,纵横驰骋,一片欢腾,你追我赶,扬鬃嘶鸣,涌动的生命、流动的壮美、挥动的手臂,交织在一起。泥潭中的马看着奔跑的马群,昂起了头颅,挣扎的动作越来越大,终于凝聚起最大的力量,实现了惊天一跃,跃出了泥潭,获得了生命的救赎。

视频结尾处有一段画龙点睛的话语:"这是一段十分感人的视频,深深感受到生命陪伴生命,生命影响生命,生命唤醒生命,感觉到真正的生命的力量。其实我们在人生的路上,有时也会陷入生命的泥潭中,不得动弹,真正能帮助对方的是唤醒,是引领,是激发内在的潜能对生命的渴望。而真正能从泥潭中奔腾而出的除了别人的引领与唤醒,更重要的是自己的觉知。"

看完了视频,上午看书和洗衣服,中午吃过饭后,室里的人习惯打掼蛋。三下五除二,囫囵吞枣吃几口接着干。打牌很有意思的,小郭搬牌时絮絮叨叨,手里的牌况聪明人一听便知;老李好为人师,打一把教训一把搭档,坐对面的胖子脸红一阵白一阵;1105出牌气势磅礴,一路狂飙突进,打得对手满地找牙;1106老谋深算,于无声处响惊雷,往往最后一炸定乾坤。1101打牌风平浪静,喜怒不形于色。我们八个喜欢自由组合,四人一组。打完了牌后我又拿起了书,看到了一句话:"我每天总是在高高的垃圾堆上,看到美丽的太阳升起。"

晚上躺在床上,我想起了曾经的当兵岁月。

从踏上大巴到离开车站走进营门,短短的几个小时,大部分人也从家里的一个懵懂孩子走向独立成熟。

新训单位并不是很远,颠簸了近三个小时后便到达了新

篇外

训旅。大门口拉着"欢迎新战友"的大横幅，操场上班长们站得笔直，唯一美中不足的就是房子都有点破，没有想象中的庄严大楼，一眼望去都是六七十年代的那种小平房，上面还长了不少青苔，显得破破烂烂，但是走进宿舍却感觉里面异常地干净整洁。

我以为我的军旅生活应该正式开始了，该是紧张的军事训练和更为标准严谨的队列训练了。然而，事实上，班长让我们干的第一件事是：叠被子。

我以为叠被子，干这个还不是手拿把掐轻轻松松，但是看了班长的示范我才知道自己的标准有多低。一床新被子到豆腐块的血泪成长史是枯燥乏味的，没有别的动作，就是一遍遍地压，一遍遍地叠，一遍遍地抠，一遍遍地捏，从一开始班长口中"老太婆的脸"到标准的豆腐块，硬生生磨了四五天，这个过程也磨去了我一开始躁动澎湃的心。

三个月新兵训练很枯燥，无聊但是也充满了欢乐，并且非常充实。每天的早操、三餐，晚上看新闻，夜里站岗，日常的训练把我的日程排得满满当当。每天都能感受到自己在进步，在成长。

当时我在一班，也就是名义上的标兵班，第一次班务会班长就告诉我们"你们是我们连的标兵，以后的队列、体能、内务都要你们上"，我们的宿舍也是最靠外了，就在大门口，这给了我们压力，也给了我们动力。我现在还清楚地记得班长说过的一句话："合理的当成是锻炼，不合理的当成是磨炼，是个爷们儿就扛着，男人，不对自己狠一点还叫男人？"也还记得他教给我的许许多多道理，这三个月不仅仅是锻炼了我们的队列、体能，还有良好的生活习惯和纪律养成，更是让我从班长身上学到了许多处事方法。男人的成长往往就在一瞬间，我想我们班的蜕变应该是在参加队列比武那一次，那一次我真正感受到了大家拧成一根绳、劲往一处使，当然，我们也取得了优异的成绩，没有辜负大家的辛勤训练。

新兵连三个月，班长教会了我很多，队列、体能、军事都已达到优秀，在比武中也取得了不错的成绩。这三个月也让我明白许多以前认为不可能或者做不到的事，在军营里都变成了现实；许多以前认为应该只是形式的问题，在军营里都得到了严格的落实。

最令我印象深刻的就是紧张刺激的紧急集合了,熟悉完紧急集合的各项标准和流程,我的每次紧急集合训练都显得游刃有余。就在考核前的一次模拟紧急集合时,我将走前妹妹送的仅剩的一条德芙巧克力放在了床头,就在紧急集合哨声响起的那一刻,我不慌不忙地将一块巧克力掰进了嘴里,在手脚紧张有序的同时,享受着巧克力的甜与苦。在娴熟的手法和卖力的捆扎之后,我的背包和装具都已准备就绪,这时细心的班长,看到我嘴巴里似乎在嚼什么东西,严厉地要我张开嘴问我在吃什么东西,我内心害怕,但还是坦诚地交代了在吃巧克力。不出意外,我迎来的是那一次又一次的紧急集合。我因此心里埋怨了班长很长时间。新兵连的三个月,伴着班长的谆谆教诲、战友们的嬉笑打闹、连长的恨铁不成钢,我终于成了一个合格的战士。其实在新兵连还是收获挺多的,收获了"新训标兵"这个荣誉称号,收获了那些"过命"的战友,收获了自己的良师益友。

接下来是学兵期,我想我的工作以后是和飞机有关的,我也一直在以一个机务的标准来要求自己，我幻想过无数次维修飞机，发现故障，排除故障以后放飞战鹰的场景，所以在学兵的时候我也学得特别认真。学起来不是特别困难，也不是特别轻松，这里更重要的是一种作风培养，机务工作要求一丝不苟，在这期间我们要养成一种极端负责、精心维修的职业道德，要培养细致大胆的维护作风。我们的工作要求我们必须保证维护质量，一手拖着战友生命，一手拖着国家财产，不敢有丝毫大意。在与教员的交流过程中也逐渐对部队有了一些了解，对后面的机务生活也更多了一丝向往，我想我以后的生活和工作都是与飞机息息相关的，我想我以后总会在黄昏的时候与夕阳和战鹰相伴，看着飞机一次次迎着朝阳和日落起飞降落，但是生活总是充满未知的，我并没有如愿去到机务部队，而是留在了训练单位。

在得知自己留在训练基地以后，我消沉了一段时间，因为这和我学习的初衷是不一样的，后来我被分到了警卫分队，很长的一段时间我都是在这里度过的，学兵结束以后我站了一段时间岗。

篇外

夜岗属实是作为一名警卫战士最难熬的事情,可这确实是我们的日常。入伍之初从来没有想过自己来部队就是来天天上岗的,白天环顾四周提高警戒意识,晚上可能会看着远方发起呆,这是我想要的军营生活吗?后面听老班长的一席话"光荣在于平淡,艰巨在于漫长",这令我暗自深省,自己不应该有这种消极的想法。经常会有人问我的入伍动机是什么,其实很简单,就是父母的一句话。我学习不好,失学了,我妈怕我在社会上学坏,我剪掉了曾经在中学想方设法留的自以为潮流帅气的长发,离开了父母投身军营。当兵是一种新的挑战,也是成长。

我下连了。下连之后,我就成了一名普通士兵,成了训练基地的一名战士。面对陌生的新集体,充斥着不适应,还好不是我一个人,有一名战友陪我一块下来了。迎接我们的第一副面孔,是一个挂着两拐的稚嫩面庞,作为义务兵,我们对拐还是充满着亲切,但对那名上等兵喊了一句兄弟,回应的却是一副严肃的表情,呵斥道:谁是你兄弟,喊班长。我这才从之前新兵连那个大家庭中醒悟过来,这里和新兵连不一样。背上黑包上楼梯和走廊的那一段途中，身边经过的是各种带枪的、带拐的、带杠的、带星的人。入伍之初的那些军队知识早就因为紧张忘了，慌忙问上等兵班长这些人要怎么喊，上等兵班长说了一句，你要学的还多着呢。为了缓解我们不适应的情绪，我们被安排到和警卫分队长住，迎面而来是一个高大粗壮的身材和领口那俩粗拐，这位班长也是一名四级军士长（我的新兵连班长也是四级军士长），所以我对这位班长总会有一种莫名的亲切感。收拾完行李、整理完内务之后。我迎接了新连队的第一次点名，集合站队的时候，身边个个都是高大的、精干的班长，两个拐、三个拐、四个拐，放眼过去就我和一块下连的这位兄弟是一条拐，在进行完紧张的自我介绍之后，随之而来的是分队的集合开会，分队的班长们都还算亲切，热心地向我介绍这个连队的架构和警卫的日常工作。一个久违的热水澡之后，躺在床上，不禁回想，这是真的吗？真的下连了吗？接下来的生活是怎样的？伴随着这三个灵魂考验，我睡着了，睡得很深，我下连的第一天就这样结束了。

篇外

第二天起床铃一响，紧张有序的一天开始了。由于刚到新的连队，各项训练科目都不太熟悉，训练场上响起了班长的声声呵斥。训练场上再无昨日面带笑容的关心，而是一遍又一遍响亮的口令。这让我深切地感受到部队的生活就是这样，生活中可以打打闹闹互相关心，但在训练场上只有指挥员与队列人员的关系。随着训练日复一日的推进，我被培养成为一名合格的警卫战士，担负着基地营门安全的任务，扛上那把钢枪，我就是基地的保护神；站上那班岗，我就代表了基地的形象。作为一名警卫战士，责任重大。这时自己想起对警卫这个岗位的不理解，是多么可笑和幼稚。下连之后的生活多姿多彩，我们生活中有的不仅仅是各项训练和任务，训练之外的快乐生活也挺好。我们有彻夜难眠的春节守夜，有欢快热闹的户外烧烤，还有紧张刺激的基地篮球赛。最让我难以忘怀的还是那年十二月份我所在新兵连班长的退伍，班长满心欢喜地将我带回新兵班里，我却满怀不舍地把班长送上了退伍的车里，这可能就是一个轮回吧。班长在基地带兵许多年，甚至有些班长都说我们班长是基地土生土长最老的兵。班长离开基地的前一两天,他所有带过的兵都来找他怀旧和告别。我的内心是极其不舍的,但那时候想哭却挤不出眼泪。直到班长在退伍仪式上说了一句话:我将我自己整个青春奉献给了祖国,我也有老婆和孩子,他们也同样需要我。就算我今天离开了部队,我也同样会在社会上为祖国发光发热。这时我的眼泪夺眶而出,我最亲爱的班长真的就要离开了。那天晚上我睡得很晚,一直在想一件事。我们怀着立功受奖的意愿来到部队,但得到这些之后呢,没有人会在部队待一辈子,但我们可以将我们的故事和精神一直留存在部队里。

我还参加了带兵骨干集训,这个时间其实很短,但是我却发生了很大的蜕变,身份的蜕变,态度的蜕变,短短的20天让我从一个还懵懵懂懂的新兵蛋子变成了一个能说会讲、会做示范、能够纠错的合格班长,这段时间我的成长是巨大的,这二十天现在回忆起来其实我还是感觉很苦很累,甚至比新训的时候还要辛苦很多,集训的时候正值七月,天异常地热,大家每天都在喊着累,抱怨条件艰苦,但是每天训练的时候没有人退缩。还记得拉练的时候,那天我们走了70公里,和我一起留下来的另一个战友明明都走不了了,还是选择坚持,他的精神使我大受触动,也让我变得奋进,虽然最后是我把他扛回去的,但是无疑他是优秀的。大家最后回到宿舍倒头就睡,那也是我在集训期间睡得最舒服的一次。这期间我收获的不仅仅是带兵技巧,也收获了好几个朋友,也因为这段时间,使我原来有点消沉的状态得以改变,让我可以积极地面对各种问题。

第二年的五月份,距离退伍季的到来还有不到一百天。就在这前不久,我迎来了我们的新战友。可不久之后我将送走那些共事一年多的战友。这估计就是那一份传承吧,新旧交替,唯独不变的是我们见红旗就扛、见第一就争的精神。回望自己在这两年里收获的其实挺多,也失去了挺多。两年里我成功地从一名学生蜕变为合格的军人,成功地担负并完成各项艰巨任务,成功地因表现突出而取得"优秀士兵"这个殊荣,遗憾自己没有成为一名机务员,遗憾自己失去了初恋。

两年经历了很多，我犯过错，但是我想每一次的错误都是为了雕塑更好的自己，我想这也将是我一生受用的财富。总的来说，在部队的这种锻炼机会是很宝贵的。刚到部队的时候，身上多多少少会带有一些散漫气息，完成任务标准不高，没有时间观念，喜欢叫苦叫累，存在抵触情绪。这都是一些很普遍的问题，我很快克服这些问题，很好地融入了这个大家庭。作为一名战士，我把自己的青春默默奉献给了军营。当兵两年我没有辜负妈妈的期待，我无怨无悔。

图书在版编目（CIP）数据

拓跋氏后裔的诅咒 / 张鹏飞著. -- 北京：作家出版社，2024.3

ISBN 978-7-5212-2685-0

Ⅰ.①拓… Ⅱ.①张… Ⅲ.①长篇小说-中国-当代 Ⅳ.①I247.5

中国国家版本馆CIP数据核字（2024）第002212号

拓跋氏后裔的诅咒

| 作　　者：张鹏飞
| 责任编辑：宋辰辰
| 装帧设计：意匠文化·丁奔亮
| 出版发行：作家出版社有限公司
| 社　　址：北京农展馆南里10号　邮　　编：100125
| 电话传真：86-10-65067186（发行中心及邮购部）
| 　　　　　86-10-65004079（总编室）
| E-mail:zuojia@zuojia.net.cn
| http://www.zuojiachubanshe.com
| 印　　刷：唐山嘉德印刷有限公司
| 成品尺寸：142×210
| 字　　数：157千
| 印　　张：11.125
| 版　　次：2024年3月第1版
| 印　　次：2024年3月第1次印刷
| ISBN 978-7-5212-2685-0
| 定　　价：42.00元

作家版图书，版权所有，侵权必究。
作家版图书，印装错误可随时退换。